クィア物語論

近代アメリカ小説のクローゼット分析

松下千雅子

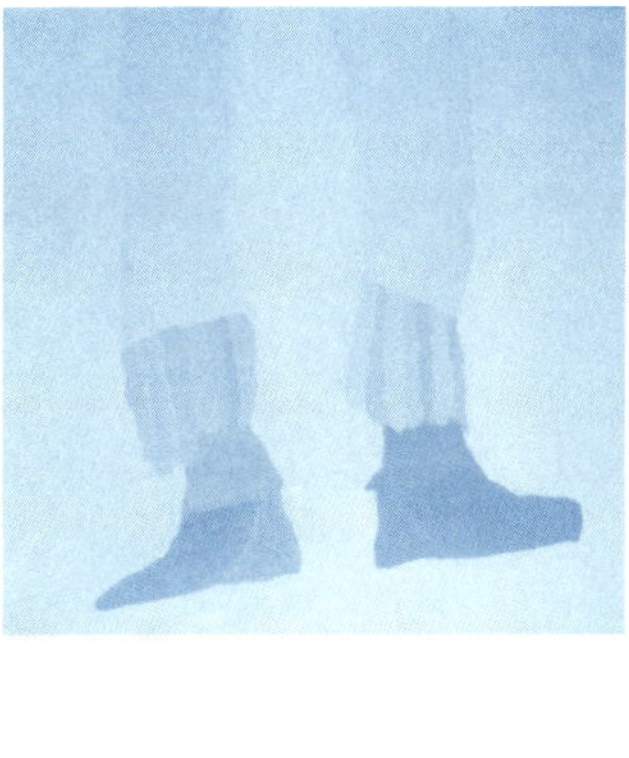

人文書院

クィア物語論・もくじ

凡例

- 引用文の出典は、巻末の参考文献表に照応し、（　）内に、著者名、著作タイトル、ページ数を必要に応じて示した。ただし、同段落内の同一出典からの引用は、ページ数のみを記した。
- J・F・ケネディ図書館所蔵のヘミングウェイの原稿からの引用については、（　）内に、Kカタログ番号／フォルダ番号、ページ数を記した。例（K422. 1/23, p. 10)。
- 日本語文献については、日本語表記と漢数字、英語文献については、英語表記と算用数字を用いた。
- 引用文中、引用者による省略は〔……〕、補足は〔　〕内に入れて記した。それ以外の（　）、［　］は、原文のとおりである。
- 英語文献の引用は、基本的に拙訳による。既存の邦訳を参照した際も、本文中の記述に合わせ、表現や表記を一部変更している。

クィア物語論　近代アメリカ小説のクローゼット分析

序　章　クィア物語論

クィアの定義

「クィア」という語は戦略的なことばである。もともとは「奇妙な」という意味で使われていたこのことばは、一九世紀末頃から性的な逸脱を意味するようになり、二〇世紀にはホモセクシュアルを差別的に呼ぶための侮蔑表現として流通するようになった。しかし、二〇世紀後半にレズビアンとゲイの解放運動がすすんでいく過程で、彼らは、このことばに肯定的意味をもたせて、自らを「クィア」と呼ぶようになる。ジュディス・バトラーが、侮蔑表現に対してどのように対抗するかを論じた著書『触発する言葉』のなかで書いているように、「クィア」は、「侮辱的な発話を逆転させて利用したり再演したりする」(Butler, *Excitable Speech* 14) ことを可能にした語の成功例となった。バトラーがいうように、「「クィア」というような語の価値が変わったことは、発話が別の形で発話者に「帰される」ことの可能性、はじめの目的に反して引用され、逆の効果を演じる可能性をあらわし」(14)

ている。

レズビアンとゲイの運動に、この重大な変化をもたらす契機となったのは、一九九〇年春のクィア・ネイション設立である。クィア・ネイションは、「われらはここにいる。われらはクィア。そのことに慣れよ（We're here. We're queer. Get used to it)」という語を用いたスローガンを掲げ、クィアの存在の可視化を図った。ホモセクシュアルの可視化と、クィアという語を用いたセルフ・エンパワーメントは、レズビアンとゲイだけでなく、バイセクシュアル、トランスジェンダー、さらにはジェンダーとセクシュアリティに関してより広範囲なアイデンティティをもつ人たちを、しだいに引きつけるようになった。それにともない、クィアという概念は、規範的なヘテロセクシュアリティから逸脱した多様なジェンダーとセクシュアリティのあり方を意味する、より包括的な概念として捉えられるようになった。そしてクィアの挑戦は、ホモセクシュアルに対する差別や偏見だけでなく、規範化されたセクシュアリティや、セクシュアリティを規範化するすべてのものへと向けられるようになっていった。

一九九〇年代初めの二〜三年は、自らを「レズビアン」や「ゲイ」ではなく「クィア」だと自認する人びとが増加した。「クィア」という語を好むこのような傾向は、「普遍化への果敢な推進力」(Warner xxvi) をあらわしているとマイケル・ウォーナーは指摘する。「クィア」であることは、「ノーマルなものの支配体制に対してもっと徹底的に抵抗するために、マイノリティ化した寛容の論理や単なる政治的な権利表明を廃する」(xxvi) ことを意味するからである。「クィア」が知的な概念として重要になってくると、アカデミズムの場では、「「レズビアンとゲイ研究」として区分され、うまく是認された学問分野の見通しに対するいらだち」(xxvi) が顕著になってきた。そして、「クィアについての理論を持つだけではなく、理論をクィアなものにしたい」（xxvi）という思いが強くなっていった。

「クィア」という語と「理論」という語を組み合わせた「クィア理論」という批評分野が確立し、「クィア」ということばが批評用語として広く使用されるようになったのは、テレサ・デ・ラウレティスの仕事によるところが大きい。彼女が『ディファレンシズ』一九九一年夏号に発表した論文「クィア・セオリー」は、レズビアンとゲイのセクシュアリティの理論化をめぐって一九九〇年二月にカリフォルニア大学サンタクルーズ校で行われた研究会議に提出されたものである。そのなかで彼女が明言しているように、「「クィア」ということばは、サブタイトルの「レズビアンとゲイ」ということばと並置されているが、後者からはある種の批判的な距離を示すことを意図している」（de Lauretis, “Queer Theory” iv）。レズビアンやゲイということばが、ジェンダーの差異にもとづくそれぞれのセクシュアリティを本質論的に区別しようとする一方で、クィアはこうした差異を脱構築し、セクシュアリティそのものを脱中心化することをめざしている。

しかしながら、デ・ラウレティスがあえて注目するのは、それがジェンダー、人種、階級などの差異を内部に含んでいるにもかかわらず、「ゲイとレズビアン」あるいは「レズビアンとゲイ」とひとまとめに呼ぶ表現が生みだす差異の排除と隠蔽の構図である。白人男性中心のゲイ批評のなかでは、レズビアンや有色のホモセクシュアルは明らかに周縁化されているし、一部のゲイ文化のなかには確かに女性嫌悪《ミソジニー》が含まれている。また、白人レズビアンのコミュニティにしたところで、有色人レズビアンに対する差別がないとは決していえない。「クィア理論」は、レズビアンとゲイのそれぞれの文化が区分してきた領域を超越する「クィア」という概念によって、二元化されたセクシュアリティを統合しながら、その内部の差異に眼差しを向けるものである。それゆえ、デ・ラウレティスにとって、「ジェンダーの差異はもちろん、人種の差異がクィア理論のきわめて重大な関心領域となる」(xi)のである。

女と男、ホモセクシュアルとヘテロセクシュアルという差異を脱構築するクィアという概念が、レズビアンとゲイの運動やセクシュアリティについての理論で中心的な役割を果たすようになった背景には、レズビアンとゲイのそれぞれの運動が、決して一枚岩的なものではなく、また、首尾一貫したアイデンティティに支えられたものでもないという認識がある。セクシュアリティとジェンダーをめぐる多様なアイデンティティのあり方は、イヴ・コゾフスキー・セジウィックが『クローゼットの認識論』のなかで図式化したように、女と男、ホモセクシュアルとヘテロセクシュアルという二つの二項対立的な領域のなかで個人が位置づけられるときに改めて理解される。セジウィックは、ホモセクシュアリティとヘテロセクシュアリティという二分化されたセクシュアリティの定義において、ホモセクシュアリティを規範的なヘテロセクシュアリティから本質論的に差異化しマイノリティ化する見解と、バイセクシュアリティの可能性やレズビアン連続体を認める普遍化の見解という二つのモデルに整理している。セジウィックは、さらに、ジェンダーの定義にも、ホモソーシャル連続体のように女と男を分離する立場と、両性具有やゲイとレズビアンの連帯などのように女と男を統合する立場とにモデル化されることを示し、ジェンダーとセクシュアリティの両方において、分離派と統合派が存在することを明らかにしている(Sedgwick, *Epistemology of the Closet* 88)。

こうした状況において、クィアという概念は、複雑に入り乱れたアイデンティティをゆるやかにまとめるのに有効であるということができる。たとえばデイヴィッド・M・ハルプリンは、『聖フーコー』のなかで、クィアを「本質なきアイデンティティ」(Halperin, *Saint Foucault* 62)であると定義している。このようなセクシュアル・アイデンティティの捉え方は、セジウィックが図式化したうちの、セクシュアリティを普遍化する見解と重なり合う部分が多い。クィアという概念の導入によって女/男というジェンダー・カテゴリー、ホモセクシュアル/ヘテロセクシュアルというセクシュアル・カテゴリーのあいだでそれぞれ越境することが可能になり、フェミニストとレズビアン、ゲイとレズビアンのあいだにゆるやかな連帯が模索されるようになる。他方、クィア・ポリティクスの掲げるゆるやかな連帯や「本質なきアイデンティティ」というユートピア的な理想は、アクティヴィストの活動そのものを脱中心化してしまうため、現実的な政治闘争の基盤とはなりえないという指摘もされている。しかし、クィアという概念は、レズビアンやゲイの運動がもつそれぞれの個別性を奪い去るものではなく、それにとってかわるものでもない。むしろ、クィアの有用性は、抵抗の矛先をヘテロセクシズムという単一の制度から「ノーマル」とみなされるあらゆるもの、「ノーマル」であることを決定するあらゆる制度へと変更したことによって、多岐にわたる規範化作用を幅広く検証するための理論を提供した点にある。

クィア・リーディング vs イン／アウト・モデル

流行に敏感な分野である英米文学研究は、早くからレズビアンとゲイの主張をとり入れ、カミング・アウトしたレズビアン作家やゲイ作家によって書かれたテクストのアンソロジー編纂を通して、ホモセクシュアルというサブカルチャーを、文学におけるサブジャンルとして確立していった。同時にキャノンに属する過去の作家たちの性的な側面を、主に伝記研究によって入念に調べあげ、ホモセクシュアルな傾向をあぶりだすことによって、キャノンとサブジャンルの境界を曖昧にすることにも成功してきた。さらに、ホモセクシュアル・アイデンティティを普遍化する方向でクィアが理論化されるやいなや、これまでヘテロセクシュアルであると考えられていた作家あるいは物語の登場人物に関しても、クィア・リーディングという名のもとに、ホモセクシュアルな欲望が次々と暴かれていくことになった。

このような方向で進んでいく文学批評における読みの実践では、クィア理論は、隠されたホモセクシュアルな欲望を明るみにだすことに一役買わされてきたといってよい。クィア理論の重要な概念として、隠されたホモセクシュアリティを示す際に用いられる「クローゼット」という表現があるが、先に述べたような文学批評の実践は、多くの場合、ゲイ／レズビアンをクローゼットから引っ張りだす試みであったといえるからだ。クローゼットとは、ホモセクシュアルであることがわからないようにゲイ／レズビアンが隠れている場所を表す隠喩である。もしうまく隠れているなら、その人はクローゼットの中にいる、すなわち「イン」であるとされる。一方、もし周りの人たちがその人のホモセクシュアリティに気づくか、あるいは、その人自らがホモセクシュアルであることを公表したなら、その人はクローゼットの外にいる、すなわち「アウト」であるということになる。

このクローゼットをめぐる問題点のひとつに、インであるかアウトであるかを実際に決定するのはゲイ／レズビアン自身ではない他の誰かであるということが指摘されている。ゲイ／レズビアンをインにしたりアウトにしたりするのは、ヘテロセクシズムとホモフォビアに満ちた社会の要請である。人がホモセクシュアリティに気づかないふりをしたり、それを発見したりすることが、クローゼットに閉じこめられたゲイ／レズビアンに対して、長年のあいだ用いられてきた態度であり、こうした態度がゲイ／レズビアンをクローゼットのインにしたりアウトにしたりするのである。

ヘテロセクシュアルであると従来から考えられていた作家あるいは物語中の人物について、ホモセクシュアルな欲望を認め、それをアウトするという読みは、イン／アウトのモデルにもとづく読みである。こうした作業は、もしそれがホモフォビックではない観点からなされたならば、テクストの貴重な読みを提供してくれるだろう。伝統的にヘテロセクシュアルであるとされていた欲望のなかにホモエロティックな要素を読みとることは、テクストに新たな価値を与えるだろうし、ホモセクシュアルに対する負のイメージを払拭する可能性を秘めてさえいる。しかし、もしそれがホモフォビックな観点からなされたならば、ホモセクシュアルをアウトすることにより、さらなるホモフォビアを生みだすことになる危険をはらんでいることを忘れてはならない。ホモセクシュアルをアウトするという行為は、そもそもセクシュアリティをホモセクシュアルなものとヘテロセクシュアルなものとに差異化するセクシュアリティの二元論にもとづいており、そうした二元論を無効にしようと試みるクィアとは立場を異にしているはずだ。

テクストに描かれた特定の欲望をさして「ホモセクシュアル」や「ホモエロティック」であるとするような読み、つまり、テクストに隠されている――インである――ホモセクシュアルな欲望をアウトするような読みは、ミシェル・フーコーが批判する「セクシュアリティの科学」的な読みである。なぜならそれは、見つけるべき対象のホモセクシュアルはつねにクローゼットの中にいるか外にいるかのどちらかであるとするイン／アウトのモデルを生みだすような、セクシュアリティを知の対象とする理論的枠組みにもとづいているからである。フーコーは、『性の歴史Ⅰ』のなかで、セクシュアリティの存在論とフロイト的な抑圧仮説を強く批判している。というのも、抑圧仮説は、セクシュアリティの秘密という幻想によってセクシュアリティをいたるところで言説化し、そうした言説によって構成されるセクシュアリティの領域を押し広げていくからである。抑圧仮説は、抑圧以前に存在するセクシュアリティを前提としており、セクシュアリティの存在論に依拠している。存在論を否定し、セクシュアリティを言説であると考えるフーコーにとって、抑圧以前に存在するセクシュアリティなどはありえず、よって解放すべきセクシュアリティというのも存在しない。

それゆえフーコーは、セクシュアリティを存在する「もの」とみなすようなセクシュアリティの存在論を解体するという意図で、『性の歴史Ⅰ』を、セクシュアリティに関する言説の歴史として提示したのである。つまりフーコーによれば、セクシュアリティが存在する「もの」として流通するのは、セクシュアリティについて知ろうとする意思によってである。この「知への意思」は、セクシュアリティを存在する「もの」として知の対象にするセクシュアリティの科学を支えている。セクシュアリティの科学を批判するために、フーコーはキリスト教における告白の儀式を例にあげ、そこに働く知への意思を浮き彫りにする。告白が、セクシュアリティを知の対象とし、それをめぐって、知る側と知られる側に人びとを振り分けることに注目しながら、告白する者とそれを聞く者との間に権力関係が成り立つことを、フーコーは指摘する。さらにフーコーは、告白を聞く者が、告白者の言説のなかにそれを認識することによって、はじめてセクシュアリティは存在を得るようになるとしている。このようにして認識されたセクシュアリティは、告白する者の「真実」として、その人の身体に刻印されることになる。知の対象として存在する「もの」とされてきたセクシュアリティは、こうしてみれば、実は知と結びついた権力の効果なのだということがわかる。セクシュアリティの「真実」を科学的に究明するために告白を迫る「セクシュアリティの科学」には、このように、つねに権力の力学が働いているのである。

真理から権力へとこのように視点を移行させることは、フーコーにとって、セクシュアリティ言説に対するもっとも有効な政治的アプローチであった。権力はいたる所にあり、権力からの「解放」という概念それ自体、権力構造の構成要素であるゆえに、権力から解放されることはない。それゆえ、権力に立ち向かうためには、権力を生みだすメカニズムを丹念に解き明かしていくしかない。フーコーがこのように主張するのは、解放という概念に対して彼が疑念を抱いているからであり、いかなる人も権力から逃れることはできないと考えているからである。フーコーにいわせれば、権力が働くところでは「絶対的外部というものはない」(Foucault, *History of Sexuality* 95)。それゆえ、フーコーが考える自由とは、決して解放を意味するのではない。それは、むしろ言説に現れる権力の効果を利用することで、別の権力関係を生じさせ、既存の権力関係に揺さぶりをかけるという自由である。そうであるからこそ、権力に対してとるべき位置は、権力関係からの解放ではなく、そのなかにおいての抵抗ということになる。

権力の内部での抵抗というフーコーの考えを進んでとり入れたのが、クィア・ポリティクスである。クィアの対抗政治は、カミング・アウトの政治学にもとづいている。しかし、カミング・アウト――つまりクローゼットから出ること――とひとことでいっても、実際にそうすることは口でいうほど簡単ではない。セジウィックが『クローゼットの認識論』のなかで指摘するように、クローゼットの中というのは、むしろ非常に問題含みの空間で、実際にはその中にいることもできないし、外に出ることもできないのだ。というのも、クローゼットの中にいる限り、ホモセクシュアルは自分のセクシュアル・アイデンティティがうまく人から隠せているかどうか確かめることができないからである。しかし、だからといってクローゼットの外に完全に出てしまうことができるかといえば、決してそうではない。そうしようとするならば、世界中のすべての人に、自分のセクシュアル・アイデンティティを告げて歩かなければならないだろう。バトラーも、同様のことを指摘して、次のように書いている。

それでわたしたちはクローゼットから出るものの、しかし、どこに入っていくのだろうか？　制約のない、どのような新しい空間？　部屋、隠れ家、屋根裏、地下室、家、酒場、大学、カフカのドアのように、新鮮な空気と絶対に届かない照明の光に対する期待を生みだすドアがついた何か新しい囲い？　奇妙なことに、このような期待を生みだしつつ、その不満を保証するのが、クローゼットの形態なのである。というのも、「アウト」の状態は、「イン」の状態に、つねにある程度依存しているからであり、その両極性のなかでのみ意味をもつからである。それゆえ、「アウト」の状態は、「アウト」でありつづけるために、何度も何度もクローゼットを作らなければならない。この意味において、アウトであることは、新しい不透明性を生むことしかできない。そして、定義上、決してやってこない露見に対する約束を、クローゼットはすることになるのだ。
(Butler, "Imitation and Gender Insubordination" 16)

このように、ホモセクシュアリティは、それ自体が露見するものではなく、それを隠しているはずのクローゼットが発見されることによって指摘されるのである。そしてクローゼットという場所は、ホモセクシュアルが自らの意思で出たり入ったりするところではなく、むしろ、ホモフォビアの言説によって認識論的に可視化されていくものである。だからホモセクシュアリティとクローゼットをめぐるイン／アウトのモデルは、つまるところ、ホモフォビア言説のなかで形づくられるものなのである。ヘテロセクシストな社会は、正常なヘテロセクシュアリティ／異常なホモセクシュアリティという二分法を保持するために、このモデルを用いてホモセクシュアルを対象化し差別してきた。クィア・ポリティクスは、ヘテロセクシズムによって作られた性のヒエラルキーを脱中心化し解体することを目的とし、その目的のために、ホモフォビアの言説に抵抗する。しかし、抵抗の方法は、ホモフォビア言説に対してひとつひとつ反論していくのではない。ホモフォビア言説が生みだされるときの権力の力学を考察するのである。それゆえ、セジウィックによるクローゼットの認識論は、クローゼットの解体を主張するのではなく、クローゼットを可視化／不可視化するような力学、つまり、認識におけるイン／アウトのモデルを浮き彫りにし、ホモフォビア言説の効果として暴きだすことをめざしている。バトラーが、フーコーを引用して書いているように、「「ホモセクシュアリティ」の肯定は、それ自体、ホモフォビックな言説の拡張なのだ。それでもなお「言説は〔……〕権力の道具にも効果にもなりえるが、妨害物、つまずきの石、抵抗の場、対抗戦略のためのスタート地点になることもできるのである」」(Butler, "Imitation and Gender Insubordination" 14)。

　これらの議論をすべてふまえて文学テクストの分析を行うとすれば、テクスト内の性愛的要素を捉えて、ヘテロセクシュアルであるとかホモセクシュアルであるとかという議論をするのではなく、むしろ、テクストのなかで特定の性愛行動や特定の欲望を、ヘテロセクシュアルあるいはホモセクシュアルであると決定づけている要因が何であるかを探ることになるだろう。そのような読み方こそを、厳密な意味でのクィア・リーディングであるとわたしはここで定義したい。この定義にもとづくクィア・リーディングは、第一に、ホモフォビアを排除した読みでなければならない。そして第二に、ホモセクシュアルであるとかヘテロセクシュアルであるとかというような二元化されたセクシュアル・アイデンティティのあり方に対して異議申し立てをするような読みでなければならない。もし文学テクストのなかにホモセクシュアルの存在やホモエロティックな欲望が読みとれるのだとしたら、誰が、どのようにしてそれを読みとるのか。ホモセクシュアルというアイデンティティは、テクストにおいてどのようにして構築されていくのか。そうしたことを見ていくのが、わたしがこれから提案するクィア・リーディングである。この場合のクィア・リーディングは、それゆえ、単に作者のホモセクシュアルな傾向を指摘したりテクストのなかに隠れているホモセクシュアルな人物やホモエロティックな欲望を探し当てたりするようなイン／アウトの読みから、根本的に区別されるべきものである。

クィア・リーディングの方法

それにもかかわらず、多くの場合はゲイ／レズビアン批評と称して――しかし、ときにはクィア批評と称して――これまで多くの作家や物語の登場人物たちがアウトされてきたことも事実である。オスカー・ワイルド、テネシー・ウィリアムズ、トルーマン・カポーティ、ウィラ・キャザーなどのように伝記的事実からホモセクシュアルであるとされた作家や、ホモセクシュアルであることが強く疑われる作家、そしてそうした作家たちが描いてきた登場人物たちは、ことごとくアウトされ、ホモセクシュアルとしてのアイデンティティを与えられてきた。ウィリアム・シェイクスピアやヘンリー・ジェイムズについても、ホモエロティックな側面が指摘されるようになって久しい。アメリカ文学史上もっともヘテロセクシュアルでマッチョな作家といわれてきたアーネスト・ヘミングウェイのテクストにおいてさえ、彼の描く男性的なヒーローたちが、いまにもクローゼットの外に引きずりだされようとしている。

こうした読みが後を絶たないのは、読者の側に「アウトしたい」という欲望があるからだけとはいいがたい。仮にそういう欲望が読者にあるとしても、「アウトしたい」という読者のその欲望を駆り立てるのは、ジョアン・コプチェクの本のタイトルにもなっている「わたしの欲望を読みなさい」という命令を、そっくりそのまま文学テクスト自らが発しているからではないだろうか。そして、この仮定にもとづいて、さらにいえば、読みとるべき欲望は、それが存在する「もの」として存在するかどうかは別として、精神分析が定式化した、あの原初の欲望、すなわちエディプス的な欲望につながっているのではないだろうか。

もちろん精神分析はフロイトのエディプス・コンプレックス理論に集約されるわけではない。それ以外の可能性は、例えばデ・ラウレティスの『愛の実践』やジェシカ・ベンジャミンの『愛の拘束』などにおいてエディプス理論の書き換えという形で示されている。しかし、テクストの読みとエディプス的な快楽を結びつけたロラン・バルトの『テクストの快楽』は、読者の欲望とテクストの意味との関係を考えるうえで、とても興味深いものである。バルトは、読書がもたらす快楽を、エディプス的な快楽であると指摘している。それは、つまり物語の「起源と結末を、裸にし、知り、学ぶ」(Barthes, *Pleasure of the Text* 10) ことによって得られる快楽である。物語の快楽は、それゆえ、作者によって保証された真実を、つまり真実の欲望を、明らかにしていくことから得られると考えることができるのである。

物語が読者に対してだす「わたしの欲望を読みなさい」という命令は、それが快楽を保証するものであるがゆえに誘惑と読み替えてもいいだろう。しかし、その命令あるいは誘惑は、それがなされていると仮定したとしても、テクストに文字どおり書かれていることはない。それは、多くの場合、「正しい意味を読み解きなさい」という要請へと変換される。しかし、もし物語がバルトのいうようにエディプス的であるとしたら、物語の意味とはエディプス的な欲望の性質、種類、方向のことを指しているにほかならず、物語の正しい意味を読み解くことは、すなわち物語に示される欲望を読み解くことになるのである。

しかし、たとえテクスト自体が「わたしの欲望を読みなさい」と読者に命令していると考えるにしても、それについての正しい答えをテクストが用意しているわけではない。バルトの「作者の死」（Barthes, *Image-Music-Text* 142-48）という概念に頼るまでもなく、テクストの意味の起源は〈作者〉にはない。意味は、テクストの行き着く先、すなわち読者のなかにあらわれる。それゆえ「わたしの欲望を読みなさい」という命令は、もしテクストが読者に対してそれを行っているとふたたび仮定すれば、ある意味でスフィンクスの謎と似ている。テクストの問いかけに対する答えは、スフィンクスの謎の答えがエディプス自身であったのと同様に、読者の手のなかにあるか、もしくは読者自身であるからだ。「わたしの欲望を読みなさい」という命令は、だから正確には「あなた自身の欲望を読みなさい」という命令にいいかえられる。あるいは、この命令は、実はテクストから読者に対して向けられたものではなく、読者が自分自身に対して行っている命令であると考えることもできるだろう。テクストに書かれた欲望を読み解くということは、テクストのなかにある欲望を作動させているエディプス・コンプレックスを、読者自身の欲望を参照しながら探し当てるということである。その作業を通じて、読者は結局のところ自分自身に出会うことになるのである。

このように書けば、「作者の死」を宣告することによってテクストからバルトが追放しようとした作品の〈絶対的な意味〉なるものを、わたしが復活させようとしているのだと誤解されるかもしれない。しかし、わたしがここで言おうとしていることは、実際にはそれとはまったく反対のことである。すなわち、「作者の死」だけをもってして、テクストから〈絶対的な意味〉を消滅させること、いいかえれば〈絶対的な意味〉を求める読者の欲望を抹消することはできないということだ。「〈父の死〉は、文学から多くの快楽を奪うだろう」（Barthes, *Pleasure of the Text* 47）とバルトは書く。このとき、わたしは〈父の死〉が、「作者の死」を暗示しているのだとあえて理解しようと思う。それは読みこみすぎかもしれないし、もしかしたら誤読かもしれない。しかし、危険を承知で、あえて、〈父の死〉と「作者の死」を、ここで故意に混同してみたい。そのように解釈すれば、〈父〉は、作者や作者の権威を象徴することになるだろう。そうすれば、その権威が消滅することによって奪われる快楽とは、作者の意図や「正しい意味」を自分で発見するときの、読者の快楽であるということになる。もしそうだとしたら、この物語の快楽こそ、読者が物語を読むときに期待するものであるということになるだろう。はたして読者はそれを好んで捨てるだろうか？

しかし、断っておかなければならないが、わたしのここでの目的は、欲望を正しく読み解きながらエディプス的な快楽を得ることではない。というのも、わたしの目的は、文学研究であって、自分のエディプスに向き合うことではないからである。むしろわたしは、物語の誘惑に身を任せることなく、もっと禁欲的に、物語における快楽と欲望を見てみたいと思っている。それはどのように語られ、どのように解釈されるのか。そのとき例えばエディプス・コンプレックスは、どこで、どのように作動するのか。こういったことがらを、わたしはこの本の主題にしたいと思っている。

あるいはまた、エディプス・コンプレックスこそがあらゆる構造を超越して存在するメタ構造である、とわたしが主張し構造主義を是認していると、疑われるかもしれない。いうまでもなく、エディプス・コンプレックスは、普遍的でもメタ構造でもないとわたしは考えている。ジグムント・フロイトが、子どもの精神発達を説明するためにエディプスのモデルを選んだのは、エディプス神話が、あらゆる神話の原型であるからではない。エディプス神話は、ひとつの物語にすぎず、したがって、物語の起源ではない。物語の主たるプロットであるエディプスの運命でさえも、彼自身のオリジナルなストーリーではなく、デルフォイの神託によってあらかじめ定められた運命をなぞっているにすぎない。そして神託はといえば、物語の起源として機能しているわけではなく、むしろ物語内の偶然の出来事の連なりによって結果的に実現されることになるだけである。

つまり物語の起源など、どこにも想定することはできないのである。なぜなら、あらゆる物語は、別の物語からの引用で成り立っているからである。同じことはフロイトの精神分析理論にもあてはめることができるだろう。エディプス・コンプレックスの理論も、エディプス物語の言語を引用することによって成り立つひとつの物語なのだ、と。何をかくそう、構造主義者のクロード・レヴィ＝ストロースが、フロイト理論をエディプス神話のひとつのヴァージョンにすぎないと断言しているのである。もちろん彼は、構造主義者らしく、エディプス神話のメタ構造を、ヘテロセクシズムという別のところに認めるのであるが（Lévi-Strauss 206-31）。

それにもかかわらず、フロイトの理論がメタ物語やメタ構造のようにみえるのだとしたら、それは、フロイトの理論が、セクシュアリティを主題にし、セクシュアリティについて書かれた言説であるからにほかならない。近代以降、セクシュアリティは人の人格として解釈されるようになったというフーコーの議論をふまえれば、セクシュアリティについて書かれたフロイトの言説がまるで真実を語っているかのように受けとられてしまう傾向は理解できるだろう。

　ジュディス・ルーフは、フロイトの物語を、「セクシュアリティの政治力学を物語の用語で演じ、物語の動力を性の用語で演じ」(Roof xviii) たものだと考えている。この指摘は非常に重要である。なぜなら、フロイトの理論において、物語のイデオロギーとヘテロセクシズムとが分かちがたく結びつき、互いをより強固なものにしているということに、気づかせてくれるからだ。ルーフは、フロイトの『性欲論三篇』をはじめから順を追って検証し、それが、「異常」とされる性行為の解説から始まって、子どものセクシュアリティ、思春期の変化へと順番にたどっていくという流れに注目する。フロイトの理論では、子どもは、ごく簡単でスムーズなやり方で、ヘテロセクシュアルなおとなになるわけではない。おとなになるまでの過程には性倒錯へのわき道や障害物が用意され、子どもが首尾よくヘテロセクシュアルなおとなになるためには、それらの障害物を失敗することなくすべて乗り越えなければならない。ストレート(ヘテロセクシュアル)のおとなへの道のりは決してストレートではないのだ。そして、実のところ、ストレートでない、というまさにそのことが、フロイトの物語を、物語であらしめている。なぜなら、ルーフが指摘しているように、「どこかで道を誤るかもしれないという可能性がなければ、ヘテロセクシュアルの魅力という救いの手は何の意味もない」(xix) からである。

　結論からいえば、このような恐怖や葛藤や障害物に満ちた成長過程を思いつくこと自体、フロイトが物語構造の内部で、あるいは物語構造を用いて、セクシュアリティの理論化を行っていることの証左となっている。つまり、フロイトは、アリストテレスが提示した「はじまり、真ん中、結末」（Aristotle 66）というプロットの範囲で仕事をしながら、「歴史は個別の事柄について、より多く語り、詩は普遍的な事柄について、より多く語る」（69）というアリストテレス的詩人と同じ態度で、父を殺害し母と結婚したいという欲望を、セクシュアリティについての「普遍的な」知識として提出しているのである。このように考えれば、フロイトが提示するエディプス・コンプレックスの概念は、エディプス物語についての彼自身の読解と分かちがたく結びついているということができるだろう。フロイトは、『夢判断』のなかで、エディプス劇を次のようにまとめながら、物語の言説と、精神分析の言説の近似性にも言及している。

> 劇中の行動は、巧妙な引き延ばしと、つねに気持ちを高ぶらせるような興奮をともないながら、エディプス自身がライオスを殺した人物であるということ、そのうえ彼は殺された男とジョカスタのあいだにできた息子であるということが明らかになっていくプロセスそのもの――精神分析の仕事にたとえることができるプロセス――にある。知らずに犯してしまった忌まわしい行為に仰天して、エディプスは自分自身の目を潰し、自分の家を捨てる。神託が現実のものとなったのだ。（Freud, *Interpretation of Dreams* 295）

ジョナサン・カラーは、同じ部分を引用し、エディプス物語に対するフロイトの理解が、「意味作用の論理」（Culler, *Pursuit of Signs* 193）にもとづいていると論じている。つまりフロイトの読みでは、出来事は、論証の前に起こり、行為する者の意図に関係なく、意味の起源となっている。カラーは、このような読み方はエディプス物語の理解には不可欠であるとする一方で、エディプスが男を殺害した状況と、ライオス殺害現場についての目撃証言がくいちがっているにもかかわらず、「わたしたちに証拠、つまり目撃者の証言が決してあたえられない」(193-94)まま、エディプスの有罪が確定していることを指摘する。そして、このような諸関係を説明するためには別の視点、すなわち物事の原因と結果を逆転させて捉えるような見方が必要であると主張して次のように書く。「決定的な出来事は、意味作用の要求によって産出される。この点においては、意味は先んずる出来事の結果ではなく、出来事の原因である」(194)。さらにカラーは、エディプス・コンプレックスの概念が成り立つ条件として、この「逆の論理」(195)が不可欠であると続ける。というのも、エディプス・コンプレックスは、「父を殺害したいという欲望と、その欲望に対する罪意識という意味作用の構造であり、その構造は、行動から引きだされた結果ではなく、行動に先行している」(195)からである。もし行動が意味の前にあるなら、知らずに犯した罪は、もはやコンプレックスではなくなるというわけだ。

以上のことから、フロイトが、エディプス物語の読みに際しては意味作用の論理を用い、その読解を下敷きにして彼自身の物語を書くときには逆の論理を用いていることがわかる。つまり物語における欲望は、逆説的ではあるが、意味作用の論理によって読書行為のなかで産出され、逆の論理によって解釈されるべき真理となるのである。そのどちらか一方が欠ければ欲望は産出されず、それゆえ解釈されないか、あるいはまた、解釈されず、それゆえ存在しないということになるだろう。このように考えれば、物語とは、読者とテクストとのあいだで欲望を産出し、解釈の対象としてそれを提示する装置であるということができる。

ルーフは、物語とセクシュアリティのいずれもが、ものを生みだすという生産性に重点をおいていることに注目し、次のように書いている。


フロイトのストーリーでは、ヘテロセクシュアリティの自然化された優位性が、動機もなくあらわれる「ノーマルさ」を構成し、その「ノーマルさ」は、それが完全に自然なものとなってしまうくらいイデオロギー的である。再生産が、必然的な――そしていやおうない――ヘテロセクシュアリティにとっての論理的な結末であるというよりも、むしろストーリーの結末を再生産するための要求が、このノーマルさを生みだしているといったほうがよい。ヘテロセクシュアリティが必然的に再生産に至るのではなく、再生産のほうがヘテロセクシュアリティを作りだしているのだ。〔……〕性的な役者たちがメタファー的な役どころをこなす一方で、物語が再生産をそのエンジンにしているのである。（Roof xxi-xxii）

ルーフの試みは、物語とセクシュアリティとを重ね合わせ、その接点となる場所にヘテロセクシストなイデオロギーを読みとることである。フロイトの物語を例にとれば、たしかに物語とセクシュアリティには相互関係があり、どちらもがヘテロセクシュアリティを基盤にしているという点で共通している。

ルーフの議論は、物語とセクシュアリティが織りなすイデオロギーの力学を暴きだすことに焦点をあわせているため、彼女自身が認めているように、彼女の興味は「特定の物語における文字どおりのセクシュアリティの表象を解釈すること」(Roof xxxviii)にはない。しかし、エディプス物語についてのフロイトの解釈と再物語化には、二つの異なる論理が働いているというカラーの指摘をふまえ、それらの論理が、物語におけるセクシュアリティ表象の理解に不可欠だと考えるとしたら、物語の内部で働くメタファーやイデオロギーだけでなく、物語がどのように解釈されるのかという重要な問題にも真剣にとりくむ必要があるだろう。わたしは、本書において、むしろ、後者の問題意識を考慮に入れながら、前者の試みとの接点を見いだしてみようと思っている。つまり、物語におけるセクシュアリティの表象の問題を、解釈の問題として扱ってみようと考えているのである。具体的なテクストの分析をすることによって、個別のセクシュアリティと性化された個別の身体とが、個別の物語のなかで、語り手を含めた登場人物のうちの誰の視点から、どのように描かれ、どのように語られ、その結果、批評家たちからどのように解釈されるのか。そうしたことをこの本で明らかにしていきたいと、わたしは思っている。そして、この目的のために、セクシュアリティの表象をめぐる語り手とオーサーシップと批評との絡み合いを、この本のもっとも重要なテーマにするつもりである。

わたしがクィア・リーディングとしてここで明確に定義しようとしている文学テクストの読み方は、基本的には、物語論をクィアに展開したものであり、序章におけるわたしの目論見は、端的にいえば、クィア・リーディングのためのひとつの方法論として「クィア物語論」を構築することである。つまり、語り手の物語が、セクシュアリティをどのように表象し、それがオーサーシップや批評の仕事とどのように関係しているのかを解き明かすことが、本書の意図するところである。いうまでもなく、文学テクストのこのような扱い方は、ウェイン・C・ブースが指摘した「信頼できない語り手」（Booth 159）のまさしくその信頼できなさを前提にしている。そして、本書の独自性は、一般的に「信頼できない」とされている一人称の語り手だけでなく、三人称の語り手や批評的な書き物の信頼できなさまでをも射程に入れたことにある。

わたしの意図をこのように明言したところで、セクシュアリティという語でわたしが何を意味しようとしているかを急いで付け加えておかなければならない。これからわたしが論じようとしているセクシュアリティは、クローゼットをめぐって形成され、表現され、出現するところのセクシュアリティである。それは、ホモセクシュアリティとヘテロセクシュアリティの二項対立を軸として立ちあらわれる。よって、わたしは、いろいろな意味に解釈されるべきセクシュアリティのなかから、ホモセクシュアリティとヘテロセクシュアリティ――欲望の対象選択が男であるか女であるかというジェンダーの二項対立によって決定されるホモセクシュアリティとヘテロセクシュアリティの差異――にできるかぎり限定して使うつもりでいる。

欲望と解釈をめぐって

さて、セクシュアリティをめぐる語り手とオーサーシップと批評の関係をテーマに、これから実際に文学テクストの分析を行うにあたって、はっきりさせておかなければならないことは、テクストと、テクストにあらわれる欲望が、いったい誰に属しているかという問題である。この点について、「作者の死」というバルトの概念は、重要な示唆を与えてくれる一方で、作者の機能をかなりあいまいなままに放置している。『テクストの快楽』のなかで、バルトは「〈父の死〉は、文学から多くの快楽を奪うだろう」（Barthes, *Pleasure of the Text* 47）と書いている。その続きは次のとおりである。

もし〈父〉がいなくなってしまったら、なぜストーリーを語るのだろうか？　あらゆる物語はエディプスに帰結するのではないのだろうか？　ストーリーを語るというのは、つねに、起源を探し、〈法〉との葛藤を話し、優しさと憎しみの弁証法に入るためのものではないのだろうか？　今日、わたしたちは、エディプスと物語とを一度に同時に捨て去る。もう愛さない、もう恐れない、もう語らない。フィクションとしてなら、エディプスは少なくとも何かの役には立っていた。よい小説を作るとか、よいストーリーを話すとか〔……〕。（47）

わたしは先に、バルトのいう〈父の死〉が、「作者の死」を暗示していると書いた。しかし、ここで言及されている〈父〉は、精神分析における〈父〉や〈父の法〉も、同時に意味している。父と母と子のあいだでとり交わされる愛と憎しみの感情に彩られたファミリー・ロマンスと、〈父の法〉が支配する象徴の世界、すなわち言語の世界へのイニシエーション物語は、まさにフロイトとそしてそれに続くジャック・ラカンのテーマである。しかし、もし、バルトがここで精神分析をなぞらえているのだと理解するなら、おかしなことになる。というのも、フロイトの精神分析においては、原父は、つねにすでに死んでいるからである。フロイトは、『トーテムとタブー』のなかで、すでに起こった原父の殺害について言及し、それこそがエディプス・コンプレックスの起源であると論じている（Freud, *Totem and Taboo*, esp. 178）。エディプスの物語にしても、もしライオスの死がなければエディプスの罪は父殺しではないのであり、エディプスの殺した男がもしライオスでなければ、エディプス物語は悲劇として成り立たなくなるだろう。〈父〉は、つねにすでに死んでいる。〈父の死〉という仮定は、すでに起こったことについての仮定であるか、そうでなければ、同意反復であるといわざるをえない。つまり精神分析はバルトが書いていることとまったく逆のことを示唆しているのだ。〈父の死〉がエディプス・コンプレックスの起源であり、〈父の死〉によって起源探求の物語が始まるのである。それゆえ、〈父の死〉は、物語の終焉を意味するのではなく、物語の原因となっている。さらに、精神分析においては、息子はもとから原初の父の殺害という罪を背負っており、母に対する原初の愛は、現実の父親ではなく、〈父の名〉によって禁じられている。したがって、欲望とは、失われた愛の対象に対するノスタルジアという側面をもっている。それゆえ充足することのない欲望は、欠如の別名であるということができる。快楽もまた、つねにすでに奪われている。この点においても、〈父の死〉は多くの快楽を奪うだろうというバルトの主張は、ふたたび同意反復ということになる。

以上のことをふまえたうえで、ここで、〈父の死〉と「作者の死」をふたたび混同してみたいと思う。精神分析では、殺害された〈父〉は、〈父の名〉として母への愛の禁止という機能を負っているが、殺害された〈作者〉もそうなのかと、問うてみようと思うのだ。精神分析における〈父〉の死が〈父の名〉の消滅ではないのと同様、〈作者〉の死は、〈作者の名〉の消滅を意味するわけではないはずだ。この点について、バルトから有益な示唆を引きだすことはできない。バルトが「作者の死」を発表した翌年、フーコーは、「作者とは何か？」と題した研究論文のなかで、「作者は消滅したと空虚な主張をくり返すだけでは、しかし、十分ではない」（Foucault, "What Is an Author ?" 145）と断言している。わたしたちがすべきことは、フーコーがいうように、むしろ「作者の消滅によって空白のまま残された空間を突きとめ、隙間や裂け目の分布をたどり、この消滅が明らかにした開口部分に注意を払う」（145）ことなのである。フーコーは続けて作者名の果たす機能について言及し、それが「分類機能」（147）であると述べる。つまりフーコーにとって作者名とは、次のようなものである。

作者の名は、言説に一定の存在様式を特徴づけるという役割を果たしている。言説が作者名をもっているという事実、つまり「これは誰それによって書かれた」とか「誰それがその作者だ」とかいうことができるということは、この言説が、単に浮かんでは消える普通の日常会話ではない、すぐに消費してしまえるようなものではない、ということを示している。反対に、それは一定の様式で受けとられ、所与の文化において一定のステイタスを与えられてしかるべきことばであるということだ。（147）

フーコーが現実の作者から作者名へと作者の機能を変換させたやり方は、ラカンが父の機能を現実の父ではなく〈父の名〉や〈父の法〉と記したものに付与したやり方と似ている。子どもの精神発達に関するフロイトの精神分析を、ラカンは言語化された主体（この主体は言語的主体であって実体ではない）の獲得のためのプロセスとして解説する。ラカンによれば、前エディプス的な母と子の結びつきは、エディプス危機に際して〈父の法〉によって引き裂かれ、子どもはそれに従うことによって象徴的言語体系のなかに入っていく。このとき、象徴界への子どもの参入は〈父の名〉によってあらかじめ保証されている。ラカンの理論は、いわば主体を象徴であると考えることで成り立っており、それゆえ、ラカン理論に登場する父、母、子は、文字どおりの父、母、子ではなく、象徴的位置であるとされている。すなわち、ラカンの精神分析理論は、ファミリー・ロマンスを象徴化し、記号化する理論であるということができるのだ（Rose 39）。

ここで、かなり乱暴な比較をすれば、フーコーによる「作者の名」の扱い方と、ラカンによる〈父の名〉の扱い方の違いは、フーコーが「作者の名」を歴史化しようとしているのに対して、ラカンは〈父の名〉を普遍化しようとしている点であるということができるだろう。歴史化と普遍化は、フーコーとラカンの手法の違いを表現するときの常套手段となっている。「作者とは何か？」のなかでフーコーは精神分析とマルクス主義の特殊性について言及し、フロイトとマルクスを「言説性の創始者たち」（"What Is an Author?" 154）と呼んで、その他の言説の作者から差異化している。彼らの言説性は、その内部での「起源への回帰」（156）によって起源となるべき言説の意味を際限なく書き換えていくことを余儀なくされる。しかし、もしそうだとしたら、おそらく精神分析は、その言説性内部の可変性によって、通常の意味での歴史化を、フーコーのお墨付きで免れているとと考えてよいのではないだろうか。

精神分析と言説理論の接点を探ることは興味深いテーマではあるが、ここでのテーマは文学の読み方であるので、このあたりでバルトの議論に話をもどさなければならない。さて、〈父の死〉を暗示することによって、バルトが、テクストの意味を宙吊りにするような読みを提示しようとしていることは明らかである。バルトは、意味の戯れとそこからくる快楽を可能にするテクストを、子どものおしゃべりのようなテクストから差異化している。しかし、彼が示唆する快楽のテクストの特徴を見るかぎり、リュス・イリガライやエレーヌ・シクスーなど、前エディプス期への回帰と母との融合をめざすエクリチュール・フェミニンの提唱者たちが考えるテクストとの類似性は明瞭である。

テクストに書きこまれた欲望とセクシュアリティを分析するには、バルトが『テクストの快楽』で示したような意味と戯れる読み方は不適切である。しかし、バルトが「作品からテクストへ」(Barthes, *Image-Music-Text* 155-64) で打ちだした方向性を、本書がしっかり継承していることには触れておかなければならないだろう。わたしは、本書をとおして、作品に対してのイン／アウト的な読みから、テクストに対するクィア・リーディングへの移行を提唱したいと思っている。そしてそれを、物事を言説から捉え直すというフーコー的態度で行いたいと思っている。それゆえ、本書の目的は、セクシュアリティについて書かれた物語の構造を探ることによって、それが読者にもたらす効果を記述することにある。この方法は、テリー・イーグルトンが文学理論を埋葬しようと呼びかけた『文学とは何か』の結論で、彼が提唱した修辞学《レトリック》の復活 (Eagleton 179-80) と似ている。何をかくそうイーグルトンもまた、言説の効果を重視するという点においてフーコーの影響を受けているのである。

フーコーには欲望を読むことができない、とコプチェクは指摘している。もちろん、ラカンのように欲望を読むことはできないだろう。ラカンは無意識の欲望を探りだし、意味づけし、欲望の起源について説明する。他方、フーコーは、欲望について書かれた言説を相手にする。ラカンには欲望を語ることから生まれる効果を読むことはできないだろう。この本でわたしが提案するクィア・リーディングは、文学テクストのなかに描かれた欲望と、テクストを読むときに生じる欲望に対して、フーコー的な態度をとるものである。このようなクィア・リーディングと精神分析との関係は、主に第一章、第四章および第五章でとりあげたいと思っている。これらの章では、エディプス・コンプレックスの理論にもとづいた先行研究におけるテクストの解釈についてクィア・リーディングを行い、精神分析がいかにイン／アウトのモデルを用いてきたかを明らかにしていく。作者やテクストがエディプス物語に即して解釈されていく批評のなかで、テクスト内外の欲望がクローゼットをめぐってどのように産出され、描写され、解釈されるか、そして欲望する身体がどのように表象されるかを解き明かすつもりでいる。

近代アメリカ文学における三つのクローゼット

この本では、以上のようなクィア・リーディングの対象として、近代アメリカ小説のなかからジェイムズ、キャザー、ヘミングウェイのいくつかのテクストをとりあげる。もちろん、これら三人の作家をもってして、近代アメリカ文学のすべてを語ろうというわけではないが、この三人が、近代アメリカ文学のキャノンを形成する作家たちであることはいうまでもない。彼らが生きた近代という時代は、フーコーが主張しているように、ヘテロセクシュアリティを中心として、その周縁に位置するセクシュアリティの言説が増大し、セクシュアリティの領域が、果てしなく広がりはじめた時期である

(Foucault, *The History of Sexuality* 17-35)。そして、この近代という時代において、ホモセクシュアリティは、道徳的な問題から医学の問題へ、行為からアイデンティティへと変わっていった。道徳的な堕落として、時には犯罪とされていたホモセクシュアルな行為は、近代にはいると、治療を要する病となり、ヘテロセクシュアリティとホモセクシュアリティは、かたや正常なもの、かたや異常なものとして、ヘテロセクシュアリティ中心の二項対立的な図式のなかで理解されるようになったのである。

近代は、また、性の科学が発達した時代でもあった。一九世紀末から二〇世紀前半にかけて、ホモセクシュアリティを器質性の疾患であるとするリヒャルト・フォン・クラフト＝エービングやハヴロック・エリスらの掲げた性科学の理論が相次いで翻訳され、アメリカ大陸に紹介されると、そのことによりもっとも大きな変化を強いられたのは、女性を愛する女性たちであった。というのも、それ以前のアメリカ社会では、女性同士の親密な関係はプラトニックでロマンティックな友情として好ましいものとされていたからである (Smith-Rosenberg 39; Faderman, *Odd Girls* 1-2)。世紀末のアメリカ東部では、大学に進学する女性が増加し、高学歴の女性たちは、女性同士で愛を交わし、結婚せずにひとつ屋根の下で生活をともにすることも珍しくなかった。このような関係は、ボストン・マリッジと呼ばれていたが、しかし、そこにはなんら性的な意味は認められてはいなかった。なぜなら、これらの女性たちは、ヘテロセクシュアリティが自明視されていたことに加えて、女性のセクシュアリティは本来受動的なものであり、女性同士のあいだでは互いに性欲に身を任せて関係をもつことはありえないと考えられていたからである。

ところが、女性にも性的な欲望があることをエリスが言明したことをきっかけに、女性を愛する女性たちに、新たなセクシュアル・アイデンティティが付与されることになった。彼女らは、「レズビアン」であるとされ、次第に好奇の眼差しで見られるようになっていったのである。キャザーはこうした女性を愛する女性のひとりであったが、性科学の理論によって、女性同士の愛が性的なものであり堕落であるとみなされるようになるにつれて、他の女性に対するレズビアン的な自身の欲望を隠すようになっていった。世紀末のアメリカは、女性を愛する女性たちにとって、このように一大転換期となった。ジェイムズの『ボストンの人びと *The Bostonians*』(一八八六)は、この頃のボストンを舞台に、女性同士の愛とフェミニズム運動の結びつきを描いたものである。性科学の影響を受けたのは、ヘミングウェイも同様であり、彼の蔵書のなかにエリスの著作があったことは注目に値する(Moddelmog 52)。また、フロイトの理論が、これらの性科学者たちの掲げた理論の延長線上にあることはいうまでもないだろう。

本書において、ジェイムズをとりあげる理由は、彼が『ボストンの人びと』で、ホモセクシュアリティというテーマを扱ったからだけではない。『ボストンの人びと』以外にも、『ロデリック・ハドソン *Roderick Hudson*』(一八七五)などジェイムズの小説に登場する人物にはホモエロティックな欲望が見え隠れしていて、多くの批評家たちがそれをアウトする試みをしている。こうした試みからわかることは、彼の物語のなかには、それを発見したいと願う視点で見れば確かにクローゼットが描かれているということだ。そのようなクローゼットが物語のなかで欲望をどのように機能させているかを考えるとともに、クローゼットの扉を誰がどのようにして開こうとするのかを本書では見ていくことになるだろう。しかし、わたしがジェイムズのテクストについて論じるもうひとつの、そしてさらに重要な理由は、物語論を基礎におく本書の試みとして、語りにおける彼のテクニックに注目したいからである。彼が『ねじの回転 *The Turn of the Screw*』（一八九八）で見せたような、語り手の意識のなかで「真実の」物語が構築される過程を描いていく手法は、この本で最初にとりあげる「密林の獣 The Beast in the Jungle」（一九〇三）にもはっきりと認めることができるのだ。

「密林の獣」の語り手は、秘密の「存在」を現前させるが、それと似たようなやり方で、キャザーの「ポールの場合 Paul's Case」（一九〇五）の語り手も、セクシュアリティについてのポールの秘密の「存在」を現前させ、さらにポールの「本性」をジェンダー化する。この本でキャザーについて論じるのは、伝記的な事実によって彼女のクローゼットの扉が開かれ、彼女のテクストが、これまでにも頻繁にイン／アウト批評の対象としてとりあげられてきたからだ。それらの批評は、すでに開かれたクローゼットとしての彼女のテクストに、作者自身のホモセクシュアルな欲望がどのような形をとってあらわれるかを確認する作業となっている。

なかでもとりわけ興味深いとされているのは、彼女が語り手や、語る視点を、自分とは異なるジェンダーに設定していることである。キャザーは、自身のレズビアン的欲望を、男性ジェンダーとヘテロセクシュアルな欲望という二重のマスクを使って表現した。そうすることによって、彼女は、物語の欲望がエディプス的な欲望をなぞっていくような物語の枠組みを、自らのレズビアン的欲望を隠すためにうまく利用したのである。『わたしのアントニーア *My Ántonia*』（一九一八）では、語り手は明らかにキャザー自身と重なるところが大きい。しかし『迷える夫人 *A Lost Lady*』（一九二三）では、キャザーの欲望が投影された人物であるニールは、ヘテロセクシュアルでもホモセクシュアルでもなく、むしろ去勢された人物であるかのように描かれている。こうした人物の描き方には、女性の身体に閉じこめられた男性性というキャサリー自身のジレンマを読みとることができるだろう。キャザーのクローゼットはすでに開かれている。しかし、一方で、想定されたレズビアン的な欲望が、その内側に本当にあるのかどうかは、議論すべき問題である。

これら二人の作家とは対照的に、ヘミングウェイは、文学史上において、従来、ヘテロセクシュアルで、男性的ヒロイズムの象徴的存在というイメージの強い作家であった。しかし一九八六年に彼の未完の原稿が編集され『エデンの園 *The Garden of Eden*』（一九八六）として死後出版されると、彼の男性的イメージの裏に隠された両性具有に対するジレンマに注目が集まりはじめ、彼のマッチョ像は修正を余儀なくされることになった。『エデンの園』には、夫婦の性役割の交換やレズビアンを含めた三角関係、ジェンダーの越境など、これまでのマッチョなヘミングウェイのイメージからは想像できないような場面がくり返し描かれていたのである。こうした経緯から、現在、ヘミングウェイのテクストに対してクィア・リーディングを行うことは、理にかなったことであるし、同時に喫緊の課題でもあるとわたしは考えている。ヘミングウェイが他の二人の作家と異なる点は、彼が「パパ」というヘテロセクシュアルな男性のイコンとしてアメリカ文化のなかで機能し、そのイコンを守りたい批評家たちの手によってきわめて周到にインされてきたことである。もちろん、近年のクィア研究の功績によって、彼をアウトするもうひとつの批評の流れが作られつつあるが、ヘミングウェイ批評は全体として、インする批評とアウトする批評とのあいだで葛藤している。つまり、ヘミングウェイのクローゼットは、これらの批評のなかで見え隠れしているといってよいだろう。

わたしは本書においてクィア・リーディングを行う対象として三つのクローゼットを用意した。ひとつは扉を開けようとする批評家の意欲をそそるジェイムズ的クローゼット、もうひとつは扉がすでに開いていていてあとはその中身を確認するだけのキャザー的クローゼット、そして、最後に見え隠れしていてその存在がまだはっきりしないヘミングウェイ的クローゼットである。これら三者三様のクローゼットの形態に合わせ、わたしは本書を三部構成とした。三人の作家に特徴的なクローゼットがどのようにして作りだされていくのかを順番に考察していくつもりである。彼らのクローゼットを分析するにあたり、わたしはまた、語りとオーサーシップと批評の関係にも注目していく。それゆえ、第I部から第III部までのもうひとつの主眼は、それぞれ語り、オーサーシップ、批評にある。

第I部「クローゼットの扉の前で——ヘンリー・ジェイムズのホモフォビックな語り」では、ジェイムズの語り手がホモフォビア的な語りによってプロットを構成し、登場人物のホモセクシュアルな欲望を物語のなかで指し示すことによってクローゼットが明るみにされていく過程を探る。第II部「開かれたクローゼットの内側——ウィラ・キャザーの不安なオーサーシップ」では、レズビアン作家としてクローゼットからアウトされたキャザーについて、彼女のレズビアン的欲望とオーサーシップが語りのなかでどのように関係しているかを解き明かす。第III部「見え隠れするクローゼット——アーネスト・ヘミングウェイをクィアする」では、ヘミングウェイ批評におけるインする欲望とアウトする欲望の相克と、そうした批評動向のなかで形成されていくクローゼットついて論じる。

村山敏勝はジョナサン・ドリモアとジェフリー・ウィークスの議論をふまえて、クローゼットには「ジイアンドレ・ジイド的なものとオスカー・ワイルド的なものがあると論じている。彼によれば、「ジイドのクローゼットは、そのなかにいる同性愛者本人にとってのものである。いっぽうでワイルドのクローゼットは、その外にいる観察者が、なにやら得体のしれぬものに同性愛という名を与えて囲いこむことでつくられている」（村山　三五）。わたしが本書で分析対象としているのは、後者のクローゼット、つまりワイルドのクローゼットである。

「セジウィックがジイド的なもの、つまりマイノリティの内部からの視点を無視してしまっている、という批判は正当だろう」（村山　三五）と村山は指摘する。そうだとしたら、わたしの研究も、セジウィックが受けたものと同じ批判を受けるかもしれない。また、本書でわたしが扱うテクストは、これまでのイン／アウト批評が好んでとりあげてきたものに集中している。もしもクィアなジェイムズ像を浮かびあがらせることが本書の目的であるならば、わたしが論じたテクスト以外にも扱うべきテクストはあるだろうし、キャザーとヘミングウェイについても同様である。例えばジェイムズの『ある婦人の肖像 *The Portrait of a Lady*』（一八八一）、『カサマシマ公爵夫人 *The Princess Casamassima*』（一八八六）、キャザーの『迷える夫人』、『教授の家 *The Professor's House*』（一九二五）、ヘミングウェイの『日はまた昇る *The Sun Also Rises*』（一九二六）、『海流の中の島々 *Islands in the Stream*』（一九七〇）などにも、ホモセクシュアルな欲望を読みとることはできるだろう。

しかし、くり返しになるが、本書の目的は、作者の隠されたホモセクシュアルな欲望を抽出することではない。わたしの意図は、この序章で定義したクィア・リーディングを、テクスト分析のためのひとつの方法として提示し、現実のテクストに対してそれを行うことであり、その効果を証明することである。それは、これまでのイン／アウト批評によって可視化されたクローゼットとその形成過程に注目する読みであり、イン／アウト批評に対して異議申し立てを行うことである。それゆえ、この目的のために問題にするクローゼットは、ホモセクシュアルをイン／アウトする観察者によって作りあげられたクローゼットであり、わたしが扱うテクストは、まだアウトされていない新たなテクストではなく、むしろすでにアウトされてきたテクストとなるのである。本書において分析の対象となるのは、したがって、ホモセクシュアリティやホモセクシュアルのアイデンティティではなく、ホモセクシュアルをイン／アウトする側のホモフォビアと、ホモフォビアを内面化するヘテロセクシズムである。

竹村和子は『愛について』のなかで、近代資本主義社会における性差別とヘテロセクシズムの結びつきを指摘し、その二重の抑圧体制を「（ヘテロ）セクシズム」と名づけている（三六）。竹村によれば、この［ヘテロ］セクシズムによって近代社会が再生産している規範は「正しいセクシュアリティ」（三七）とされる。それは「終身的な単婚《モノガミー》を前提として、社会でヘゲモニーを得ている階級を再生産する家庭内のセクシュアリティ」であり、「「次代再生産」を目標とするがゆえに、男の精子と女の卵子・子宮を必須の条件とする性器中心の生殖セクシュアリティを特権化する」（三七―三八）。ところが、セクシュアリティが語られるときには、この「正しいセクシュアリティ」の詳細は語られることがない。このことを指摘して竹村は次のように書いている。

皮肉なことに、「正常な」愛の経験の方は、語ることがタブーの禁じられた話題として秘匿されることになる。いわばわたしたちは、「正しい」性対象を見つけて「正しい」愛の経験をもつことを期待されているにもかかわらず、「正しい」愛の経験の内実は言い忘れられ、その代わりに「道を外れた特異な《パーヴァース》」ケースだけが縷々、語られることになる。（二一七—一八）

本書でわたしがとりあげるのは、いずれも「「道を外れた特異な《パーヴァース》」ケース」を描いた物語である。それゆえ、そこでは「正しい」欲望、「正しい」性愛、「正しい」身体は語られない。しかし、それを「正しくない」欲望や性愛や身体として読者に差しだす「正しい」視点が、物語をめぐるどこかの地点に確かに存在していることは明らかである。それは、語り手の視点の場合もあれば、読者の視点の場合もあるだろう。物語に描かれる倒錯したセクシュアリティを「正しくない」と判断するような「正しい」視点が、物語のどこに配備されているか、そして、それが物語のなかでいかなる性の配置を生みだしているかを、これから解き明かしていくつもりである。「正しいセクシュアリティ」についての議論は、第八章でもう一度、大きくとりあげる。

竹村が「正しいセクシュアリティ」という概念を打ちだすとき、彼女は、ホモセクシュアルとヘテロセクシュアルという二項対立的なセクシュアリティの捉え方に異議申し立てをしている。バイセクシュアリティ表象の可能性にとりくむ彼女の仕事（竹村「忘却／取り込みの戦略」）もまた、二項対立的な視点からは表象されえないエロスを抽出し、表現しなおすために、きわめて重要なものである。しかし、わたしは、すでに述べたように、セクシュアリティという語を、やはりホモ／ヘテロセクシュアリティという意味で使おうと思っている。もちろん、セクシュアリティについてこのような二項対立的な扱いをすれば、たとえばバイセクシュアリティや自体愛など、二項対立から零れ落ちてしまうエロスを見落としてしまうことになるかもしれない。しかし、わたしのここでの目的は、表象しえないエロスを細心の注意を払って掬いあげる作業ではなく、むしろセクシュアリティを、クローゼットをめぐって構成される知の対象として捉え直すことであり、それがいかにイン／アウトの議論の対象となってきたかを明らかにすることである。それゆえ、本書で扱うセクシュアリティの大半は、つねにすでにイン／アウトされたホモセクシュアリティであり、それと二項対立的な関係にあるヘテロセクシュアリティでなければならない。

この本では、まず第一章「クローゼットの獣なんかこわくない？」で、ジェイムズの「密林の獣」について論じる。この短編に対して行われたこれまでの精神分析批評に対して批判を加えながら、文学批評に有効な精神分析のあり方を模索する。主人公ジョン・マーチャーの欲望をホモセクシュアルであるとするような視点がクローゼットを形成していく過程を精神分析的に見ていく。

第二章「ライバルの死をめぐって」では、ゲイ文学の典型といわれる『ロデリック・ハドソン』において、ローランド・マレットに寄り添う語りに注目する。「ジョン・マーチャーの肖像」（Martin 102）とされるローランドには、ホモセクシュアル・アイデンティティが与えられているのか？　この問いを出発点とし、ローランド、ロデリック、メアリーが形成する三角関係が、ロデリックの死によって最後にどのように解消するのかを理論的に解き明かす。

『ロデリック・ハドソン』がひとりの女性をあいだに挟んだ二人の男性の物語であるすれば、『ボストンの人びと』は、ひとりの女性を奪い合う男女のライバル関係を描いた物語である。第三章「どのストーリーにレズビアンがいますか？」では、この男女を中心とするストーリー展開が、物語のプロット構成と語りの力学によりジェンダーとセクシュアリティの問題系へと発展して行く過程を浮き彫りにする。

第四章「ウィリアム・キャザー・Jr.の不安」では、作者と語り手のジェンダーについて論じる。キャザーがしばしば男性の語り手を採用したことは、「レズビアン」としての作者の欲望や「オーサーシップの不安」と、どのように結びつき、物語におけるエディプス的欲望と、どのように重なり、交錯し、離れていくのかを、『わたしのアントニーア』を中心に探っていく。

第五章「父の誘惑」では、エディプス・コンプレックスに関する議論をさらに深く掘り下げる。主人公によるジェンダーとセクシュアリティの越境を中心に解釈されることの多いキャザーの短編「ポールの場合」について、欲望がファミリー・ロマンスのなかでどのように形成されるのか、そして、その欲望が誰のものであるのかを考察するつもりだ。その際、比較の対象として、同じく息子を支配する父親を描いたフランツ・カフカの短編「判決 The Judgment」(一九一三)にも眼差しを向けたい。

第六章「だれが不倶戴天の敵なのか?」では、語り手のジェンダーが解釈に与える影響を考察するために、女性の語り手を有したキャザーのテクスト『わたしの不倶戴天の敵 *My Mortal Enemy*』(一九二六)をとりあげる。語り手にネリー・バーズアイという若い女性を設定したキャザーの野心が、どのような「オーサーシップの不安」と結びつき、どのような結果をもたらしたのかを考える。この小説は、結局、失敗作とされ、キャノンとして扱われることはなかった。そのことの意味を、語り手のジェンダーとの関係のなかで捉えてみたい。

第七章「インする批評／アウトする批評」では、ヘミングウェイのテクストに対してクィア・リーディングを行うことの意義について論じる。批評家と語り手の「知への意思」による共犯関係によって構築されてきたヘテロセクシュアルな男性のイコンとしてのヘミングウェイ像に、どのような切り口で迫っていくべきかを考えるための糸口として、「オカマの母 The Mother of a Queen」（一九三三）、「世の光 The Light of the World」（一九三三）という二つの短編をとりあげ、これらのテクストに批評がこれまで与えてきた意味を探る。

第八章「「正しいセクシュアリティ」は語らない」では、「エリオット夫妻 Mr. and Mrs. Elliot」（一九二四―二五）という「正しいセクシュアリティ」を描いたはずの物語を題材に、それが、マスターベーションやホモセクシュアリティなどの「正しくないセクシュアリティ」の物語に転じていく過程を浮き彫りにする。セクシュアリティはどのような行為の表象を通じて語ることができるのかを考えながら、「正しいセクシュアリティ」の内容がいかに語られないかを明らかにしていきたい。

第九章「ホモセクシュアルな身体の表象」では「簡単な質問 A Simple Enquiry」（一九二七）、『午後の死 *Death in the Afternoon*』（一九三二）、「海の変容 The Sea Change」（一九三一）をとりあげ、これまでの章でとりこぼした語りと身体表象との関係について詳しく論じる。語りにおける視点の変化に注目し、フーコーが批判する「知への意思」が、語る視点との共犯関係において、テクストのなかに描かれる身体をホモセクシュアルなものとヘテロセクシュアルなものとに差異化していく過程を考察する。

第一〇章「エデンの園はどこにある？」では、トム・ジェンクスによる『エデンの園』の編集について論じる。この小説はヘミングウェイの死後、一九八六年に出版されたが、約二〇万語以上あった原稿は、出版された小説ではもとの三分の一の長さに縮められている。ジェンクスが編集した小説の構成とヘミングウェイが書いた原稿とを比較することにより、特に小説のクライマックスがジェンクスによって意図的に作りあげられていることと、それがもたらす効果とを検証する。さらに、セクシュアリティの表象とアフリカの表象との関係に分析を加えながら、アフリカと西洋との二項対立を、ホモセクシュアルとヘテロセクシュアルの二項対立に重ね合わせたとき、ヘテロセクシュアルな白人であるヘミングウェイという作家が、アメリカ文学というひとつの枠組みのなかでどのような形でイン／アウトされるのかを明らかにしたい。

この本において、わたしは、白人中産階級に属する三人の作家をとりあげ、彼らの物語に登場する白人登場人物たちの欲望、身体、アイデンティティを扱っている。しかし、当然のことながらホモセクシュアルな欲望は中産階級の白人の身体だけに現れるわけではない。むしろ「正しくない」とされる欲望は、白人中産階級中心社会のなかで周縁化された有色人種や階級の低い人たちの身体にきわめて頻繁に投影される。『エデンの園』でセクシュアリティを越境するキャサリンが、日焼けによって部族的な身体を手に入れようとする描写からも、「正しくない」セクシュアリティが人種的な問題に、いかに歴史的に関連づけられてきたかがわかる。しかしながら本書において、わたしは、セクシュアリティをめぐる人種や階級など諸々の重要な問題を、とりわけ人種の差異はデ・ラウレティスがクィア理論の「きわめて重大な関心領域となる」（“Queer Theory” xi）と述べていたにもかかわらず、第一〇章を除いて大きくとりあげ論じることはしなかった。なぜなら、本書におけるクィア・リーディングの最大の関心事は、クローゼットの形成をめぐって明らかになる語り手、オーサーシップ、批評とセクシュアリティの関係を解き明かすことであり、そのためには人種や階級などの物語構造の外部的要素よりもむしろ、視点、プロット、予示、サスペンスなどの物語を構成する様々な要素に焦点を合わせるべきであろうと判断したからである。これらの物語要素が物語の展開に大きく寄与していることに注目しながら、セクシュアリティをイン／アウトする物語の欲望を十分に検討することが、本書のめざすところである。

第Ⅰ部　クローゼットの扉の前で

ヘンリー・ジェイムズのホモフォビックな語り

第一章　クローゼットの獣なんかこわくない？
――サスペンス仕立ての「密林の獣」

恐れは誰のもの？

ヘンリー・ジェイムズに関しては、クィア・リーディングが行われはじめてから、すでに久しく、その間、物語の登場人物についても、作者の伝記的事柄についても、さまざまな形でホモセクシュアリティやホモエロティシズムが言及されている。その多くの関心は、彼のホモセクシュアルな欲望をクローゼットからアウトすることに向けられ、これらの研究をうけて、リーランド・S・パーソンJr.は一九九三年に発表した自身の論文で、次のように述べている。

最近の研究者たちの多く（特にセジウィックとフレッド・カプラン）が、ジェイムズとジェイムズ研究をクローゼットから引きずりだしてきたおかげで、我々はジェイムズのホモセクシュアリティをほとんど当たり前のように考えることができるまでになった。（Person 188）

ジェイムズのホモセクシュアルな傾向を「当たり前のこと」とするということは、つまりジェイムズ研究がホモセクシュアリティを批評的前提としてもよいという許可を含意している。

しかし、ジェイムズ自身をホモセクシュアルだとみなすにしても、あるいはジェイムズのテクストに書かれた欲望をホモエロティックだとみなすにしても、それを「当たり前のこと」だと判断するためには、なんらかの証拠が示されていなければならない。ジェイムズをホモセクシュアルだというために提出された証拠として、彼が生涯独身だったという伝記的事実、男性の友人との親密な関係やそれを裏づける手紙、彼の文学テクストに描かれた男性同士の心的な結びつき、そして、彼が「女性とのかかわりを明らかに避けていたこと」(Edel 58) などを挙げることができるだろう。しかし、ホモセクシュアリティをレトリックではなく現実の問題として考えるとき、どの証拠をとっても、ジェイムズのホモセクシュアルな傾向を証明する決定的証拠にはなりえない。そして、この証明の不可能性は、ジェイムズの場合に限られたことではなく、人のセクシュアリティを証明することの根源的な不可能性を表している。

そもそも、ある人物をホモセクシュアルだと判断するとき、いったい何をもって、その人物がホモセクシュアルだといえるのか? 同性間で、性愛的で身体的な関係をもつことなのか? あるいは精神的な結びつきなのか? 欲望の対象選択なのか、それとも欲望それ自体なのか? これらのうちのどのレベルにおいてセクシュアリティが決定されるのか、わたしたちは簡単に答えることができない。それと同時に、他人のセクシュアリティを、どのようにして「知る」ことが可能かということも、判断の問題、つまり、誰が、何を、どのようにして判断するかの問題にかかわってくるのである。

他人のセクシュアリティを、自信をもって判断できる状況として、ひとつに、その人の告白を聞くことがあげられる。それに関しては、フーコーが『性の歴史I』で、セクシュアリティを決定する告白というシステムを検証し、次のような知見をすでに得ている。すなわち、告白を聞くことによって裏づけられ、決定されるようなセクシュアリティは、言説によって構築されたものであって、言説以前に存在する抑圧された何かではない、という知見である。セクシュアリティを「存在するもの」ではなく言説であるとするこの知見は、フロイト的な抑圧仮説を真っ向から否定するものである。フーコーは、さらにセクシュアリティの「真実」について「知る」ということと「権力」との結びつきについても指摘し、知と権力とが絡みあった構造が、セクシュアリティを人の「真実」のように見せかける構造を生みだしているのだ、と論じている。

セクシュアリティに関するフーコーのこの知見をふまえたとき、ジェイムズについてのクィア・リーディングがもっとも注意を払わなければならないことは、次の点である。つまりジェイムズのセクシュアリティの決定が、抑圧仮説にもとづいてなされているのだとすれば、それは、ホモセクシュアリティを「存在するもの」とみなすようなセクシュアリティの存在論に依拠してそれを強化するものとならざるをえない、という点である。『クローゼットの認識論』や『テンデンシィズ』におけるセジウィックのジェイムズ論は、想像力とするどい示唆に富んだ研究である。特に『クローゼットの認識論』では「密林の獣 The Beast in the Jungle」(一九〇三)に関する章で、彼女自身のジェイムズ論を披露し、主人公ジョン・マーチャーの秘密を、彼のホモセクシュアリティだと断定することは巧みに避けながらも、秘密が彼のセクシュアリティにかかわるものであるという仮説を立て、その仮説の上に議論を展開させている。しかし、その仮説は、フィリップ・ホーンが指摘しているように、レトリカルな三段論法によってかろうじて整合性を保っているだけで、現実の問題として決して十分に証明されているとはいえず（Horne 80）、仮説の上に仮説を立てていくというやり方で、仮説自体が「真実」のような印象を読者に与えてしまっている。こうしたセジウィックの仮説の立て方は、バトラーのことばを借りれば、それ自体、パフォーマティヴであるといってもよいだろう。

『ジェンダー・トラブル』において、ジェンダーとセックスの関係を扱う際に、バトラーはジェンダーのパフォーマティヴィティという概念を紹介し、ジェンダーというパフォーマンスのくり返しによって、セックスが、ジェンダーの起源として、すねにすでにそこにあるものとして構築されていくのだ、と論じた。「密林の獣」論においてセジウィックが行ったクィア・リーディングは、マーチャーのセクシュアリティに関する仮説をもとに、それを前提とした読みを二重三重に重ねていくことによって、仮説自体を証明することがないままに、仮説を「真実」として捻出していくような、まさしくパフォーマティヴな読みとなっている。彼女のような読みが、ジェイムズに限らず、多くの作家や文学テクストをクローゼットから引きずりだし、クローゼットの中と外との境界を浮かびあがらせることによってクローゼットを可視化し、クィア批評に大きく貢献してきたことは否定できない。しかしながら、同時にそれは、ホモセクシュアリティを「存在するもの」として扱う態度からそれほど離れているわけではないことを指摘しておかなければならない。なぜならそれは、イン／アウト批評と同じく、結局のところセクシュアリティをアウトする対象にしてしまっているからである。

フロイト的な抑圧仮説を否定して、セクシュアリティが言説であるというフーコーの知見に立つとき、では、はたしてどのようなクィア・リーディングが可能になるだろうか？　ひとつの読み方の例として、この章では、男性登場人物のなかに芽生えたかもしれないホモセクシュアルな欲望に対する恐怖を描いたサスペンス風の短編「密林の獣」をとりあげ、ホモセクシュアルな欲望が、テクストにどのように描かれ、読者にどのように解釈されるかを探っていく。

ホモセクシュアリティというセクシュアリティの「真実」をめぐる知と権力の磁場にクローゼットは形成される。「密林の獣」において、マーチャーの性の「真実」は秘密として提示され、読者はまるでサスペンスを読むように、密林の獣がいつ登場するのかハラハラしながら、「真実」が暴露される瞬間を待つことになる。語り手は、これまたサスペンス風に読者の恐怖を効果的に盛りあげながら物語を語り、獣の登場を最後の瞬間まで引き延ばすことによって読者を宙づりにする。このようなサスペンス仕立ての物語のなかで、クローゼットは、マーチャー、メイ・バートラム、語り手、読者という四者のあいだのどこで、どのようにして形成され、可視化されるのだろうか？　クローゼットの前に立ち、その扉を開くのは誰なのか？　そこには「恐れ」という要素はどのようにかかわってくるのだろうか？　はたして、クローゼットの獣をもっとも恐れているのは誰なのだろうか？

原光景

「密林の獣」を抑圧仮説のドラマ化であるとする読みは、読み手による「知への意思」を反映している。しかし、それでもなお、クィア批評家たちにそのような読みをさせ、それがある程度の妥当性をもつにいたる理由は、テクストをとりまく状況にある。まず、(1)ジェイムズ自身がホモセクシュアルな欲望のもち主であったとするような伝記的な疑い。そして(2)アラン・ブレイが『同性愛の社会史』で明らかにしたような、一八世紀初頭から隆盛しだしたモリー・ハウスの存在と、(3)その後ワイルド裁判を引き起こすにいたったホモセクシュアルたちの社会的立場。これらの、伝記的、歴史的、社会的背景を、ホモセクシュアルな暗示として解釈することにより、「密林の獣」が抑圧仮説のドラマ化であるとする読みが、可能になる。しかも、これらの事柄は、物語の舞台背景を形づくる形式として、テクストにとりこまれている。確かに、こうした物語背景を、主人公のセクシュアリティと繋ぎあわせることに、読者の解釈が貢献していることを忘れてはならない。そのような解釈の一例として、物語の一場面を精神分析的な「原光景」とするカジャ・シルヴァマンの解釈がある。

シルヴァマンが原光景だと解釈しているのは、「密林の獣」の最終場面で、マーチャーが見知らぬ男と出会う墓地のシーンである。

光を目の前にすると、最近でさえ自分の痛みが抑えられていただけだと知った。傷は、不思議な薬で麻痺していたが、ずきずきしていて、触ると血が流れた。そして、ついに触ったのは、生きている人間の顔だった。この顔は、木の葉が小道に積もったある灰色の午後に、墓地でマーチャーの顔を覗きこんだのだったが、まるで剣の一太刀を思わせるような表情をしていた。彼はとても深いところでそれを感じ、着実な一突きにたじろいだ。だまって彼に襲いかかった人物は、彼が目的地に向かっている途中で見かけた人の姿だった。その人は、少し離れた先にある墓に心を奪われていた。その墓は見るからに真新しくて訪問者の感情の生々しさが、おそらくその場にふさわしかった。（強調引用者）（"Beast in the Jungle" 430）

この人物は、喪服を着た中年の男性で、メイ・バートラムの墓を訪れたマーチャーが、力なくそこで佇んでいるところに、たまたま通りかかった人物である。この人物を目にしたマーチャーは、次のように反応する。

向こうの墓にいた隣人は、そこを去っていた。彼自身も、動く気力があれば、今頃はそうしていただろう。その男は、門のひとつに通じる道を、こちらのほうに向かって歩いていた。男はマーチャーに近づいた。その歩みはゆっくりだった。そのため――その男の表情にはある種の飢えがあったためによけいにそうだったのだが――二人の男は一瞬のあいだ直接対峙したのだった。マーチャーは、その男が深く傷ついた者のひとりであることを即座に感じた。その感じがあまりに痛烈だったせいで、その場にあったほかのものは、服装や年齢はおろか、推定できる性格や階級も記憶に残っていなかった。その男が見せた容貌の深い荒廃以外、何も残らなかったのだった。それを男が見せたこと――これが核心だった。〔……〕いずれにしても、マーチャーが意識していたことは、第一に、彼の前に現れた傷ついた情熱の姿も同じく意識していたこと――つまり、神聖な空気を汚す何かがそこにあったということだった。そして、第二に、感情を掻き立てられ、驚かされ、衝撃を受けたものの、その姿が行ってしまうと、次の瞬間には、もう彼は羨望の眼差しで、その後ろを見送っていたことだった。彼の身に起こったもっとも並外れたこと――それまではこの言い方は別のことにも使っていたのだったが――それは、彼がとっさにぼんやりと凝視したあとで、この印象の結果として起こったのだった。見知らぬ男は通り過ぎたが、男の悲しみの剝き出しのまぶしさは残った。わたしたちの友人は、哀れみながらも、何がいけないのか、それは何の傷を表現しているのか、癒せないのは何の傷なのかといぶかった。それを失ったせいで、あのように血を流しながらそれでも生きていかなければならないなんて、いったい何を、あの男はもっていたというのだろうか。（"Beast in the Jungle" 430-31）

これらの場面において、第一に注目されるのは、見知らぬ男の「傷」に対するマーチャーの心の変化である。最初に見知らぬ男の顔を見たときマーチャーは「痛み」を感じるが、その男の「傷」を見るうちに、それを「羨望」するようになる。マーチャーは、見知らぬ男が大切な誰か――おそらく女性――を失い、傷ついている様子を見る。そして、その男が彼女に対して抱いていた感情を羨望する。なぜなら、それこそが、マーチャーがメイ・バートラムに対して抱くことのできなかった感情であるからだ。シルヴァマンは、マーチャーの心の中で、見知らぬ男が失った女性とメイ・バートラムとが重なりあい、ヘテロセクシュアルなカップルになることで、この場面が原光景として成立していることを指摘する。そして、見知らぬ男が愛する女性に抱いていた欲望に、マーチャーが自己同一化し、ヘテロセクシュアルな欲望を自分のものにしていくのだと論じている。

しかし、シルヴァマンは、この場面が、陽性エディプス・コンプレックス――異性の親への欲望と同性の親への自己同一化――であると同時に、陰性エディプス・コンプレックス――同性の親への欲望と異性の親への自己同一化――へとひらかれている可能性も、同じく指摘している。このことは、物語に登場する「剣」の比喩によって説明される。剣は、まずマーチャーに対して向けられ、傷つけられるのはマーチャーであることがほのめかされる。しかし、一転、血を流しているのは見知らぬ男であるとされ、その男の傷が見せられる。こうした描写を受けて、シルヴァマンは、墓地のシーンについて、次のように解釈する。

一節目では、見知らぬ男がマーチャーを眼差しの刃で突き刺す人であるのに対して、二節目では、その男は、突き刺される人となり、その過程で女性化される。前者はジェイムズ的な幻想世界への母的な入口地点――いいかえれば「母」との自己同一化に向かうこと――を示し、後者は、「父」との「男色的な自己同一化」とわたしが呼んだものを通じて現れる入口地点を示している。(Silverman 174)

シルヴァマンは、このように「密林の獣」の決定的な場面を原光景という精神分析の概念に照らし合わせて解釈しながら、この物語が、ヘテロセクシュアルな陽性エディプス・コンプレックスとホモセクシュアルな陰性エディプス・コンプレックスとが交錯する可能性を示す物語であることを指摘している。

この同じ墓地の場面について、セジウィックは、女性的でホモセクシュアルな自己同一化から、男性的でヘテロセクシュアルな自己同一化に、マーチャーが方向転換したシーンであると捉え、この場面の描写をホモセクシュアル・パニックとして理解している。セジウィックが考えるホモセクシュアル・パニックとは、彼女自身のことばをかりれば、「男性の男性に対する欲望――そしてその欲望の否認――がどんなに中心的なものであるか」(Sedgwick, *Epistemology of the Closet* 211) が明らかになるときに起こるものであり、この理解にしたがって物語を読めば、次のような解釈が成り立つ。

> この短い謎めいた非遭遇のなかでマーチャーの欲望が進む道は、男性的権利を取得するための古典的な道筋を再演している。その男のあからさまな「飢え」〔……〕に応じて、マーチャーは、その男を欲望する可能性から始める。神聖さを汚すことを恐れてその欲望から気をそらせると、次にマーチャーは欲望を羨望におきかえる。つまり、その男が、誰か別の、おそらく女性の、死んだ対象に対して抱いている(くじかれた)欲望のために、その男と同一化するのである。「見知らぬ男は通り過ぎたが、男の悲しみの剝き出しのまぶしさは残った。わたしたちの友人は、哀れみながらも、何がいけないのか、それは何の傷を表現しているのか、癒せないのは何の傷なのかといぶかった。それを失ったせいで、あのように血を流しながらそれでも生きていかなければならないなんて、いったい何を、あの男はもっていたというのだろうか。」(*Epistemology of the Closet* 211)

シルヴァマンが原光景という精神分析の用語で墓地の場面を論じたのに対して、セジウィックは、ホモセクシュアル・パニックという概念を使って同じ場面を解釈した。しかし、そうした違いがあったとしても、二人がこの場面をジェンダーとセクシュアリティにおけるマーチャーの自己同一化の場面であると捉えていること、そして、自己同一化を、男性的／女性的、ホモセクシュアル／ヘテロセクシュアルという二項対立的な物差しで計ろうとしていることも明らかである。

文学テクストにおける自己同一化の問題は、しかし、登場人物に限られた問題ではないはずだ。もしシルヴァマンが、マーチャーと見知らぬ男の関係に加えて、語り手と読者というレベルで原光景を考えることができていたら、精神分析における転移や逆転移という問題を軸にして、語り手と読者の関係を考えることができたかもしれない。また、そのことにより、文学テクストの解釈に精神分析を応用することの有効性をもっとはっきりと示すことができたかもしれない。こうしたシルヴァマンの解釈の弱点を、セジウィックは次のように批判している。

分析者／批評家をとり囲む転移の関係が――いやそれどころかその人物をとり囲むどんな関係も――そこでは厳密に調べられていない。それにともない、ひどく還元的で、侮辱的ですらある抑圧と無意識のモデルにもとづいて、ジェイムズの文学的成果を理解しようとしている。そのような理解は、ジェイムズのテクストがもつ形式上と文体上の作用を見えなくしてしまう。権力、抑圧、印づけられたアイデンティティの強化もしくは抵抗を巻きこむ歴史的側面を、排除、あるいはむしろ考慮しないようにしている。ゲイの可能性が、ひとつの枠組みのなか（「原光景」や、「陽性」と「陰性」のエディプス・コンプレックスといった枠組みのなか）でしか探求されていない。そして、その枠組みの組織構造が、生殖能力のある一夫一婦制のヘテロセクシュアルなカップルを、セクシュアリティ全体の起源であり、究極の目的であり、規範であるとして、すでに暗黙のうちに備えつけている。(Sedgwick, *Tendencies* 74)

残念ながら、セジウィックは「分析者/批評家をとり囲む転移の関係」についての考察を発展させようとしなかった。しかしこの指摘を、読者と語り手の関係に当てはめたとき、原光景は、テクストの解釈に有効なモデルとなるかもしれない。たとえばシルヴァマンの解釈に対して、原光景を見ているのは本当にマーチャーなのか、という疑問を差しはさんだとしたら、どうなるだろうか? もしそのようにしたなら、まったく違った次元で、このシーンを捉えなおす必要が生じてくるのではないだろうか? たとえば墓地のシーンを原光景であるといったん認めたとしても、それがいったい誰にとっての原光景なのかが議論されるべきではないだろうか? というのも、マーチャーにとって原光景となる見知らぬ男の「表情」と、それによってもたらされるマーチャーの精神的な変化は、語り手によって読者に伝えられ、物語が語られ、読まれるというその時点で、すでにマーチャー、語り手、読者の三者が共有するものとなっているからである。

シルヴァマンによる墓地のシーンの解釈では、マーチャーの視点から見た男の表情と、語り手が読者のために意図した描写、そして読者による解釈は、あまり区別されていない。また、そのうちどれをもって原光景とするのかが明示されてもいない。一方、原光景が、ここでは物語という形態をもって示されている以上、こうした区別ができないのは当然であるともいえる。それゆえ、もし、これを原光景として扱うのだとしたら、これらの条件をすべて考慮しながら扱わなければならない。男の表情という物質性がマーチャーにとっての原光景であるという解釈には限界がある。それを原光景であると解釈するならば、男の表情、それを見るマーチャー、マーチャーの心情を理解し描写する語り手、その語りを読む読者というそれぞれのレベルで、原光景が成り立つということを理解しなければならないだろう。

原光景の解釈をめぐって、読者と語り手にこのように光をあてれば、このシーンがいったい誰にとっての原光景となりえるか、ということが、解釈上の大きな問題点となってくるだろう。そして、この問題を考えるにあたっての重要な事柄は、マーチャーの秘密という物語の主題そのものが、読者と語り手の両者にとって、どのような意味をもちえるかということである。この物語は、マーチャーの秘密を中心に展開していくが、その秘密がいったい何であるかについては、最後まで明らかにされることはない。それどころか、それが何であるかという問いかけすら、実はされていないのだ。「秘密」は「秘密」として、つねにすでに物語のなかに存在し、その存在は動かしがたい事実として、物語の中核を占めている。

秘密のクローゼット

マーチャーの秘密は、メイ・バートラムが、それを「知っている」とマーチャーに告げる場面でその存在がほのめかされる。メイ・バートラムは、その秘密について、彼女がマーチャーから聞いた忘れられない話として話しはじめる。

「ねえ、あなたがわたしに言ったことを、わたしは忘れることがまったくできなくて、それ以来、何度も何度も、あなたのことを考えさせられたのよ。それは、わたしたちが、入江を渡ってソレントへ涼みに行った、あのひどく暑い日のことでした。わたしが言っているのは、帰る途中、船の日よけの下で涼みながら座っていたときに、あなたがわたしに言ったことです。あなたは忘れてしまったの？」

彼は忘れていた。そして、彼は、恥ずかしかったというよりも、むしろ驚きのほうが大きかった。しかし、何か「甘い」ことばをかけたことを、彼に思いださせてやろうというような卑しい気持ちがないとわかるのは、すばらしいことだった。（"Beast in the Jungle" 387）

メイ・バートラムは、マーチャー自身が忘れていたことを彼に思い出させ、彼の秘密としてそれを彼女が共有していることを告げる。秘密について彼女が「知っている」という事実は、物語のなかで二人の関係を「知る者」と「知られる者」とに振り分け、「知るもの」の側に、秘密についてさらに知る権利を与える。彼女は、マーチャーが彼女に初めて秘密を話して以来、彼に何が起こったかを尋ね、「知られる者」の側におかれたマーチャーは、秘密についてさらなる告白をすることになる。秘密を知られることによって、マーチャーは、「知る者」と「知られる者」とのあいだに生みだされる権力関係のなかに身をおくことになるのだが、秘密を共有するこの関係は、マーチャーにとって、秘密について語ることができる唯一の関係であるゆえに、実際には彼に解放感を与えるものとなっている。

「……」「あれはもう起こったのかしら？」

それでは、あのことだったのか、と彼が目を見張っているうちに、一筋の光が差しこみ、血の気が彼の顔にゆっくりと戻ってきて、そうだとわかったとたんに、今度は顔がほてりはじめた。「ぼくが、あなたにお話したというのですか――？」だが、思いついたことが間違いであってはいけないし、自分の秘密をうっかりもらしてしまうだけになってもいけないので、彼は口ごもった。

「あなたご自身についてのことですもの、忘れないのは当然ですわ――もしあなたのことを少しでも覚えていれば。だからあなたにお尋ねしているのですよ」と彼女は微笑んで言った。「あなたがあのときお話しになったことが、これまでに一度でも起こったのかどうか。」

ああ、と彼はそのとき理解したが、驚きで我を失い、決まり悪く感じた。このことで彼女が、自分が口にだしたことは間違いだったといわんばかりに彼に対して気の毒そうにしたことも、彼には見てとれた。しかし、それは驚きではあったが間違いではなかったと感じるのに、さほど時間はかからなかった。そのことで初めは少しショックを受けはした。しかし、かなり奇妙なことだが、彼女が知っているということが、逆に彼にとって甘美な味わいを持ちはじめたのだった。彼女は、彼以外にそのことを知っている、世界でたったひとりの人物で、秘密を彼女にもらしたという事実はどういうわけか彼の記憶から消えていたにもかかわらず、彼女はこの何年ものあいだ、それをずっと覚えていたのだった。二人が何事もなかったかのように会うことができなかったのは不思議ではない。「僕は」と彼はやっと口を開いた。「あなたのおっしゃる意味がわかったと思います。ただ、不思議なことに、僕は、あなたに自分の秘密をそこまで打ち明けたという自覚がないのです。」

「あなたがほかにもたくさんの人に、お話しされたからですか？」

「誰にも話したことはありません。あれ以来、誰ひとりとして。」

「それでは、知っているのはわたしひとりということですか？」

「世界中でたったひとりですよ。」（"Beast in the Jungle" 388-89）

物語を通じてマーチャーとメイ・バートラムとのあいだで共有されるマーチャーの秘密は、この場面以降、その内容に関して彼らのあいだで決して語られることはないし、語り手によっても明らかにはされない。彼らが「秘密」や「真実」と呼ぶその事柄について、実際に彼らが同じ事柄を指しているのかどうかさえ、彼らのあいだで議論されることはない。同様に、語り手が、はたして、「秘密」の内容を知っているのかどうかも、この物語において問われることはない。「秘密」の内容は、このように、誰からも語られることなく、マーチャーとメイ・バートラム、語り手と読者とのあいだで、周知の事実として認識されている。そして、この「秘密」に内容が与えられるとすれば、唯一、「解釈」を通じてだけである。

このように考えた場合、わたしたちが最終的に突き当たるのは、マーチャーの「秘密」を「解釈」するのは誰か、という問いである。セジウィックは、マーチャーの「秘密」が、すなわち彼がホモセクシュアルかもしれないということだ、という前提で議論をしているようだが、その前提は、マーチャーの「秘密」をセクシュアリティに関することに集約しようという彼女の試みによって支えられた彼女自身の解釈にすぎない。しかし、もしそうだとしたら、そのような解釈を可能にする要素が、テクスト内外に存在しているか否かを問うてみなければ、セジウィックに対して不当な態度をとることになるだろう。マーチャーの「秘密」を、彼自身のホモセクシュアリティに関する疑惑であるとするような解釈を促しているのは、はたして誰なのか？　メイ・バートラムなのか？　語り手なのか？それともセジウィック自身なのか？

　セジウィックがそうしたように、マーチャーの「秘密」が彼のセクシュアリティにかかわるものであると仮定したとしても（あるいはしなかったとしても）、問題の「秘密」に対する彼の心情は、セジウィックがクローゼットの中にいる人間の心情として提示したものと同様である。

> 外側の秘密、つまり秘密をもっているという秘密が、マーチャーの人生において、まさにクローゼットとして機能するようになるのは、このようにしてである。それは、中にホモセクシュアルな男性がいるクローゼットではない。というのも、マーチャーはホモセクシュアルな男性ではないからだ。そのかわりに、それは単にホモセクシュアルな秘密を隠すクローゼット――自分がホモセクシュアルな秘密なるものをもっていると思いこんでいることを隠すためのクローゼットで

ある。しかし、それでもマーチャーがク、ロ、ー、ゼ、ッ、ト、の中、に、いる人間のように生きていることは間違えようがない。日々の生活と人づきあいについての彼の見方は、クローゼットの中にいる人のものである〔……〕。(*Epistemology of the Closet* 205)

この洞察に満ちたセジウィックの議論は、マーチャーの秘密がクローゼットという比喩によって表現されうるという限りにおいて、セクシュアリティに関するものであるという解釈が成り立つことを証明している。それにもかかわらず、マーチャーがクローゼットの中にいることの証拠としてセジウィックが気づかずに引用した次の部分が、クローゼットに隠れた「真実の」マーチャーを見ているのが、実は語り手であることを、明らかにしてしまう。

とりわけ彼女は彼が異なる二つの顔をもっているという秘密を知っていた――政府のもとでささやかな任務を果たしているときの顔、親から譲り受けた質素な財産や、蔵書、田舎の庭園の管理をして、招待したりされたりしあう仲のロンドンの人びとを気遣うときの顔――そして、その裏で世間から距離をおき、あらゆる振舞いを、少しでも振舞いと呼べるようなあらゆるものを、長いあいだ、本心を偽るためのものにしてきた彼の超然的なところ。その結果、彼は社交的な作り笑いが描かれた仮面を身につけ、その覗き穴から、他の容貌とはまったく不釣合いな表情の目を覗かせるようになったのだった。このことに、おろかな世間は、何年たっても、半分ほども気づいてはいなかった。(“Beast in the Jungle” 399)

社交的な作り笑いが描かれた仮面の覗き穴から覗く、他の容姿とはまったく不釣合いな表情の目。おろかな世間が、何年たっても半分も気づかない、マーチャーのこの表情の目を見ているのは、紛れもなく語り手である。もちろん、この描写において、マーチャーの目を正面から見つめているのはメイ・バートラムなのだが、彼の目の表情からメイ・バートラムが受けた印象は語られることがない。語られるのは、あくまで語り手からの評価なのである。

マーチャーの「秘密」は、「恐るべきもの」として描かれているが、実際のところ、それを恐れているのはマーチャー自身ではない。彼は「秘密」の内容に確証を得てはいないが、「秘密」があることを否定しようとはしない。彼はその内容を果敢に見つけようとするわけではないが、それを知ることを恐れてはいないし、その内容を恐れてもいない。「秘密」について言及するたびに、メイ・バートラムは「あなたは恐れていますか」と尋ねるが、この問いについてマーチャーが、「はい」と答えたことは、事実一度もないのだ。したがって、秘密（を知ること）に対する「恐れ」についてのメイ・バートラムの問いは、もとから存在するマーチャーの隠れた「恐れ」を暗黙裡に伝えているわけではない。むしろ、この問いの配置によって、マーチャーの秘密が「恐るべきもの」であると思わせるようなレトリックなのだと考えるべきである。だとすれば、マーチャーの「秘密」を「恐るべきもの」として捉えているのは、質問を発するメイ・バートラムか、あるいは語りのなかにこの問いを点在させる語り手のどちらか、あるいはその両者だということになるだろう。秘密に関して、明らかにその内容を「知っている」という態度をとっているのが、登場人物のなかではメイ・バートラムただひとりであることから、語り手がマーチャーの「秘密」の内容をはたして知っているのかどうか、そしてそれを「恐るべきもの」として認識しているのかどうかは、メイ・バートラムが「知っていること」を語り手が共有しているのか、いないのかを検証することによって、解き明かしていかなければならない。

なんらかの秘密を抱えもつマーチャーの状態を、クローゼットの中にいる状態であると考えるなら、マーチャーにつねにクローゼットを意識させるのはメイ・バートラムである。そして、このクローゼットを、セクシュアリティにかかわるクローゼットとして機能させているのも、実はメイ・バートラムの存在である。すなわち、彼らが最後まで結婚しないだろうということを、読者にくり返し確認させることによって、物語は、ヘテロセクシュアルになりえない男性、すなわちホモセクシュアルかもしれないと疑われる男性として、マーチャーを浮かびあがらせるのだ。だとすれば、メイ・バートラムとの関係においてのみ、マーチャーはホモセクシュアルな男性でいることができる、という逆説さえ成り立つだろう。

セジウィックの議論を集約すれば、マーチャーの心のなかにあるものは、ホモセクシュアリティそのものについての恐れではなく、むしろ、自分がホモセクシュアルになるかもしれない、という疑念や不安だということになるだろう。だとしたら、恐れの本質は、セジウィックが考えているようなホモフォビアではなく、自分の未来を自分自身で知りえない、という無知に対する恐れであると考えるべきなのではないだろうか。もし、自分がホモセクシュアルであることを自認できたとすれば、こうした無知に対する恐れはなくなるが、そのかわりに、今度は、人からホモセクシュアルであることを見破られるかもしれない、という「知」に対する恐れがあらわれるだろう。いずれにせよ、これらの恐れは秘密の内容そのものについての恐れというよりも、むしろ、「知」と「無知」をめぐる恐れである。物語において、この「知」と「無知」のあいだのバランスを引き受けているのが、メイ・バートラムの存在である。彼女に「秘密」を「知られる」ことによって、マーチャーは、自分自身のセクシュアリティを自分が知らないという無知に対する「恐れ」から解放される。そして同時に、誰かに「秘密」を知られてしまうということについての「恐れ」からも解放されるのだ。したがって、彼はメイ・バートラムの前でだけ「恐れ」に対峙し、それを昇華させることができることになる。それゆえ、メイ・バートラムが「あなたは恐れているのか」とマーチャーに問うときに彼女が意味する「恐れ」と、知と無知をめぐるマーチャーの「恐れ」とは、本質的に異なるものである。そしてこの相違は、メイ・バートラムが知の内容を問題にしているのに対して、マーチャーは知と無知とを問題にしていることに起因している。

語り手が問題にするのは、メイ・バートラムが知っている秘密の内容のほうであって、その意味においては、メイ・バートラムと同じ文法で秘密に言及する。だが、両者は、「秘密」に対する「恐れ」についてのとりくみ方において正反対の方向を示している。メイ・バートラムが、マーチャーの「秘密」を理解し、共有し、「恐れ」を緩和しようとしているのに対して、語り手は、その「秘密」を、名づけえぬもの、恐るべきもの、とり消しできないものとして、読者に提示するのである。語り手は、将来マーチャーの身に起こるに違いない恐るべき出来事を、密林に潜む獣の出現として描く。しかし、マーチャーは自らの将来についてまったく無知であって、その無知こそが彼の「秘密」の重要な構成因でもあり、それゆえ、この獣を、マーチャー自身がすでに見ているということはありえない。そのように考えれば、この恐るべき獣をはじめに見たのは、語り手以外には考えられない。つまり、マーチャーの形のない「秘密」に対して、獣という形を与えたのは、ほかならぬ語り手であるということができるのである。

獣の正体

語り手は、獣に、あるひとつの意味を与えるために、この同じ獣が過去にも出現したことがあると述べ、その瞬間を、重い病気にかかったメイ・バートラムが、マーチャーの前に歩み寄ったときのこととして語る。

獣は本当に潜んでいて、その盛りのときに獣は飛びだした。獣は寒い四月の薄暮時に飛びだした。〔メイ・バートラムは〕青白く、病気で、衰弱してはいたが、それでもなお美しく、そのときはおそらくまだ回復可能に思われた。その彼女が、椅子から身を起こして、彼の前に立ち、想像できる限り推測するようにと彼に促したときだった。彼が推測していないときに、それ〔獣〕は飛びだした。彼女が絶望して彼に背を向けたときに、それは飛びだした。そして、彼が彼女のもとを立ち去るときには、印は落ちるべきところに落ちた。彼は自分の恐れを正当化し、自分の宿命を果たした。彼が失敗することになっているすべてのものに、彼は、寸分違わず失敗した。そして、彼が知ることがありませんようにという彼女の祈りを思い出すと、今や、うめき声が、彼の唇にのぼった。この目覚めの恐怖――これが知るということであった。知った瞬間に、一息で彼の目に浮かんだ涙さえも凍りついてしまうかのように思われた。("Beast in the Jungle" 433)

語り手はこのシーンをフラッシュバックのようにふり返り、メイ・バートラムのヘテロセクシュアルな誘惑の瞬間であったと遡及的に解釈して、マーチャーが彼女を受け入れなかったことを、ヘテロセクシュアルな関係における彼の失敗であると判断する。そのときに獣が姿を現したのだと、語り手は言う。この語りによって、獣が姿を現す瞬間は、マーチャーがヘテロセクシュアリティに失敗した瞬間であることを印象づけ、獣に、ホモセクシュアリティの表出という意味を与える。しかし、病気のメイ・バートラムが立ち上がってマーチャーに近づく場面で彼が見たものは、メイ・バートラムの顔であって、このとき獣が飛びだすのをマーチャー自身が見たわけではない。もしそのとき獣が姿を現したのだとしたら、それは先に引用した語り手の語りのなかであって、そうだとすれば、姿を現した獣を見たのは、語り手本人であるということになるだろう。この場面において、はじめて語り手は、マーチャーのこれまでの人生に対する判決を行う。すなわち、メイ・バートラムを愛することがマーチャーの逃げ道だったのに、それに失敗してしまった、という判断から始まる語り手の描写は、マーチャーの半生を、ヘテロセクシュアルになることに失敗した者のそれとして提示している。

物語は、語り手が見た同じ獣をマーチャー自身が見る場面で締めくくられる。

彼は、自分の人生の〈密林〉を見、そこに潜む〈獣〉を見た。そして彼がそれを見ているうちに、獣が立ち上がり、巨大でぞっとするような姿で彼を押さえこむために飛びかかろうとしていることに、空気の乱れによって気づいた。彼の目の前が暗くなった――それは間近にいた。そして彼は幻覚のなかでそれを避けようとして本能的に向きを変え、墓の上にうつ伏せに身を投げだしたのだった。("Beast in the Jungle" 433)

この最終場面を、マーチャーのセクシュアリティに関する自己認識とそれにともなうパニックとして解釈することも、もちろん可能だろう。しかし、そうだとしてもなお、獣をはじめに見たのは、語り手であって、マーチャーではない。このテクストの解釈にとって重要なのは、語り手が、マーチャーよりも先に、獣を見ているということであり、ということは、すなわち、語りを読む読者もまた、マーチャーよりも先に、獣を見ているということである。なによりもまず、この物語のタイトル自体が「密林の獣」であり、読者は物語を読みはじめた最初の時に、その文字を目にしているのではなかったか?

この物語では、マーチャーの秘密はミステリーとして提示されている。そして、このミステリーに恐怖という色づけをするモチーフとして密林の獣が用意されている。その意味において、語り手は、巧みな獣使いであり、その語りは、読者に獣を垣間見せながら、マーチャーの秘密に対する読者の恐怖をあおり、それが最高潮に達したとき、最終場面において、その怖い獣が飛びだす、というサスペンス仕立てになっている。最後に獣が飛びだす場面が、恐怖の場面となるのか、あるいは逆にカタルシスをもたらすのかは、読者の読み次第である。秘密を、そして獣を本当に恐れているのは、誰なのか？　マーチャーなのか、語り手なのか、読者なのか？　その答えは、実はテクストのなかには書かれておらず、解釈において浮上してくるのだ。そのように考えれば、墓地の場面で「傷」がマーチャーから見知らぬ男へと「置き換え可能」（Silverman 174）であったのと同じく、「恐怖」もまた、マーチャーから語り手、そして読者へと置き換え可能であるということもできるだろう。そして、もしそうだとしたら、このことのために、最後の場面は、語り手や読者がマーチャーに欲望を投影し、自分自身の原光景と重ね合わせることを可能にするのではないだろうか。

マーチャーは墓の上にうつ伏せになっている。そこへ背後から獣が襲いかかる。この最後の場面は明らかに男色を想像させるだろう。語り手は、それを恐怖の場面として語り、読者に苦痛を与える。しかし、その苦痛は、物語のカタルシスとなり、同時に物語の結末を知るという快楽がもたらされる。苦痛から快楽への読み替えは、子どもが性的な場面を最初に目にして、その意味を知るようになるときの基本的な意識の変化であり、原光景の特徴であるといってよい。文学テクストが原光景となる可能性を探るなら、その条件として、登場人物だけではなく、語り手や読者のエディプス・コンプレックスを投影するものとして読み解くことが可能な場面を想定しなければならない。さらに、そのような原光景の解釈には、それが登場人物、語り手、読者の欲望だけではなく、「物語の快楽」と、どのように関係しているのかを見ていくことが必要となる。

この男色的な原光景から差しだされる物語の快楽は、ホモセクシュアルな刺し貫かれる快楽である。物語の快楽がホモセクシュアルな快楽と重なるこのテクストは、まさにクィアなテクストであるといわざるをえない。しかし、それが原光景であるゆえに、読者は、子どもが両親の性行為を初めて目にするときのように、この場面における快楽をどのように理解すればよいのか、すぐにはわからないだろう。まずもって、なぜ、この物語は、獣の登場で幕を閉じなければならないのか。セクシュアリティと関連させてマーチャーの「秘密」の意味を「知る」読者にとっては、獣の登場は「遅すぎる」。そうでない読者にとって、それは「早すぎる」。ジャン・ラプランシュとジャン＝ベルトラン・ポンタリスが指摘するように、抑圧された欲望を開示する出来事は、いつも「早すぎる」か「遅すぎる」かなのである（Laplanche and Pontalis 10）。しかし、サスペンスの結末を知ることによってもたらされる物語の快楽も、読者にとっては、結局のところ、「早すぎる」か「遅すぎる」かのどちらかなのではないだろうか。そのように考えれば、何らかの「意味」を求めて物語を読むということは、精神分析が前提とする「抑圧されたセクシュアリティ」に、直接的ではないにせよ、リンクしているといえなくもない。

第二章　ライバルの死をめぐって
──『ロデリック・ハドソン』における予示

ゲイ文学としての『ロデリック・ハドソン』

ロバート・ドレイクは、『ゲイ・キャノン』においてゲイ文学のキャノンを構築し、ジェイムズの『ロデリック・ハドソン *Roderick Hudson*』（一八七五）を、そのなかに含めた（Drake 170-79）。エリック・ハラルソンが指摘しているように、この小説は、「男性性の異なる様式の表象、そしてさらに男性のホモセクシュアリティの表象へとはじめて彼〔ジェイムズ〕が進出した意義深いものとしても〔……〕その価値を高めることが、今では一般的である」（Haralson 27）。

しかし、この小説には本当にホモセクシュアルな欲望が描かれているのだろうか？　あるいはそれはホモセクシュアルな欲望を読みたいという他の誰かの欲望によって初めて明らかになるものなのか？　ヒュー・スティーヴンスは、ホモエロティックな欲望の存在が十分に認知されていなかった出版当時、ジェイムズがその存在を可視化させるために用いた手段が、『ロデリック・ハドソン』においてそれを「幽霊のようにぼんやりした存在」(Stevens 70) として描くことであったと論じている。しかし、ハラルソンは彼の議論を受けて、重要なのはその「存在」ではなく、むしろ「幽霊のようなぼんやりさ」(Haralson 27) であると指摘する。彼によれば、この小説がホモセクシュアリティについてのものだと考えるのは後の時代の「あと知恵」(28) であって、テクストにあらわれるホモセクシュアルな暗示が、小説が書かれた一八七〇年代でも同じようにいえるかどうかを確かめるためには、歴史的な考察が必要であるとする。このような歴史社会的な観点から、彼は、ヘレニズムへの言及、ギリシャ彫刻、オスカー・ワイルドというゲイの記号などを動員して、ロデリックという人物がいかにゲイ男性の原型となりえたか、『ロデリック・ハドソン』という小説が、いかに後の時代に続くゲイ文学の原型となりえたかを説明している。ゲイ文学としての『ロデリック・ハドソン』が、後のテクスト、たとえばわたしが第五章で論じるキャザーの「ポールの場合」などに与えた影響を過大評価するべきではないと、ハラルソンは留保しながらも、ロデリックのイメージや彼の運命が、キャザーの創作にわずかながらも入りこんでいると考えるのは妥当であると指摘している (Haralson 44)。

『ロデリック・ハドソン』をゲイ文学の原型であると結論づけるためのハラルソンの手続きを目のあたりにして疑問に思うことは、この小説に登場するロデリックとローランドという二人の男性の関係が性的であると解釈するために、なぜこれほどの議論が必要なのかということである。しかも、これほどの慎重さで論を進めながらも、ハラルソンは、ロデリックをゲイ男性の原型とする一方で、二人の関係がホモセクシュアルであるという結論をだしているわけではない。どうやら批評においては、二人の関係を、ただ直感でもって性的であるとみなすわけにはいかないらしい。しかし、これがヘテロセクシュアルな関係だとしたらどうだろう？　若くてハンサムな彫刻家に対するローランドの親切心、面倒見のよさ、情熱、嫉妬、執着は、単に天才的な芸術家の保護を目的とするにはあまりに熱心で、もしそれが男女の関係であったとしたら、それを「愛」だと直感的に解釈することが批評の世界でもある程度は許されているのではないだろうか？

物語世界においても批評においても、二人の人物の関係が性的であるかどうかを判断する物差しは、それほど精巧にできてはおらず、おそらくそのようなものはないに等しい。それにもかかわらず、男女の関係においては性的な欲望が介在するのが「自然」であり、前提であるとさえいえるのに対して、同性の関係においては性的欲望は特別な意味を付与され、それを読み解くためには慎重を期さなければならない。それは同性の関係には、性的欲望の代わりにクローゼットが用意されていて、クローゼットを開くことが性的欲望を読みとることと同義になるからである。だからこそ、もし読者が物語のなかでクローゼットを見つけたとしたら、せっかく見つけたクローゼットをいきなり開けて読書の楽しみを台無しにしてしまわないためにも、慎重に、慎重に、それを開けるのだ。そうでなければ、それがクローゼットであることを確かめるためにも、またもや慎重に、慎重に、議論をしなければならない。

わたしが第一章で行った議論は、マーチャーの欲望をホモセクシュアルであるとするような視点が、いかにクローゼットを形成しているかを見ていく作業であった。しかし、クローゼットを開くことへの慎重さも、クローゼットであるかどうかを確かめることへの慎重さも、そのどちらもが、ホモフォビアに関係していると認めないわけにはいかない。どちらも、ヘテロセクシュアリティ以外の性的欲望が存在してはならない、それゆえ同性同士の関係に性的な欲望が介在してはならない、というヘテロセクシストな世界観を前提にしているからである。しかし、前者の態度がホモフォビックなアウトする作業であるのに対して、後者の態度は、ホモフォビアを問題にし、ホモフォビアを読み解くものである。それゆえ、わたしがここでしようとしていることは、なぜホモセクシュアルな欲望だけがアウトされる対象になるのかという疑問を出発点として、ホモセクシュアリティとヘテロセクシュアリティの非対称性を浮き彫りにし、ヘテロセクシズムに意義申し立てをするために、ホモセクシュアリティよりもむしろホモフォビアを研究対象にすることである。

『ロデリック・ハドソン』において、ヘテロセクシュアリティを読むような「直感」でローランドとロデリックの関係を見れば、ギリシャ彫刻がホモセクシュアリティを暗示するという解釈に頼らなくても、どこにでも性的欲望を発見することは可能だろう。例えば、肩に優しく手をおく（*Roderick Hudson* 66）などのさりげないボディタッチ、ひとつの毛布にくるまって行った二人の初めてのアルプス旅行（130）、なんとしてでもロデリックにクリスティーナのことをあきらめさせようとするローランドの執拗さ、ロデリックのことを「わたしはその哀れな悪魔のことが好きで、彼をあきらめることができません」（237）と書いたセシリア宛のローランドの手紙。こうした事柄は、すぐさまロデリックに対するローランドの愛、性的な欲望を秘めたそれとして、認められるだろう。

逆に、ホモセクシュアリティを読むような慎重さでもってこのテクストに描かれたヘテロセクシュアルな関係を読むとしたら、性的な欲望はどこにも見つけることができないかもしれない。マダム・グランドーニは、メアリーへのローランドの想いを鋭く見抜いて「あなたは彼女に恋しているのね！」（*Roderick Hudson* 283）と言うが、彼女の洞察力を読者は無条件で認めるわけにはいかない。また、ローランドの愛する人物がメアリー・ガーランドであるという彼自身の告白（377）も、信用しなければならない理由はない。このように考えてみれば、登場人物のヘテロセクシュアリティを前提としなければ、男女間の性的関係は、なにひとつ保証されることはないのだ。

このような逆転の発想はクィア・リーディングのひとつの手段として有効である。ヨーロッパに向かう船の上でロデリックがメアリーとの婚約を告白したとき、ローランドは強く衝撃を受ける（*Roderick Hudson* 101-2）。彼らの関係にローランドは確かに嫉妬するが、しかし、彼が受けた衝撃の原因が正確に何であるのか、そして彼がロデリックとメアリーのどちらに嫉妬しているのかは、明確にはわからないのである。ローランドの嫉妬の感情について、ロバート・K・マーティンは、それが本当にメアリーのためのものであるのかと疑問符をつける（Martin 103）。そして、メアリーに対する愛をローランドが宣言するのは、ロデリックの気を惹くためのものであり、彼女への愛情にもとづくものではないと指摘する（103）。このようなマーティンの解釈は、まさにクィアな逆転の発想に通じるものである。

『ロデリック・ハドソン』で描かれているのは、ひとりの女性をあいだに挟んだ二人の男性の物語である。それは表向きはヘテロセクシュアルでホモソーシャルなそれである。セジウィックが男性同士のホモソーシャルな欲望を定式化するとき、それはつねにあいだに女を挟み、彼女を交換することによって彼らのあいだにヘテロセクシュアリティを保証するものであるとされる。そのため、それはホモセクシュアルな欲望からは決定的に差異化されたものとなり、ホモフォビアを内包しているとされる（Sedgwick, *Between Men*）。それにもかかわらず、若き彫刻家ロデリックに対して友人ローランドが示す熱心さと執着心は、二人の関係を、友情と呼ぶにはあまりに親密で情熱的なものにしている。物語では結末でロデリックがアルプスの崖から転落し、彼の死によって彼らの三角関係は解消される。このことは物語に描かれた男性同士のホモソーシャルな欲望に、いかなる意味を付け加えることになるのだろうか？　この章では、クィアな逆転の発想にもとづいて、ロデリックの死が意味するものを考えるとともに、恋愛の三角関係に表れるホモセクシュアリティの暗示が物語のなかで、なぜ、そして、どのように処理されているかを考察する。

ロデリックの死

この小説においてロデリックの死という悲劇的結末が用意されているのは「状況がホモセクシュアルだったからだ」（Martin 101）と、マーティンは書いている。そして彼によると、ロデリックの死は、読者がローランドを理解するために「絶対に必要だ」（102）という。なぜならローランドは物語の結末で、「ジョン・マーチャーの肖像」、つまり「独身生活に終止符を打つ見こみのない」人物として提示されなければならないからである（102）。しかし、マーティンは、ローランドとロデリックの関係をホモセクシュアルだと指摘しながらも、ローランドをホモセクシュアルな人物だとアウトしているわけではない。彼の読みは、ホモセクシュアリティの暗示をむしろロデリックの側に配分し、それにもかかわらずロデリックが最終的にローランドではなくクリスティーナ・ライトを――ホモセクシュアリティではなくヘテロセクシュアリティを――選ぼうとしたのだと解釈している。

おかしなことに、このテクストにホモセクシュアルな欲望が描かれているとすれば、その欲望の担い手はローランドであると認められているにもかかわらず（e.g. Martin ; Stevens）、ホモセクシュアル・アイデンティティは、大抵の批評においてロデリックのほうに与えられている（e.g. Martin ; Haralson）。そうした解釈の根拠となっているのは、ロデリックの女性化された描写である。このことは、ホモセクシュアル・アイデンティティがしばしばジェンダー越境として理解されていることを物語っている。さらに、ロデリックがローランドに比べてより好んでアウトされるのは、彼がドラマティックな性格で、ローランドがいうように「不自由なくらい絵画的」（*Roderick Hudson* 311）で人の視線の対象となる人物であるために、アウトされやすい要素をもっているからであるとも考えられる。

しかし、ロデリックをアウトする根拠となっている、彼を女性化する語りが、つねにローランドに寄り添い彼に焦点化しているということは、物語の非常に重要な点であり、クィア・リーディングが決して見逃してはならない点である。というのも、この物語のクィア・リーディングにとってもっとも重要なのは、ロデリックのセクシュアル・アイデンティティについての議論ではなく、ローランドに焦点化する語りについての議論だからである。それゆえ批評はロデリックをアウトすることで満足して、語りのモードを左右するローランドの欲望を置き去りにしたりしてはいけないのだ。

小説の序文においてジェイムズは、物語の興味の中心は「ローランド・マレットの意識」であり「ドラマはまさにその意識のドラマである」（*Roderick Hudson* 45-46）と書いている。この小説はローランドの物語であり、その証拠に物語の初めと終わりには、ロデリックに出会う前とロデリックが死んだ後のローランドの人生が描かれている。ロデリックの物語はローランドの人生において果たす役割にこそ意味がある。この小説についての批評は、ロデリックを女性化する語りのために、ローランド、ロデリック、メアリーの関係にホモセクシュアルな欲望が介在することの理由を、女性化されたロデリックであるとする結論をしばしば下してきた。しかし、読解の対象とすべきことはロデリックの女性化ではなく、むしろローランドに焦点化し、ロデリックを女性化する語りである。語る視点の位置を考慮したとき、ロデリックを女性化する視線はローランドに帰属しているといえるのではないのか？　そうだとしたら、彼の視線は、欲望する対象のジェンダーを越境させるようなクィアな視線と呼んでもよいのではないか？

一見したところ、ロデリックとローランドの関係は、ホモソーシャルな関係だということができる。しかし、女を交換することによって成り立つとされるホモソーシャルな関係において、男は別の男の利益を促進することが前提とされるのに対し、ローランドは、ロデリックの利益よりもメアリーの利益を優先する。そして、彼らの関係において交換されるのは、メアリーではなくロデリックである。ローランドは、ロデリックをハドソン夫人やメアリーから預かっているだけであり、彼を無事に彼女らに返さなければいけないという意識をつねに抱いている。またローランドは、ロデリックをメアリーのもとへ戻すために、クリスティーナにロデリックを解き放つよう交渉している。このように、交換される者のジェンダーの逆転がすでに彼らの関係を、規範からの逸脱という意味においてクィアなものにしている。

ハラルソンは、ロデリックの死を避けられない運命であるとし、ホモセクシュアリティというセクシュアリティの「差異」が、「罰せられた」結果であると述べている（Haralson 44）。そして、ジェンダー、人種、セクシュアリティなどが社会規範から逸脱したことに対する罰として主人公の死が結末に用意される文学の別の例として、ケイト・ショパンの『目覚め』、イーディス・ウォートンの『歓楽の家』、ネラ・ラーセンの『パッシング』を引き合いにだし、『ロデリック・ハドソン』をその系譜の上に並べている（44）。しかし、わたしには、ロデリックの死が、彼自身のセクシュアリティの逸脱に対して与えられた罰であるとは理解しがたい。むしろ彼の死は、ローランドの意識を中心とした物語全体の構成を考えたときにこそ、意味があるのではないだろうか。

読者がローランドを理解するために、ロデリックの死は「絶対に必要だ」（Martin 102）とマーティンが論じているように、ロデリックが最後に死ななければならない理由を考えるときには、ロデリックという人物に内在する何かに結びつけてそれを捉えようとするのではなく、それがローランドにとって意味するものを見つけることが重要である。「もしローランドが小説においてもっとも活発でホモエロティックな空想家だとしたら、彼自身への心理的な罰が、ロデリックの身体の破壊という形をとったのだ」（Stevens 87）とスティーヴンスは指摘している。もちろん、ロデリックの死をローランドに対する「心理的な罰」であるという彼の議論をすぐさま認めるわけにはいかない。が、しかし、ローランドのホモエロティックな空想が、ロデリックの死によって、物語のなかでどのように清算されることになるのかを見ていく必要があるのは確かである。ローランドの空想は、物語においてどのように提示され、空想から欲望がどのようにして奪われているのだろうか？

転落のイメージと反復される物語

物語の結末に用意されたロデリックの死は、なるほど物語の必然である。勘のいい読者であれば結末を読む以前の段階で、この物語のずっと前の部分に、ロデリックが高い場所から転落するイメージがすでに予示として描かれていることに気づいているだろう。もちろんこれによってロデリックが最後に本当に崖から転落してしまうことを予見しえたかどうかは別として。スランプ状態にある彫刻家の腕に手をおきながら（またボディタッチだ）、ローランドは次のように言う。「君は深い淵の端に立っているのだ。もし君がこの災難に負けてしまったら、君はそこに飛びこむようなものだ」（*Roderick Hudson* 244）。ローランドはまた、ひとりのときも、クリスティーナに惹かれるロデリックの将来を考え、ロデリックの死をイメージしている。

ローランドの目の前には四八時間、ロデリックの幻影が泳いでいた。優美で美しい姿で通り過ぎながら、もやの立ちこめた深い淵にダイバーのように飛びこんでいった。深い淵は破壊、絶滅、死だった。しかし、死が定められているなら苦痛は短くするべきではないのか？（*Roderick Hudson* 251）

ローランドが幻想で見たように、ロデリックは崖から落ちて死ぬ。深い淵はアルプスの谷底という現実のものとなる。転落死が予示されていることに気づいている読者ならば、結末でのロデリックの死に驚くことはないだろう。

しかし、ロデリックの死は、転落のイメージだけで予示されているわけではない。恋愛の三角関係においてローランドのライバルが死ぬという結末自体が、実はセシリアとローランドの関係を紹介する冒頭のくだりですでに書かれているのだ。セシリアはローランドの従兄弟の妻であり、その従兄弟はすでに亡くなっている。そしてローランドがセシリアに以前から恋していたことが告げられる。

それはその若い男性〔ローランド〕が彼女〔セシリア〕を嫌っていたからではなかった。反対に、彼は彼女を愛情のこもった賞賛の念をもって見ていた。彼は自分の従兄弟が結婚して彼女を家に連れてきたときに、金の果実がもぎとられて裸になった枝が振りあげられたことを、どのように感じ、そのときその場所で、将来ずっと独身でいるという見通しをどのように受け入れたのかということを、忘れてはいなかった。(*Roderick Hudson* 49)

しかし従兄弟の死後、未亡人になったセシリアをローランドはめったに訪問しようとしない。それはローランドの「やっかいな傷つきやすい良心」のためであり、それが「これから披露するこの物語の楽しみの一部となるだろう」(*Roderick Hudson* 49)と語り手は語っている。

語り手は、この物語が、恋愛の三角関係で、最初に恋人を手にしたライバルが死に、その後、しかし「もはや彼女と結婚したいとは思っていない」(*Roderick Hudson* 49)男性の物語であると、すでに冒頭で読者に知らせているのだ。この角度から物語の結末を見れば、ローランドと彼の従兄弟とセシリアの物語が、ローランドとロデリックとメアリーの物語として反復されていることがわかるだろう。

ニューイングランドに戻ったメアリーを、ローランドが訪問することは「ほとんどめったにない」(*Roderick Hudson* 388)。ローランドに対するメアリーの態度はよそよそしいものでは決してなく、むしろ「遠慮なく親切」(388)であると書かれている。セシリアはローランドが彼女の家に来るのと同じ頻度でメアリーを訪問しているのではないかと直感し、彼を「もっとも落ち着きがない人」と呼ぶが、ローランドは、自分が「もっとも忍耐強い」(388)と言う。自分自身を「忍耐強い」というローランドの自意識は、語り手が冒頭で「この物語の楽しみの一部」とした主人公の「やっかいな傷つきやすい良心」と無関係ではない。彼は、ヘテロセクシュアルな関係に失敗して傷つくよりも、自制心を強くして関係をもたないことのほうを選ぶのである。

ローランドを中心としたこの物語のテーマが、三角関係でライバルの男性が死ぬことについてであるとするならば、ロデリックの死は、物語にとって決して偶然ではない。それはむしろ冒頭から予示された必然の結末である。しかし、もしそうだとしたら彼の死を必然にするような力学は物語全体をとおしてどのように働いているのだろうか? その答えを解く鍵は、愛の三角関係におけるローランドの位置にある。ロデリックはヘテロセクシュアルな関係に対するローランドの特殊なスタンスについて次のように言う。

ではそれは君の独創性だな——公平に見て、君はある種の資質をかなりたくさん持っているのだが――彼女〔メアリー〕の幸せをまさしくそんなふうに守りたいと願うなんて。多くの男性は賞賛している女性を自分の手で幸せにするほうがいいと思い、彼女が落ちこんでいることを、つけこむチャンスと歓迎するだろうに。君はそのことについて、とても矛盾していたよ。(*Roderick Hudson* 355)

ここでロデリックが述べているのは、ローランドがメアリーを賞賛しているなら、なぜ彼自身の手で彼女を幸せにすることを選ばないのかという疑問であり、また彼女への愛がとっくの昔に冷めたロデリックがふたたびメアリーのほうにふり向くようにとローランドが躍起になっても誰の利益にもならないという指摘である。さらにいえば、この理屈に当てはまらない愛は、愛とはいえないという主張でもある。そうでなければ、最後にローランドがメアリーに対する愛を告白するときに、ロデリックが大いに驚く場面(*Roderick Hudson* 377)の理由が説明できないだろう。

女性に恋する男性の態度としては一見腑に落ちないローランドの行動は、彼が、メアリーを手に入れることではなく、メアリーへの恋心を隠したまま彼らの三角関係を保持することに彼自身の欲望を向けていることを説明している。彼は、ロデリックと自分自身の関係をホモソーシャルな関係として存続させるためにメアリーを必要としている。彼の理屈では、ロデリックが彼の期待に反して無軌道な行動をとらないために、そして、ロデリックをずっと彼の側に留めておくために、ロデリックはメアリーと結婚しなければならない。

しかし、ローランド、ロデリック、メアリーが形づくるホモソーシャルな三角関係は、ロデリックの死によって破綻する。セシリアの夫の死後、ローランドとセシリアのあいだにヘテロセクシュアルな結婚が成立しないのと同様に、ロデリックの死後、メアリーとローランドのあいだに情熱的な関係は描かれない。ライバルの死は、ローランドの運命である。だとしたらホモソーシャルな関係の破綻も、彼の運命だといえるのではないだろうか？ そして、もしそうだとしたら、それは彼のどのようなセクシュアリティを意味しているのだろうか？

セクシュアリティの袋小路へ

おそらくライバルの存在と死は、ヘテロセクシュアルな関係におけるローランドの稚拙さと予測される失敗とを浮き彫りにするためにある。ローランドは、メアリーとのあいだでロマンティックな雰囲気を作りだすために、ロデリックがクリスティーナに対して行ったのと同じ行為をする。コロセウムで危険な場所にあったきれいな花を、ロデリックはクリスティーナのためにとると言い、彼女が止めるのもきかず危険を冒して壁をよじ登ったことがあった。このときローランドは隠れた場所から一部始終を見ていて、ロデリックの身を案じ途中で止めに入ったのだが、ローランドは彼の行為を「男性的な雄弁」（*Roderick Hudson* 218）だと感じたのだった。そして、今度は彼自身がスイスの山で危険な場所に生えている花を見つけてメアリーに「僕はその花をとることができます」と言い、ロデリックと違って首尾よく花をとることに成功する（350-51）。

このエピソードに表れているように、ローランドにとってのヘテロセクシュアルな欲望の表現は、他者の欲望の模倣によって行われる。ロマンティックなライバルの模倣は、行為においてはコロセウムのもとの場面以上に成功したといえるが、恋人の心をつかむという効果において成功したといえるかどうかは不明である。敬愛する女性に花を捧げるというロマンティックなはずの行為を、ローランドは、自らの想いの強さからではなくメアリーの「勇気をためす」(*Roderick Hudson* 350)という目的で始めている。思惑通りメアリーに数分間の心配を与えたかもしれないローランドが、その行為によってメアリーの愛を勝ちえたかどうかは、最後まで確かめられることはない。結局はロデリックもまたクリスティーナとの恋愛において失敗しているのであり、ロデリックを真似るということ自体がローランドの成功への意欲のなさを物語っている。

ローランドは、クライマックスでメアリーへの愛をロデリックに告白し、クローゼットに逃げこもうとする。しかし、ロデリックがいなくなったところで、ローランド自身のヘテロセクシュアルな関係がうまくいくわけではないという事実が最終段落で暴かれる。それによって、彼自身がゲイ男性の可能性を秘めた人物としてアウトされる。しかし、同時に、彼のホモセクシュアルな欲望の対象としてのロデリックが退場し、彼にヘテロセクシュアルな関係だけがとりあえず残されるという点において、彼はインされている。最終的にロデリックに死をもたらすことになる語りの力学は、このようにローランドをインする方向とアウトする方向の両極に働いている。相反する二つの方向に引き裂かれた結果、ローランドはインの状態にもアウトの状態にもいられなくなる。こうしてローランドの物語はセクシュアリティの袋小路についての物語となる。

セクシュアリティをイン/アウトするような『ロデリック・ハドソン』の語りの力学は、エロスの自由な発露をふさぎ、性的な充足が得られないという運命をローランドにもたらすことになる。そして、この運命を、物語の締めくくりのことばでありローランド自身が発したことばである「忍耐」によって乗り切らなければならないものにする。主人公の「忍耐」が必要なのは、テクストにおいて、セクシュアリティが抑圧されるものとして扱われているからである。このことは、『ロデリック・ハドソン』というテクストが、まさしく抑圧仮説の言説となっていることの証左であるといえるだろう。

第三章　どのストーリーにレズビアンがいますか？
――『ボストンの人びと』のプロット分析

オリーヴはレズビアンか？

『ロデリック・ハドソン』が、ひとりの女性をあいだに挟んだ二人の男性の物語を描いているのと対照的に、『ボストンの人びと *The Bostonians*』（一八八六）では、ひとりの女性をめぐってライバル関係にある男女が登場し、ホモセクシュアルとヘテロセクシュアルの綱引きの場として、恋愛の三角関係がドラマ化されている。物語の中心人物であるオリーヴ・チャンセラーは、ヴェリーナ・タラントというひとりの女性をめぐって、従兄弟のバジル・ランサムとライバル関係になる。ヴェリーナに向けられたオリーヴの欲望は、レズビアンの欲望として一般的に解釈されている。しかし、オリーヴを本当にレズビアンと呼んでよいのだろうか？　この問いにまともに答えようとするならば、わたしたちは、もっと基本的な問いを発しなければならない。すなわち、「レズビアン」とは誰を指すのか？　「ホモセクシュアリティ」とは何なのか？　それは実践なのか？　アイデンティティなのか？

欲望なのか？　身体的な現象なのか、社会的なそれなのか、あるいは精神分析的なそれなのか？

　わたしたちが「ホモセクシュアリティ」について語るとき、わたしたちはそれを、セクシュアル・アイデンティティと性実践という、二つの異なるレベルで扱っている。セクシュアリティに関するこれら二つの側面は、一致している人もいれば、異なっている人もいるだろう。オリーヴの「ホモセクシュアリティ」に関していえば、このどちらもが小説において、確立されているとはいえない。オリーヴは、自分自身をレズビアンであるとは思っていないし、ヴェリーナと彼女のあいだには、レズビアンの性実践とみなしてもいいような行為は存在していない。興味深いのは、ミリセント・ベルがいうように、「誰も、ランサムさえも、オリーヴとヴェリーナを堕落していると非難したりはしていない」(Bell 112) ことだ。いいかえれば、この小説の登場人物たちは、ヴェリーナも彼女の両親も、オリーヴの妹ルナ夫人も、ランサムでさえ、オリーヴが「ホモセクシュアル」かもしれないと疑ってはいないのである。それゆえ、もし読者がオリーヴのなかにホモセクシュアルな傾向を認めるのだとしたら、それはひとえにその人の解釈によるものであって、テクストから推測されることにもとづいてなされているにすぎない。たとえば、テクストの解釈にフロイトの抑圧仮説を無批判に適用する読者ならば、オリーヴの「抑圧」された欲望という証拠をもちだして、彼女がレズビアンであるという判断を下すだろう。しかし、ホモセクシュアルな欲望がもし本当に「抑圧」されているのだとしたら、いったいどのようにしてそれを見つけだし、ホモセクシュアルな欲望として認定することができるのだろうか？

　二〇〇三年七月に立命館大学で行われた京都アメリカ研究夏季セミナーで、本合陽はオリーヴのホモセクシュアリティについて発表したが、そのやり方は、わたしには、この抑圧仮説にもとづいたものであると思われた。オリーヴの「苦難」に焦点を当てながら、彼はそれが他の女性たちの苦難とは異なるものであると指摘し、そこに「特別な意味」(Hongo 208)を読みとった。『ボストンの人びと』に関してジェイムズが一八八三年四月八日に書き残した創作ノートでは、テーマのひとつとして、当時失われつつあった女性の「多感さ《センティメント》」(James, *Notebooks* 47)が言及されている。本合はそれがヴェリーナに対するオリーヴの愛情に関するものであるとみなし、彼女の苦難の原因を、殉教者になるという尊い目的のために抑圧された彼女自身のホモエロティックな欲望に求めた。本合の発表では、残念ながら、抑圧された欲望と殉教者になるという野心とのあいだに論理的な繫がりが示されることはなく、またオリーヴのセクシュアル・アイデンティティが、テクストから紛れもない証拠を引きだすことによって証明されたわけでもなかった。しかし、もし、ヴェリーナに向けられたオリーヴの情熱にホモセクシュアルないしはホモエロティックな要素を認めることができるのだと仮定するなら、わたしたちが発すべき問いかけは、オリーヴが本当にレズビアンであるかどうかではないだろう。むしろ、オリーヴをレズビアンであるとみなすような解釈がどのようにして行われ、なぜそれがもっともらしく受け入れられるのかという問いかけが必要である。この問いに答えるために、わたしはふたたび、語り手と読者の関係に眼を向けたいと思う。

信頼できない語り手

この小説の語り手は、語りの視点を次から次へと変えていくことで読者をたくみに操ろうとしている。視点を変化させることで、同じものごとが、異なる立場から見たときに、どのように異なって見えるかを示そうとするこの物語の語り手は、どの登場人物に対しても、過度な思い入れをもつことはない。語り手の態度にはむしろ一貫性がなく、登場人物たちに対してときに同情し、ときに批判的になる。出来事の描写と登場人物の意識を追う一方で、しばしば登場人物たちのコミュニケーションのまずさをあざ笑いながら、登場人物たちに対して、判断を下している。

フィリップ・ペイジは語り手について、「どのシーンを伝え、どのシーンを省くかに関する語り手の恣意的な選択」が「フラストレーションを引き起こす」ものであると考え、このテクストが「語りも言語も視点もプロットも性格描写も、意図的に問題を含んだものである」ことを指摘している(Page 381)。にもかかわらず、ペイジは、語り手によるこうした細工は読みに対する読者の積極的な参加を誘い、「テクストの向こう側まで到達する」(Page 383) ことを促していると考えている。しかしながら、登場人物の意識や、物語のなかで起こっている事柄に対する読者のアクセスを制限することによって、語り手は明らかに自分自身の判断を物語の「真実」として強化している。それゆえ、もし読者が本当にテクストの向こう側まで到達しようと思うなら、読者は、物語に書かれていない出来事や登場人物の側面を推測するだけでなく、語り手の判断の裏側にある語り手自身の偏見やイデオロギーを見極めなければならない。

この種の信頼できない語り手は、ナサニエル・ホーソーンの小説『ブライズデイル・ロマンス *The Blithedale Romance*』（一八五二）に登場する一人称の語り手兼登場人物マイルズ・カヴァデイルを思いださせる。ユートピア的実験農場ブライズデイルに参加したカヴァデイルは、そこで出会ったゼノビア、プリシラ、ホリングズワースの三角関係の行方を見守る。しかし、彼らの運命を左右する決定的な瞬間を、居眠りをしていたせいで見逃してしまう。同様に『ボストンの人びと』の語り手も、マーミオンでのヴェリーナとランサムの最後の会話という重要な場面を描かない。その代わりに語り手が何をするかといえば、ヴェリーナとランサムが会っていたその日、一日中、オリーヴの意識を追いかけるのである。

実をいえば、これら二つの小説は非常によく似ていて、どちらもが、催眠術にかけられた従順な少女（ヴェリーナとプリシラ）、自己中心的で独断的なフェミニスト（オリーヴとゼノビア）、エゴイスティックなアンチ・フェミニストの男性思想家（ランサムとホリングズワース）のあいだにくり広げられる愛情の三角関係をモチーフにしている。両者の差異は、『ブライズデイル・ロマンス』がひとりの男性をめぐる二人の女性のライバル関係をドラマ化した古典的な異性愛の三角関係を描いているのに対して、『ボストンの人びと』では、ひとりの女性をめぐって、男性と張りあうもうひとりの女性を描くことで、ヘテロセクシズムに対して挑んでいるという点だ。

愛をめぐってライバル関係になる人物たちのジェンダーを変えることで、ジェイムズはホーソーンの三角関係を彼流に書き換えたわけだが、このことは、一九世紀後半のニューイングランドで起こった社会状況の変化を如実に表している。ジェイムズの時代には、女性を愛する女性はホーソーンの時代に比べて珍しくないものになっていた。「新しい女」の出現や、ボストン・マリッジ、フェミニズム運動――ジェイムズが『ボストンの人びと』という「とてもアメリカらしいお話」(*Notebooks* 47)の背景に選んだ世紀末のニューイングランドには、こうした空気が巷にあふれていたのである。

エリザベス・アモンズは先に触れたアメリカ研究夏季セミナーの基調講演において、「新しい女」が「女性性についてのヴィクトリア調的な観念に制限されないと決意し、代わりにキャリア志向で知的な冒険心に富み、性に関して冷静、身体的にたくましく健康で、市民として関与している女性」(Ammons 144)であると述べた。わたしはここで、アモンズの定義に照らしあわせてオリーヴが「新しい女」であるかどうかを検討するつもりはない。しかし「新しい女」を生みだした一九世紀末のフェミニズムの煽動によって、オリーヴが「新しい女」の仲間入りをしたいと望んだと考えるのは、それほど突飛な想像ではないだろう。バーズアイ夫人のサロンで、新しい時代の空気に触れたオリーヴは、フェミニズム運動の一員に加わりたい一心で、運動のスポークスパーソンであるファリンダー夫人に財産を寄付しようとしていたのである。スピーチの才能に優れたヴェリーナに出会い、親しい友人となったとき、彼女はヴェリーナに女性の苦難の歴史を教えこみ、ヴェリーナのもっとも親しい友人という立場から、彼女のスピーチ予定の管理を一手に引き受け、そのことによって、フェミニズム運動での自分自身の揺るぎない立場を獲得するはずであった。要するにオリーヴは「新しい女」に憧れていたのである。

三つのストーリー

『ボストンの人びと』において、「ジェイムズは、本当はロマンスや悲劇を書いているのではなく、喜劇的な風刺を書いているのだ」（Bell 113）とベルは指摘している。それにもかかわらず、オリーヴは、ホーソーンのゼノビアのように悲劇的なヒロインを演じ、ランサムはホリングズワースのようにロマンティックなヒーローを演じる。このことはつまり、『ボストンの人びと』には、三つの異なる視点からみた三つの異なるストーリーがあり、それらが小説の主要なプロットを構成していることを意味している。オリーヴの悲劇とランサムのロマンスはそのうちの二つである。オリーヴの悲劇において、オリーヴは女性の苦難を訴える殉教者となる。つまり、ランサムとの競争に敗れた彼女は、「死ぬほど踏みつけられて、ずたずたに引き裂かれる」（*Bostonians* 433）という悲劇的な運命をたどることになる。一方、ランサムのロマンスでは、ランサムは、ミュージックホールに集まった「非常識な人でなしの奴ら」（432）から花嫁を救いだすヒーローとなる。このことについて一部の批評家たちは、ランサムがレズビアンからヴェリーナを救うヒーローだと見ているようだが、ランサム自身にとってみれば、従姉妹のオリーヴは、彼のお姫様をそこから救いださなければならないような悪魔的なレズビアンでもなければ、恐ろしい魔女でもない。実はランサムはオリーヴのことなど真の戦いの相手とはみなしていないのだ。むしろ彼は女であるという理由で彼女のことを見下している。ヴェリーナを我がものにするために彼が戦うべき相手は、「嘘っぱちで忌々しい」（428）と彼自身が思っている女性運動と、そこでヴェリーナに約束された彼女の輝かしい未来のキャリアとであった。
物語はオリーヴの悲劇というフェミニスト的なストーリーと、ランサムのロマンスというヘテロセクシスト的なストーリーが、ヴェリーナという共通のヒロインを愛の対象として奪いあう形で進んでいく。語り手は、そのどちらのストーリーにも肩入れする様子ではない。それどころか、オリーヴの独占欲の強さをアピールしたり、ランサムの横暴さを強調したりする。エリザベス・マクマハンが指摘しているように、オリーヴとの友情においても、ランサムとの結婚においても、ヴェリーナには「従順な妻」(McMahan 244)の役割が用意されており、結局のところ、どちらの関係においても、ヴェリーナは交換される対象としてのみ存在しているにすぎない。そして語り手は、ヴェリーナを交換対象としたこれら二つのストーリー――フェミニストの友情のストーリーとヘテロセクシュアルな結婚のストーリー――のいずれをも認めてはいないようだ。フェミニストのストーリーはランサムがヴェリーナを連れ去ったところで失敗するし、ヘテロセクシュアルのストーリーのほうにも、この先おそらく暗雲が立ちこめることを、最後に語り手は示唆している。というのも、語り手は、ランサムがヴェリーナを連れ去った後のことを次のように書いて、物語を締めくくっているからだ。

「ああ、今、わたし、うれしいわ！」と彼らが通りにたどり着いたとき、ヴェリーナは言った。しかし、彼女は喜んではいたが、頭巾の下で彼女が目に涙を浮かべているのを彼はほどなく発見した。彼女が今まさに入っていこうとしている結婚生活は、輝かしいものとはまったくもっていいがたいが、その結婚生活のなかで、彼女が流すはずの涙が、これで終わりになるわけではないだろうと危ぶまれるのである。(*Bostonians* 435)。

これら二つのストーリーを対立させながら、実は、語り手はもうひとつ別のストーリーを読者に伝えている。これこそ、ベルが「喜劇的な風刺」と評したものである。このストーリーを読み解くにあたってもっとも注意しなければならないことは、オリーヴとランサムが代表する〈女の領域と男の世界〉という紋切り型の対立構図を、ホモセクシュアルな結びつきとヘテロセクシュアルな結婚との対立として読み替えることを可能にするのが、この語り手のストーリーであるということだ。というのも、オリーヴもランサムも、ヴェリーナをめぐる自分たちの争いを、女と男の対立であると捉えており、それがホモセクシュアルとヘテロセクシュアルの対立であるとは考えていないからである。しかし、ヴェリーナが彼らのあいだで交換される対象となるとき、彼らの競争は、セクシュアリティをめぐる競争となり、その結果、競争者のジェンダーにしたがって、オリーヴの側にホモセクシュアリティ、ランサムの側にヘテロセクシュアリティが、それぞれ割り当てられることになる。ランサムがヴェリーナに近づけば近づくほどオリーヴの独占欲は強くなるというダイナミクスを、語り手はことさら強調する。そうすることにより、語り手は、ジェンダー間の争いだと考えられているものを、ホモセクシュアルな女性とヘテロセクシュアルな男性の争いへと転換させている。いいかえれば、語り手が差しだす三つめのストーリーは、ジェンダーの対立がセクシュアリティの対立に形を変える、まさにそのとき現れるのだ。

他者に対するオリーヴとランサムの無理解に対してくり返し否定的な判断を下しながら、語り手は、オリーヴの悲劇とランサムのロマンスの虚構性を印象づける。そうすることによって、語り手は、語り手自身による第三のストーリーを、これこそが「真実」の物語だというふうに読者に提示している。この第三のストーリーの正当性を読者に納得させる手続きは、この小説のプロット構成において、オリーヴとランサムの身勝手さを随所で強調するというやり方で抜かりなく行われる。その一方で、語り手自身は、オリーヴのホモセクシュアリティを決定づけるような欲望の所在を証明する責任を免れている。

とはいえ、ホモセクシュアルな女性というべき人物は、この小説にはやはり存在してはいない。というのも、オリーヴとヴェリーナの関係は、ホモセクシュアリティとヘテロセクシュアリティの対立構造が、語り手による第三の物語にもちこまれることによってのみ、セクシュアルなものとして理解されるからである。この第三のストーリーと、それだけを物語の正しい意味として成立させているプロット展開においてのみ、読者はオリーヴの「抑圧された」欲望を読みとることができるようになる。さもなければ、この小説にはホモセクシュアルな女性はいないという結論にたどり着くだろう。

オリーヴの住むチャールズ・ストリートにヴェリーナがはじめて訪れる場面を、語り手は、まるで異常な友情が始まる奇妙な前兆であるかのように描いている。語り手は、ヴェリーナがそのときのことをふり返って怖気づく様子を次のように書き、ヴェリーナにとって将来オリーヴが脅威になっていくであろうことを読者に印象づける。

後になってヴェリーナは、どうして彼女〔オリーヴ〕のことをもっと怖いと思わなかったのだろうかと不思議に思った――本当にどうしてきびすを返して部屋から飛びだし自分自身を救いださなかったのだろうかと。しかし、臆病になることも、用心深くなることも、この若い女性の性質にはなかった。そのときまでに彼女は、恐ろしいという感情を知っておかねばならなかった。
（*Bostonians* 76-77）

語り手はさらに、ヴェリーナを自分の家に住まわせたいというオリーヴの心の奥の欲望の強さを暴露し、その危険性を強調するために、次のようにコメントしている。つまり、一緒に住もうというオリーヴの誘いについて、「このまさに情熱的な返答でさえ、ヴェリーナを縮みあがらせはしなかった」（*Bostonians* 77）と、まるで縮みあがるのが当然の反応であるかのように記述するのである。しかし、ヴェリーナ自身が縮みあがっていない以上、オリーヴの誘いをホモセクシュアリティへの誘いであると考えて縮みあがっているのがホモフォビックな語り手自身であることは明白である。

歴史的な考察

一緒に住もうという提案がだされたとき、オリーヴとヴェリーナの頭のなかにあったイメージは、おそらく当時ニューイングランドで普通に見かけられたボストン・マリッジのイメージであったろう。リリアン・フェダマンは、二人の関係をまさしくボストン・マリッジであると考えている（Faderman, *Surpassing the Love of Men* 191）。ボストン・マリッジの定義に照らしあわせて、はたして実際にオリーヴとヴェリーナの関係がボストン・マリッジであったか否かはここではあえて問題にはしないが、少なくとも次のようにいうことはできるだろう。つまり、二人はこの慣習をモデルとして自分たちのあいだに友情を育ませていった。そしてボストン・マリッジは、オリーヴにとってはフェミニストの模範とすべきものであったし、ヴェリーナにとっては、語り手が印象づけようとする不安や恐怖とはうらはらに、憧れの上流階級に属する知的な女性たちのステイタスを示しており、オリーヴと一緒にチャールズ・ストリートに住むことは、そうした女性たちに仲間入りすることを意味していたのである。

一八八〇年代に入るまでの女性同士の親密な関係は、しばしばロマンティックな友情と呼ばれ、男性同士の親密な関係がホモセクシュアルであるとみなされていたのとは対照的に、セクシュアリティと関連して考えられてはいなかった。一方キャロル・スミス゠ローゼンバーグによれば、「一八八〇年代を通じて、医学の専門家たちの意見は一致していた。ホモセクシュアリティは、アメリカ人女性のあいだではまれだが、貧しい女性や社会の周縁にいる女性のあいだにのみ存在するということであった」(Smith-Rosenberg 273)。それゆえ、一八八〇年代には女性のホモセクシュアリティをめぐり二つの矛盾した見解があったと考えられる。つまり、別の女性に対する女性の愛情を性的ではないとする見解と、貧しい女性の性倒錯として女性のホモセクシュアリティを認める見解である。裕福な家庭に生まれ育ったオリーヴは、いずれの意味においても、ホモセクシュアリティの疑いを免れている。もし彼女のセクシュアリティが問題になるとすれば、それはヴェリーナがレズビアンだと疑われるときであり、その場合には、ヴェリーナを自分の傍に置いておくために多額のお金をタラント夫妻に支払ったオリーヴは、性的な目的のために貧しいレズビアンの少女を買う上流階級の女性ということになるだろう。ところがヴェリーナはいやおうないヘテロセクシュアリティをオリーヴにつねに思い起こさせるような、むしろ超ストレートな女性として描かれている。二人の女性のうち、貧しい側の女性が確実にヘテロセクシュアルな女性として描かれていることから、二人の友情が性倒錯であるという考えは排除されるはずである。

それにもかかわらず、二人の関係にレズビアニズムをもちこもうとする語り手は、裕福な側の女性であるオリーヴに、ホモセクシュアルな欲望を配分する。というのも、語り手は、女性のホモセクシュアリティについての当時の一般的な見解とは異なる見方でオリーヴを見ようとしているからである。おそらく語り手が依拠しているのは、女性のなかにも性的欲望があり、女性のホモセクシュアルも存在するとしたハヴロック・エリスの説であろうと思われる。エリスの説は、一八九〇年代以降、性愛に関する学説の主流となっていった。階級や貧富の差にかかわらず、あらゆる女性に性的欲望が存在し、レズビアンになる女性も、あらゆる階層から現れる可能性があるというエリスの説に従えば、オリーヴを裕福な階級に属するレズビアンとして描くことが可能になる。語り手はそのような意図をもってオリーヴを描写したのであり、逆にいえば、語り手の物語のなかでのみ、オリーヴは性倒錯者となるのである。

しかしながら、彼女自身のアイデンティティの問題として、オリーヴがホモセクシュアルであるとは、やはりいうことはできない。オリーヴがホモセクシュアルになるのは、語り手のホモフォビックなストーリーと、それをテクストの正しい意味として提示するプロットにおいてのみである。それゆえこのテクストはホモセクシュアリティについてのものではなく、むしろ、ホモフォビアを扱ったテクストだといえるだろう。

ホーソーンの語り手マイルズ・カヴァデイルは物語の最後にプリシラへの愛を告白する。カヴァデイルにとってプリシラは、永遠に失われたミューズであるゆえに、この告白は、失われた母への愛の告白に等しく、カヴァデイルのエディプス的な欲望を示すものとなる。それではジェイムズの語り手にとってもヴェリーナはミューズ、あるいは失われた母だったのだろうか？　それともまた、語り手はヴェリーナを愛していたのだろうか？　そして、もしそうだとしたら、語り手のジェンダーは男性か女性のどちらなのだろうか？

語り手のヴェリーナに対する愛があるとすれば、何よりもそれは彼女を保護しようとするものの愛であろう。ヴェリーナに近づく人間を、ひとりとして好意的に記述しようとしない語り手は、周囲の人びとがヴェリーナの将来について計画することを、ことごとく批判し、彼女の将来を憂慮している。全知全能を気どる裁判官のような語り手は、いずれのジェンダーであるかにかかわらず、間違いなく男根的な語り手であるといえるだろう。しかし、この語り手のジェンダーを読み手の側から正確に判断することは困難であるといわざるをえない。というのも、この語り手は、自らのエディプス的な位置を、オリーヴやランサムのそれから巧みにずらすことによって、結果的に曖昧にし、そうすることによって自らのセクシュアリティを不問に付しているからである。しかし、語り手のジェンダーやセクシュアリティについて考えることは、文学テクストを読み解くうえで、非常に重要なプロセスであることは間違いない。なぜなら語り手のジェンダーが、語りの欲望を決定し、意味づけ、その結果として、テクストについてのひとつの解釈を生みだすからである。そのように考えれば、『ボストンの人びと』においてクローゼットの中にいるのは、語り手その人なのかもしれない。

語り手のジェンダーを男女どちらかの性に仮定することは、テクストがもつ意味を大きく左右するということに、私たちは留意しなければならない。この問題は、キャザーのテクストについて論じた第二部でさらに深く掘りさげたい。まずは次章において、語り手のジェンダーに関する読み手の仮定がテクスト解釈に及ぼす影響を探っていこうと思う。

第Ⅱ部　開かれたクローゼットの内側

ウィラ・キャザーの不安なオーサーシップ

第四章　ウィリアム・キャザー・Jr.の不安
――ジェンダー、欲望、オーサーシップ

語り手のジェンダー

語り手のジェンダーについて考えるとき、多くの読者はそれを作者のジェンダーと同一視する傾向がある。語り手のジェンダーへの疑いが、時にテクストの解釈を左右し、そこから作者の胸の奥に隠された欲望が読みとられることもある。ウィラ・キャザーが描く男性の語り手たちは、しばしば作者のレズビアン的な欲望を肩代わりするものとして解釈されてきた。例えばデブラ・G・ラムバートは、『わたしのアントニーア *My Ántonia*』（一九一八）に登場する語り手ジム・バーデンがアントニーアに寄せるアンビバレントな恋心を、ホモセクシュアリティに対するキャザーのジレンマとして解釈している。さらに、シャロン・オブライエンやジュディス・フェッタリーは、ともに、『わたしのアントニーア』においてキャザーが男性の視点を用いるのは、ヒロインに向けるキャザー自身のレズビアン的な愛情を隠すためのマスクであると論じている。つまり、キャザーは、語りのもつエディプス的

な快楽を利用して、ヘテロセクシュアルなロマンスの背後にこっそりレズビアンの物語を忍ばせたということだ。幼馴染の年上の少女に対する少年の報われない恋の物語が、実は禁じられたレズビアンのコンテクストを隠すためのうわべの物語だと、オブライエンやフェッタリーは読みとったわけである。そういう解釈においては、ジムは、実は女を愛する女だということになる。

キャザーのテクストに対してこのような解釈が可能になった背景には、伝記研究によって彼女のホモセクシュアルな欲望がアウトされたことが大きくかかわっている。キャザーがレズビアンであったことはオブライエンによる伝記のなかで明らかにされ、それ以降、キャザーを論じるときに無視することのできない前提となっている（O'Brien, *Willa Cather*）。その前提で、キャザーが描く女性的な要素をもつ男性登場人物たちは、『わたしのアントニーア』のジムをはじめとして、次々とホモセクシュアルな欲望の担い手としてアウトされ、さらに、キャザー自身の分身であるとして、ジェンダーの書き換えが指摘されてきた。

もっとも、例えば『わたしのアントニーア』の読解において、男性の語り手が垣間見せるヒロインへの愛情がただちに作者のレズビアニズムの表れであると解釈するならば、作者のアイデンティティと語り手のアイデンティティとをあまりに混同しすぎてしまうことになるだろう。もちろんジムとキャザーには共通する部分が多くある。どちらもヴァージニア州に生まれ、開拓者の子としてネブラスカに移住し、リンカーンの大学で学び、仕事を求めて東部に行く。しかしながら、語り手を作者から独立した人格としてみなすべきだという主張は、文学研究において一九六〇年代以降ずっとなされてきたはずである。それにもかかわらず、批評家たちがジムをキャザーの男性的なマスクとして捉え、アントニーアに寄せる彼の想いをキャザー自身のレズビアン的な欲望の担い手であると考えるのは、「作者は死んだ」というバルト以降の批評においてさえ、「作者の死」がテクストを読むうえでの前提となりながらも、テクストにおいてその死を確認することが困難であるからにほかならない。

しかし、だからといって「作者の死」を確認することが、ここでの目的ではない。むしろ、わたしは、「作者の死」を確認することができないことから生じる「作者機能」の複雑さをフーコーにならって考えてみたいと思う。

フーコーによれば、作者の機能とは、複数のテクストをまたがって機能するものであるという（Foucault, "What Is an Author ?"）。そのことばに従えば、オブライエンが機能させた「レズビアン作家キャザー」は、彼女の手紙と彼女の小説というジャンルの違う複数のテクストにまたがって構築されたものだといえる。思春期の頃のキャザーは、髪を短く切り、男性的な衣服を身に着けて、ウィリアム・キャザー・Jr. と名乗り、自らの男性ペルソナを作りあげていた（O'Brien, *Willa Cather* 96-101）。このようなジェンダーの越境は、ひとつには、自分に与えられた女性の役割に対する反発であったし、その姿勢はジェイムズが『ボストンの人びと』で描いたような「新しい女性」を生みだした一九世紀末という時代の空気に後押しされてもいた。キャザーは、大学時代に、女性解放運動を熱心に進める活動家だったルイーズ・パウンドと知り合う。ルイーズは、キャザーとは対照的に、女性的な外見の持ち主であった。そのルイーズに対して、友情よりも強い感情を抱いたキャザーは、その気持ちを手紙に書き、「ウィリアム」とサインして送っている（O'Brien, *Willa Cather* 131）。オブライエンは、その手紙の書き手ウィリアムと小説の作者キャザーとを連結させることによって開かれたクローゼットの内側に、「レズビアン作家キャザー」という作者像を機能させたのである。

しかし、レズビアン作家という機能を解釈において作動させているのは、本当にキャザー自身のレズビアン的な欲望そのものの存在なのだろうか？　開かれたクローゼットの中にレズビアンとしての彼女の欲望は本当に存在する「もの」としてあるのだろうか？　もしそうでないとしたら、作者の欲望は、テクストにおいて、どのように織りこまれ、どのように読まれるのだろうか？　レズビアン作家という作者の機能はテクストのどの部分に出現し、どのような解釈を可能にするのだろうか？　それは単に、語り手と作者の生い立ちが似ているというような表面的なレベルの話ではないはずだ。それよりもわたしは、レズビアンというアイデンティティが示すジェンダーとセクシュアリティの越境をテクストのなかで機能させているものは何か、ということを考えてみたいと思う。

オーサーシップの不安

『わたしのアントニーア』に対してしばしば行われているような、男性の語り手を作者の男性的なマスクに限定する読みは、テクストに様々な形で描かれるジェンダーの揺らぎを見逃すことになるだろう。さらに、作者の欲望をレズビアニズムという性的なものに限定するとしたら、作者自身のジェンダーの揺らぎを、セクシュアリティに起因するものとしてしか解釈できなくなるという危険があることも、指摘しておかなければならない。はたして、女性の作者が男性の視点から小説を書くというジェンダーの越境は、テクストの読みにおいてどのように機能するのだろうか？　男性の視点をとることによってジェンダー化された描写は、いかなる政治性を帯びるのだろうか？　ジェンダーの越境とセクシュアリティの越境のあいだには、実際にどのような相関関係があり、そしてどのような相関関係があるかのように描かれるのか？

　しかし、これらの問いに答える前に、ここでは、まず、作者の欲望とオーサーシップの問題を論じなければならないだろう。バトラーは、『わたしのアントニーア』において語り手ジムがしばしばキャザー自身の投影であると解釈されることをふまえながら、むしろ物語の序文における匿名の語り手「わたし」に注目し、女性作家のオーサーシップと男性の語り手のそれとの関係を論じている。この「わたし」は、「わたしのアントニーア」と題されたジムのテクストを読み、それを読者に提供する媒体として機能している。名前が明かされることのない「わたし」は、ジムの古くからの友人で、ジムと一緒にネブラスカで育った。アイオワを横切る列車に乗り合わせた「わたし」とジムの会話は、二人がともに尊敬する共通の知人アントニーアの話題に終始する。長いあいだアントニーアに会っていなかった「わたし」は、ジムの話をとおしてアントニーアに再会し、「彼女に対する昔の愛情をふたたび感じた」（*My Ántonia* 5）のであった。バトラーは、この「わたし」の欲望と、物語における欲望の担い手となるジムのオーサーシップとの関係に言及し、「ジムがこの欲望を覆い隠しているのか、あるいはこれが、いわばその「わたし」の欲望という重荷を背負っている「わたし」という存在を覆い隠しているものなのか？」と問う（Butler, *Bodies That Matter* 147）。そして、「ジムが語り手としての「わたし」を覆い隠しているように見えるのと同じく、「わたし」はジムの語りの判読しがたい条件となっている」（147）と指摘している。

さらにバトラーは、ジムが「わたし」にわたしたテクストが「わたしのアントニーア」と題されていたことに触れて、キャザー自身のテクストのタイトルとの一致からわかるように、ジムの語りを書き写した匿名の語り手「わたし」はおそらくキャザー自身であろうと推察している。バトラーによれば、男性が書いたものを感心して読み、書き写すという理想的な女性の読者に自己を一致させることによって女性的な役割を演じながら、キャザーはいったんテクストを手放すように見せかける。そうすることでキャザーはようやくテクストを手に入れ、さらに男性的な語り手に作者の権利を譲渡することにより、逆にオーサーシップを主張することができたとバトラーは論じている。

サンドラ・M・ギルバートとスーザン・グーバーは、男性中心の一九世紀イギリスの文壇で、ヴィクトリア朝女性作家たちが作品を書くときに感じていた「オーサーシップの不安」(Gilbert and Gubar 49)を浮き彫りにしている。ギルバートとグーバーによれば、二〇世紀以前の女性たちは、男性中心の文学の伝統のなかで、天使か、そうでなければ怪物というステレオタイプに描き分けられてきた。天使の居場所はもちろん家庭であり、女性作家たちがめざす家庭から文壇への進出は、彼女たちが怪物というレッテルを貼られる危険を孕んでいた。一九世紀の女性作家たちは、このような極端に二分化された女性像と葛藤しながら、模範とすべき女性の先駆者たちが乏しいなかで、男性作家たちから自らを差異化しなければならないという使命を帯びて、自らのオーサーシップを確立していった。その一方で、怪物というステレオタイプは、一九世紀後半に出現したヒステリーという精神分析の分類に具体的な形を得て、ものを書く女性たちをそこへ引きこんでいった。書くことと精神的に健康でいることとが女性にとっていかに相反する状態であったかは、シャーロット・パーキンス・ギルマンの

「黄色い壁紙」に色濃くあらわれている（Gilbert and Gubar 45-92）。

二〇世紀初頭のアメリカ文壇にあらわれたキャザーの執筆上の不安を、ヴィクトリア朝時代の女性作家たちのそれと同じであるとはいえない。というのも彼女たちのように天使か怪物（あるいは狂女）かというジレンマでキャザーが困惑していたことを示すものはあまり見あたらず、むしろ、男と女という二つのジェンダーのあいだで、キャザーは葛藤していたと考えられるからだ。ギルバートとグーバーが、ヴァージニア・ウルフを引用して示したように、女性作家は「ただの女性である」ことを認めるか、「男性と同じくらい優れている」と主張するかのどちらかを選択しなければいけなかった（Gilbert and Gubar 64）。もちろんキャザーも、この同じジレンマを引き受けていたと思われる。しかし、彼女は、ギルバートとグーバーが例にあげた、屋根裏の狂女を登場させるような女性作家たちとは異なるやり方をとった。バトラーが指摘しているように、男性の語り手を登場させ、男と女という異なるジェンダーのペルソナに自身のオーサーシップを振り分けることによって、女性作家にとって宿命的な「オーサーシップの不安」を克服しようとしたのである。

ギルバートとグーバーが論じた「オーサーシップの不安」は、いうまでもなくハロルド・ブルームの『影響の不安』に対するフェミニズムからの反論である。彼女たちの仕事の意義は、ブルームがおもに男性作家における「影響の不安」を父と息子のあいだの葛藤になぞらえて浮き彫りにしたのとは対照的に、女性作家における「オーサーシップの不安」が、女性性の問題に由来し、その問題を捉えるために、母と娘の関係に注目することを批評家たちにうながした点にある。ギルバートとグーバーは女性作家たちが書いたテクストをサブカルチャーとして提示し、男性的な文学との差異化を図ったが、女性作家の物語がエディプス的な——そして、それゆえ男性中心的な——欲望を免れているという議論をしたわけではない。

　わたしは序章で、テクストの正しい意味を探るという文学的テーゼが、答えが自分自身となるようなスフィンクスの謎を解くことに似ていると書いた。スフィンクスについて、デ・ラウレティスは、それが女性であるという神話的前提に言及し、スフィンクスの正体は、女性性の謎《エニグマ》であると論じている。そして「それらは男らしさ、知、力に向かう人生の道程で男性が出会う障害物であり、男性が自身の運命——そして自身の物語——を達成すべく前進していくために、それらは殺害されるか打ち負かされるかでなければならない」と続けている（de Lauretis, *Alice Doesn't* 110）。だとしたら、女性作家の場合、スフィンクスの謎が詰めこまれた物語の完成は、女性である彼女自身の打ち負かされる運命を暗示することになる。この発見によって、ものを書く女性は、自己の肯定と否定というジレンマに遭遇し、場合によっては狂気へと導かれるのではないだろうか？

　このように考えることは、女性文学のサブカルチャーもまた、エディプス的な物語という大きな枠組みのなかに組みこまれているのだという議論を後押しすることになるだろう。そして、そうだとしたら、ブルームが指摘する「影響の不安」と、ギルバートとグーバーがいう「オーサーシップの不安」の違いは、煎じ詰めれば、不安が、他者に由来するものか、自己に由来するものかの違いだということが可能になるだろう。はたして、この違いがスフィンクスの謎かけに対し、ジェンダーの二元論にもとづく異なった態度を生みだしているのではないか。男性主体は女性に対する自己の欲望を確認することによって謎を解き、男性的アイデンティティを確立できるが、女性は謎を解くことができない。というのも、謎それ自体が女性的な存在であり、謎について知るやいなや、自分自身が男性によって解かれるべき謎そのものになってしまうからである。

キャザーのテクストのなかでは、例えば『迷える夫人 *A Lost Lady*』(一九二三)に登場するニールが、マリアン・フォレスターの不誠実なセクシュアリティの発見というもっともわかりやすい形で女性性の謎に直面している。しかし、彼は、マリアンに背を向けることによって、謎に答えることを回避する。キャザーが自己投影したヘテロセクシュアルな男性ペルソナの多くは、自己の欲望に向きあうことを避ける傾向にあるため、表面的に進行していくヘテロセクシュアルな物語においてエディプス的な欲望を簡単に認めることができない。ところが、キャザーの別のテクストは、きわめて異なったやり方で性的欲望を描こうとしている。それらのテクストでは、欲望の対象となるべき女性性の謎にかわって、男性の性的逸脱が主題化される。「ポールの場合」や『教授の家 *The Professor's House*』(一九二五)に描かれているのは、男性同士のホモソーシャルな関係の挫折、あるいは父から息子へと受け継がれ、ファミリー・ロマンスが保証するはずのヘテロセクシュアルな欲望の挫折である。このことは、つまり、キャザーのテクストにおいてエディプス的な欲望が、男と女という表面上ヘテロセクシュアルな関係のなかで形をあらわすのではなく、男性同士の関係が描かれるときにより色濃くあらわれることを示している。

エディプス的な欲望のキャザー的なこの書き換えは、彼女がレズビアン作家であることと、むろん無関係ではない。そして、そのためにキャザーの「オーサーシップの不安」は、女性作家としてのそれにとどまるものではなくなっている。さらにこの不安は、キャザーが男性同士の関係を描くときに限られたことではなく、彼女が自身のレズビアン的な欲望を表現しようとするときに、いっそう理解しやすい形であらわれる。『わたしのアントニーア』の序文に登場する「わたし」は、ジムがアントニーアについて感じて知っていたことが、まさしく彼女がアントニーアについて知りたかったことだったと告白し、次のように書く。「彼女〔アントニーア〕が行ったり来たりするのを見ていた幼い少女のわたしが得られなかった機会を彼〔ジム〕は得ていたのである」(*My Ántonia* 6)。ヘテロセクシストな世界のなかで、同性に対して愛情を抱いていた少女の不安を「わたし」は引き受けながら、「わたし」はジムの欲望を通じて自己の欲望を経験している。そのように考えれば、ジムが、「わたし」やあるいはキャザー自身の本当の欲望を隠すためのマスクなのではない。反対に、レズビアン的欲望は、ヘテロセクシュアルなジムの欲望を経由することによって、ようやく言語化され、経験されるのである。いいかえれば、ジムの欲望ないし経験を模倣することによって、テクストにおけるレズビアンの欲望は成り立っている。それゆえ、キャザーの「オーサーシップの不安」は、自分が「本当の欲望」を描くことができないのではないか、いや、それ以上に、自身の「本当の欲望」を知ることすらできないのではないか、という不安に繋がっている。

名づけえぬもの

キャザーは『ノット・アンダー・フォーティ *Not Under Forty*』(一九三六)に含まれるエッセイ「家具のない小説 The Novel Demeuble」のなかで、自身の欲望を「名づけえぬもの」(Cather, *Not Under*

Forty 50）と表現している。オブライエンは、その同じフレーズをタイトルにした論文のなかで、「名づけえぬもの」がキャザーのレズビアン的欲望を意味していると論じている（O'Brien, "'Thing Not Named'" 577）。オブライエンも指摘するように、レズビアンがいまだ不可視だった時代の制約のために、キャザー自身にとって、この欲望はあくまで言語化されない「名づけえぬもの」であり、表現不可能なものであった。

しかし「名づけえぬもの」という表現を使うことにより、それが名づけられる以前から存在しているのではないかという存在論に陥ってしまうことに対して、ここで注意を喚起しておきたい。誤解のないように書いておくが、名づけえぬ欲望は、決して言語以前に存在しているわけではない。今、わたしが問題にしたいのは、キャザーが「名づけえぬもの」それ自体ではなく、ヘテロセクシュアルな欲望を物語に描いたという事実である。おそらくキャザーは、ヘテロセクシュアルな物語を書くことにより、自らの欲望を生みだし、経験し、ヘテロセクシュアルな欲望から自らの欲望を差異化しようと試みていたのではないだろうか。このように考えれば、ヘテロセクシュアリティという他者の言説を通じてしか表現することのできないキャザーの欲望は、決して言説の外にあるのではない。むしろ、その言説の内部において、他者の欲望を模倣すると同時に、それとの差異化を果たすことによって初めて形を得ることができるのである。

それゆえキャザーのレズビアン的な欲望が、男性の欲望に書き換えられることによってしか表現されえなかったのは、決して時代的な制約のせいばかりとはいえない。欲望とはそのようにしてしか、つまり、言語化された他者の欲望をまねることによってしか、理解することもできなければ表現することもできないのである。「レズビアン作家」としてのキャザーに「オーサーシップの不安」があるとすれば、おそらく、欲望を正確に描くことができないという、まさにこの点にある。なぜなら、キャザーは、ヘテロセクシュアルな欲望から疎外されているばかりか、「名づけえぬもの」である自身の欲望からも、それがまさしく「名づけえぬもの」であるがゆえに、疎外されているからである。

キャザーは正確にはクローゼットの中にいるのでも外にいるのでもない。クローゼットそのものが、欲望に関するキャザーの言説を形成している構造なのであり、クローゼットの扉を開いてみたところで、そこにキャザーの「本当の」欲望を見つけることはできないだろう。

第五章　父の誘惑
――「ポールの場合」のエディプス読解

ジェンダー表象とセクシュアル・アイデンティティ

ウィラ・キャザーの短編「ポールの場合 Paul's Case」（一九〇五）について、セジウィックは、それがホモセクシュアリティというセクシュアル・アイデンティティを扱った物語であると論じている。「マニッシュなレズビアン」であるキャザーと、「女性的な少年」（Sedgwick, *Tendencies* 172）として描かれた主人公ポールは、ともに逆のジェンダーへの越境によって特徴づけられるジェンダー倒錯であるといえる。しかし、セジウィックは、ジェンダー倒錯による彼らの結びつきが、ジェンダーよりもむしろ、セクシュアリティにおける共通性を強調していると指摘している。つまり彼らは「マイノリティのゲイ・アイデンティティに向かって」（*Tendencies* 172）いて、彼らの占めるポジションは、セジウィックが『クローゼットの認識論』で図式化したうちの、セクシュアリティによる分離派であるといえる。このポジションは、アイデンティティを形成する際、男であるか、女であるかという差異よりも、ホモセクシュアルであるか、ヘテロセクシュアルであるかという差異を重要視し特権化するものである。セジウィックは、この短編を、オスカー・ワイルドと、彼によって体現されるホモセクシュアリティに対するキャザーのジレンマを描いたものとして捉え、物語の前半はワイルドが象徴する技巧と不誠実さに対するキャザーの批判であり、後半は、自身の欲望を含めたホモセクシュアリティに対する彼女の肯定であると解釈している（*Tendencies* 167-76）。

ポールをいわゆる「女々しい男の子《シシィ・ボーイ》」や「男性の身体に囚われた女性の魂」として描くことで、キャザーは、ポールの（ホモ）セクシュアリティに彼女自身のレズビアンのセクシュアリティを重ね合わせたのだ、とセジウィックは解釈している。しかし、彼女のこの解釈では、ポールのジェンダー倒錯を、まるで彼のセクシュアル・アイデンティティであるかのように扱うことになりかねない。セクシュアリティは、しばしば不可視であるゆえに、ゲイ／レズビアンのセクシュアリティは、多くの場合その人の身体に表出するジェンダー越境やジェンダーの誇張によって確認される。そうした場合、ジェンダーはセクシュアリティの象徴として機能し、セクシュアリティに代わって意味する記号として認識される。この認識のモデルにしたがって、セジウィックはポールの描写にジェンダーの揺らぎを観察し、それによって彼のセクシュアル・アイデンティティを推し量っている。しかし、そうしたやり方は、セクシュアリティがジェンダー構造を通じて確認されるという認識のモデルを、セクシュアリティがジェンダーの姿を借りてあらわれるという表出のモデルに置き換えてしまう危険と裏腹である。残念なことにセジウィックは、認識のモデルと表出のモデルとのあいだにはっきりと線引きをしておらず、そのために表出されたセクシュアリティを起源とし、表出媒体であったジェンダーを効果としてしまうようなセクシュアリティの存在論に依拠することになってしまっている。

一方、バトラーは、セジウィックがこのテクストを扱うときに用いたセクシュアリティの存在論を指摘し、ポールのセクシュアリティを特定しようとする試みは、読者をかえって混乱させるであろうと論じている。バトラーは、ポールのセクシュアリティをアイデンティティの問題ではなく、むしろ身体の問題として扱うべきであると示唆している。そして「ポールの身体は、何らかの徴候を求める語り手によって見つめられるが、その徴候は判読不能だということが見えてくる」(Butler, *Bodies That Matter* 164)。ポールが列車に飛びこみ自殺をするという結末は、バトラーにいわせれば、自分を監視する視線から自分自身を守るために身体を粉砕する行為である。それゆえ彼の身体の結末は、いったいそれが「彼の死なのか、それとも彼のエロティックな解放なのか」(*Bodies That Matter* 166)という疑問を抱かせるものとなる。

バトラーが「エロティックな解放」と書くとき、ホモセクシュアルな欲望の解放を指しているのは明白であり、ポールの身体は、はじめからホモセクシュアリティを意味する身体として、テクスト解釈の前提となっている。このことは、すでにアウトされてしまったキャザーのレズビアニズムを抜きにして、彼女のテクストの読解はありえないことを如実にあらわしている。しかし、キャザーのレズビアニズムとは、具体的には何を指すのだろうか?　キャザーをアウトするためにこれまで根拠とされてきたものは、彼女が女友達に宛てて書いたラブレターや、彼女自身が「名づけえぬもの」と呼んだ欲望、ウィリアム・キャザー・Jr. という男性のペルソナであった。レズビアンとしてのキャザーのアイデンティティは、こうした伝記的な事柄の周囲に作られていった言説の所作によるものである。

そして、これらはまた、キャザーのレズビアニズムを形成すると同時にそれを隠してきたクローゼットでもある。したがって、これらの事柄を根拠にしてキャザーをアウトするとき、わたしたちは彼女のレズビアニズムそのものを見ているというよりは、クローゼットを見ているということになる。

しかし、逆にいうと、クローゼットはホモセクシュアリティをアウトするときの必然であるともいえるのだ。なぜなら、ホモセクシュアルであることに本質というものはなく、あくまでそれは、同じく本質のないヘテロセクシュアリティから、クローゼットを形成することによって差異化された言説であるからだ。それゆえ、クロード・J・サマーズがポールをホモセクシュアルだと指摘するとき、その存在の確認は「多数のヒント、独特な感情のオーラと、ことばの上のムードによって」(Summers 82) 行う以外、方法がない。実際、彼が、ポールのホモセクシュアリティを示唆するものをテクストに探すときには、テクストにちりばめられた「ゲイ gay」、「フェアリー fairy」、「ファゴット faggot」、「クィーン queen」「不自然な unnatural」、「倒錯した perverted」などのホモセクシュアリティを暗示することばのリストと、それらによって作りあげられた「ことばの雰囲気」(Summers 82) を頼りにしている。彼がこれらのことばを、キャザーによるロシア・フォルマリズム的「異化」作用だといわんばかりに扱おうとしていることは明白である。しかし、特定のことばをテクストの他のことばから区別し、その意味をことさら強調する彼の解釈を、むしろ解釈における「異化」の手段として考えることもできるだろう。いずれにせよ、ポールのホモセクシュアリティが、このようにことばのレベルで表現されているものである限り、セクシュアリティは言説であるというフーコーの主張をそれが裏書きすることは必至である。

逃げる主人公

コプチェクは、セクシュアリティを言説であると考えるフーコーには、欲望を読むことができないといってフーコーを批判している。しかし、欲望を読むことが、必然的に欲望をアウトするという手続きをともなうのだとしたら、そのような読みは、アウトする立場を特権化してしまう危険な読みだと認めざるをえないだろう。「ポールの場合」に関する限り、ポールのホモセクシュアルな欲望は、それをアウトしたいという読者の欲望に出会わなければ、どこにもあらわれはしない。そのような意味において、ポールをアウトする解釈では、ポール自身はホモセクシュアルな欲望をもたないゲイという奇妙な存在になっている。

ポールがゲイであるとする解釈の多くは、彼の胸につけたカーネーションが、ワイルドを連想させるという、まさにテクストの外側からの暗示によって支えられている。ロレッタ・ワッサーマンは、ポールの身につける切花が、彼の夢のモチーフになっているとしたうえで、「それらは高くつく」（Wasserman 97）と書いているが、もし、ポールの夢が、ホモセクシュアリティをめぐるものであるとしたら、この指摘は当たっていると認めざるをえない。ポールはホモセクシュアリティのために自らの命という高い代償を支払ったことになるのだから、ワッサーマンの主張は、ホモセクシュアリティは「高くつく」のだ、という主張に早変わりするだろう。

しかし、はたして実際のところ、そうだろうか？　ポールの夢や欲望は、ホモセクシュアルな欲望に固定できるような、それほど首尾一貫したものとして描かれているだろうか？　それにもまして、この物語は、ポールに、欲望の担い手であることを許しているだろうか？　わたしには、むしろ、ポールには、欲望の担い手であることが許されていないように思われる。テクストのなかで、ポールが主体的に行う行為はといえば、逃げることだけである。ポールは逃げて、そして、線路に飛びこむのだ。

では、ポールはいったい何から逃げているのか？　学校、コーデリア街、父親——。ポールがこれらのものから逃げ切れないと悟るとき、「全世界がコーデリア街になってしまった」（"Paul's Case" 259）。ポールをゲイだと考える批評家の多くは、コーデリア街を、ポールを疎外するヘテロセクシストな社会の象徴であるとみているようだ。しかし、だとしたら、「全世界がコーデリア街になってしまった」という記述には大きな矛盾が生じることになるだろう。なぜなら、全世界はつねにすでにヘテロセクシストであるゆえに、つねにすでにコーデリア街であるはずだから。この論理的な矛盾をなくすための読みを考えるには、コーデリア街が何を代理しているのかを見ていかなければならない。そして、さらに、それが何を隠蔽しているのかを考える必要がある。

実際には、ニューヨークまでポールを追いかけてくるのは、コーデリア街ではなく、彼の父親である。ポールと父親の関係が良好ではないことは、テクストの端々から明らかに見てとれる。父親は、校長室を訪れ、「息子には困っていると告白」（"Paul's Case" 243）する。結局ポールは学校を退学になる。そして、

> カーネギー・ホールの支配人は、彼の代わりに別の案内係を雇うように言われた。劇場の門衛は、彼を館内に入れないようにと警告された。そしてチャーリー・エドワーズは、深く後悔して、少年の父親に、二度と少年に会わないと約束した。（"Paul's Case" 253）

これらの記述のうち、はじめの二つは、受動態で書かれているが、動作主は明らかである。そして最後のひとつも、チャーリー・エドワーズが自主的に行った約束ではない。彼は、約束させられたのである。これらの行動を能動的に行い、ポールの行動に制限を加えているのが、彼の父親であることは明白だ。こうした記述から浮かびあがってくる父親像は、息子を支配する父親である。ポールの父親は、テクストに表立って登場することはないが、このように隠れたところでテクストの進行を支配している。

実際のところ、このテクストのなかで、学校と劇場、コーデリア街とニューヨーク、現実と想像の世界という二項対立に隠れてくりひろげられるのは、父子の関係の物語である。そして父は、コーデリア街的な価値を引き受けるものでもなく、また、コーデリア街は、父なるものの象徴でもない。ポールにとって、コーデリア街は父の代理なのである。デイヴィッド・A・カーペンターは、ギャザーが「ポールの場合」の改訂版で、ポールの母親についての記述を削除したことを、指摘している（Carpenter 63-64）。削除の理由は明らかではないが、この書き直しにより、この物語がより鮮明に父と息子の物語となったことは否定できない。

父と子のエディプス物語

息子を支配する父親は、長年カフカが描いてきたテーマである。キャザーが描くポールと彼の父親は、カフカ的な父子関係にたとえることができる。カフカが一九一二年に一晩で書いたとされる短編「判決 The Judgment」（一九一三）には、息子を支配し、死に追いやる独裁的な父親が登場している。支配する父と、支配される息子の死を描いているという点で、「判決」と「ポールの場合」は共通している。カフカの「判決」は、結婚を間近に控えたゲオルクが、サンクトペテルブルクに住む友人に婚約を知らせる手紙を書くところから始まる。ゲオルクは、少し変わったところのあるロシアの友人を傷つけたくなかったために、自分の婚約についてこれまで手紙に書かないでいた。しかし、その日、友情に致命的な打撃を与えるかもしれない手紙を書いた後、ゲオルクは、手紙の報告をするために、母の死後、すっかり衰えてしまった彼の父親の部屋を訪れる。ところが、彼の父親は、サンクトペテルブルクにいるはずの友人の存在を否定する。困ったゲオルクは父親を抱きかかえてベッドに寝かせ、毛布をかける。しかし、父親は突然ベッドの上に立ち上がり、今度はサンクトペテルブルクの友人をよく知っていると言いはじめる。父親は、ガウンの裾をまくり上げ太ももを見せながら、ゲオルクの婚約を非難する。ロシアの友人には自分から何もかも伝えたと言い、最後にゲオルクに、溺れて死ねと宣告する。ゲオルクは家から飛びだし、橋の上から川に向かって飛び降りる。

カフカと父親との不仲は有名だが、多くのカフカ研究者は、ゲオルクの物語にカフカ自身の父子関係を重ねて、この物語をエディプス・コンプレックスの枠組みのなかで捉えようとしてきた。しかし、わたしはここで、カフカとキャザーのあいだの具体的な影響関係を論じようとしているわけではない。むしろ、ゲオルクとポールの二つの物語に共通点を見いだすことによって、世紀の変わり目で人びとが経験した父と息子の関係における不安を浮き彫りにしたいのである。

もっともアメリカ文学において、男性主体の不安というテーマ設定は、世紀転換期に限ったことではなく、また男性主体の不安も父子関係に限ったことではない。むしろ男性的な主体の不安を描くことは、アメリカ文学において、もっとも文学的な試みであり、それゆえもっとも重要な文学的主題と考えられてきたといえる。ホーソーンの『緋文字』、ハーマン・メルヴィルの『白鯨』、マーク・トウェインの『ハックルベリー・フィンの冒険』など、アメリカ文学の伝統的な小説はみな、アメリカのヒーローたちの苦悩を描きながら彼らにイニシエーションを与え、アメリカ的アイデンティティを追求してきた。そうしたなかで、男性主体の不安に対置し不安の元凶となるものは、父なるものではなく、多くの場合、母なるものから派生した女性的なもの、つまり女のセクシュアリティであると考えられ、またそのように描かれている。それゆえセクシュアリティは、ヒーローたちを惑わせ、わき道にそらせるものであると理解されてきた。基本的には彼らが乗り越えなければならないセクシュアリティの問題は、女の問題とされる（see Fiedler）。

このようなアメリカ文学の伝統のなかに、ポールを位置づけるとするならば、ジェンダーの揺らぎによって特徴づけられるポールの不安は、男女が等しく感じる同質の不安ではなく、男性主体であるからこそ生じるところの不安であると考えることができるだろう。そのように考えれば、ポールがキャザーとは逆のジェンダーであることの意味は、作者であるキャザー自身の男性性がポールという男性登場人物の女性性に置き換えられたのだとするだけの議論を超越したところにある。

こうした文脈において、「ポールの場合」は、アイデンティティの問題とその探求について書かれたものであるということができる。カラーによれば、アイデンティティの問題を提起する文学では、登場人物は何らかの自己発見をするが、それは「自分の過去について（例えば出生について）何かを知ることによってではなく、ある意味で自分の「本性」であったということがわかるようなものになるように行動することによって、自分が誰であるかを「発見する」」(Culler, *Literary Theory* 110) のだとされる。父の会社から金をだましとり、それを使ってニューヨークに逃避行して一流ホテルで優雅に過ごすとき、ポールは本来の自分をとり戻したと感じる。しかし重要なのは、花を飾り、新しい絹の下着を身に着け、赤いローブの飾り房を弄びながら浴室から出てくるポールの姿に少しでも女性的な要素を見いだして、彼の「本当の」ジェンダー・アイデンティティが何であるかを知ることではない。むしろ、「登場人物の根本的なアイデンティティは行為の結果として、世界との苦闘の結果としてあらわれるが、そのとき、このアイデンティティは、そうした行為の根拠として、いや、原因としてすら措定される」(Culler, *Literary Theory* 111) ということを理解しておくことが重要である。それゆえ、ジェンダー倒錯的なポールの行動の原因を彼の「本当の」ジェンダー・アイデンティティに求めたり、彼がホテルで出会い夜の街に一緒に出かけていったイェール大学の男子学生とのあいだで何があったのかを推測することでポールのセクシュアル・アイデンティティを措定したりすることは、ここでは控えておきたい。

とはいえ、エディプス・コンプレックスを定式化したフロイトの著作が、キャザーやカフカが執筆していた頃とほぼ同時代に発表されていることは、やはり見逃すことができない。フロイトの仕事が、当時の西洋社会における父と息子のあり方を反映しているのだとしたら、キャザーとカフカが生きた時代において、父と息子の関係は、欲望という装置のなかで形成されていったと捉えるのが自然だからだ。カフカの短編を欲望という観点から見ると、挫かれ不完全なものとして描かれる息子の欲望とは対照的に、父の欲望が突出している。父は理不尽に息子の婚約を責め、息子に死を命じる。結婚という行為を通じて欲望の主体となることでエディプス・コンプレックスを解消しようとする息子の試みを、最後まで妨げる父は、息子に隠れてロシアの友人宛に手紙を書き、息子の手紙を無効にすることによって、息子のオーサーシップを否定する。父がガウンの裾をまくり上げ太ももをあらわにするとき、ゲオルクの欲望は、母への愛ではなく、父への愛という陰性エディプス・コンプレックスの形をとってあらわれる。母に対する息子の愛にもとづく陽性エディプス・コンプレックスの反転として、父を欲望する息子が父の法に従うならば、息子は欲望の主体には決してなりえず、逆に父によって裁かれる法の対象となる。父は、太ももを見せて息子を誘惑し、欲望を備給すると同時に息子に死の宣告をしてその欲望をとりあげる。このとき父は、欲望の対象に見せかけた法の主体である。

キャザーが描くポールの父親にも、同じことがあてはまるだろう。しかし、ポールの場合、父がポールの欲望の対象であるかどうかは、非常に曖昧である。むしろ、ポールは父を避けているからだ。しかし、ポールの父についてのキャザーの記述からは、父と息子とのあいだに、明らかに何らかの欲望が関与していることがうかがえる。カーネギー・ホールでの夢見心地から醒めて、ポールが真っ先に思い浮かべる「終焉」のイメージは「階段の上にいる寝巻姿の父」("Paul's Case" 247)である。その父は、「ナイトシャツから毛むくじゃらの足を突きだし、毛織地のスリッパに足を突っこんでいる」(248)。ポールはそんな父の姿を想像し、「今夜は父に声をかけられ(accosted)たくない、あの惨めな(miserable)ベッドにふたたび転がりたくない」(248)と思う。ここでキャザーが使った「声をかける」という動詞が、売春婦が男性に誘いの声をかけるという意味を含んだ動詞であることは注目すべき点だろう。突きだされた父の足がペニスを、その足を突っこむスリッパが膣かあるいはそれに相当するものをそれぞれ暗示していることも、想像に難くない。これらの表現からは、売春婦のように女性的で、同時にいかにも男性的にペニスを突きだすような、相反するジェンダーをもつ父親像が浮かびあがってくる。

男性的な裁く父と、女性的でみだらな父という、父親のジェンダーの不確かさと二重性は、ポールのベッドを修飾する形容詞の二重性に映しだされている。このひとつ前の段落で、コーデリア街の家で嫌悪するものに言及するポールは、そのうちのひとつであるベッドを「上品ぶった(respectable)」("Paul's Case" 248)と形容している。「惨めな」と「上品ぶった」という二つの相反する形容詞が、ベッドの上で行われるはずの行為とそこから連想される性的な欲望についてのものであることは明白である。「ポールの場合」がエディプス的な物語であると仮定すれば、ゲオルクの場合と同じく、父に対する欲望と、息子の欲望を禁じるふりをして息子を誘惑する父の欲望とのあいだで葛藤する息子の姿が浮かびあがるだろう。コーデリア街は、そうした父の欲望を覆い隠し、それに気づかない振りをするという意味で、父の共犯者となっている。そこでポールが窒息してしまうのも無理はない。

ポールがコーデリア街を逃げだしたのは彼自身のホモセクシュアルな欲望を充足するためではなく、むしろホモフォビアのために逃げだしたのである。

サマーズは、ポールの父親の厳しい態度を「間違った、想像力に欠けるやり方ではあるが、愛と配慮」(Summers 87) によるものだと論じている。こうした解釈は、父の存在を、正しく教え導く者としてあらかじめ認めてしまうようなエディプス的枠組みにもとづいたものである。ジェシカ・ベンジャミンは、父なるものに正義を、母なるものに堕落を二項対立的に振り分けたエディプス・コンプレックスの理論枠に異議申し立てをし、保身のために息子を殺害しようと企てるエディプス的父親の、危険で原始的な側面を暴いてみせた (Benjamin 133-81)。上品ぶって父の法に従うことと、父の欲望に惨めに屈服することとの狭間にできた袋小路で苦悩するポールの姿は、ベンジャミンが想像する原初の父の存在を、その背後に思い描くことを可能にする。

クィア・テクストとしての可能性

「ポールの場合」は、このように、父と息子の関係を前景化し、エディプスの枠組みのなかで物語が進んでいくが、しかし、父によってもたらされるはずの性的快楽——しかも、それが誰にとっての快楽なのかも定かではない——を、この物語は描いているのではない。父の欲望、あるいは父への欲望は、ポールが幼い頃から感じている恐怖と同じく、暗い隅に隠されている。「密林の獣」でマーチャーが秘密をもっていたように、ポールも自身がずっと恐れている暗い隅をもっている。自殺を決意したポールは恐れていたその暗い隅をついにはっきりと知る。

それでも、どういうわけか彼は何も恐れていなかったし、完全に落ち着いていた。なぜなら、おそらく彼は、ついに暗い隅を覗きこみ、知ったからだった。彼がそこに見たもの、それは、十分に悪いものだったが、長いあいだの恐れに比べれば、なぜかしら、それほど悪くはなかった。いまやすべてがはっきりと彼には見えた。彼は、それをなんとか我慢してきたし、自分に定められた種類の人生を生きてきたのだ、という感覚が彼にはあった。そして、半時間のあいだ、彼は拳銃を見つめて座っていた。だが、このやり方じゃない、と自分自身に言うと、下へ降り、渡船場までタクシーに乗った。("Paul's Case" 259-60)

ここでもまた、マーチャーの秘密と同様に、ポールが恐れているものの正体は明らかにされない。それが隠されているという事実によってクローゼットが形成され、そこにホモセクシュアルな欲望を発見しアウトする読みを誘うのは、マーチャーの場合もポールの場合も同じである。そして、このポールの描写が明らかにしていることは、クローゼットの中にいる者にとって、クローゼットの中の「秘密の真相」よりも、クローゼットがあるという状態それ自体が、より恐怖を感じさせるものであるということだ。

この短編をゲイの物語としてアウトする読みの期待に反して、このテクストにはホモセクシュアルな欲望は固定されたそれとして描写されてはいない。それでもなお、テクストに何らかのエロティックな快楽があるとすれば、それは父と息子のエディプス的な共犯関係の失敗によってもたらされた倒錯的な快楽であると考えてよい。このテクストでは、父の欲望と父への欲望との分かちがたさがポールの倒錯を特徴づけている。バルトが示そうとしたテクストの快楽を、倒錯した物語の可能性のなかに見いだそうとするルーフは、次のように書く。「倒錯した物語の倒錯は、その主題内容のなかにあるのではなく〔……〕そのような物語が物語自体に対して倒錯した関係を制定するそのやり方のなかにある」（Roof xxiv）。ポールの恐れを問題にしながら、その内容を明らかにしないキャザーの語りは、最後に獣を登場させるジェイムズの語り手よりも、さらに物語を危ういものにする。しかし、この危うさのなかに、倒錯的な快楽があるのであり、この物語の快楽は、それゆえ、ポールのホモセクシュアルな欲望をアウトすることによってもたらされるわけでは、決してない。

ポールが自らの命を絶つために選ぶ方法は、ピストルの弾丸によって貫かれるという、貫通《ペネトレーション》を連想させるものではない。線路に飛びこむ彼の身体は、飛び上がり、落ちていき、「何かが胸を打って、体が空中にぱっと投げだされ、手足から静かに力が抜けて、どこまでも、どこまでも、果てしなく遠くまですばやく飛んでいくのを感じた」（“Paul's Case” 261）と書かれている。この場面についてバトラーは「これは彼の死なのか、それとも彼のエロティックな解放なのか？」（*Bodies That Matter* 166）と問う。バトラーが想像しているように、もしこれがポールの性的な充足であるとするなら、彼の性的指向や性行為を特定せぬまま性的快楽だけを表現するこのテクストは、まさにクィアなテクストだということになるだろう。「ポールの場合」は、ホモセクシュアリティを暗示しながら、固定化されたホモセクシュアルな欲望も、ゲイのアイデンティティも描かない、クィアな物語であるといえるだろう。

第六章　誰が不倶戴天の敵なのか？
——信頼できない語り手ネリー・バーズアイ

不倶戴天の敵とは？

『わたしの不倶戴天の敵 *My Mortal Enemy*』（一九二六）は、男性の視点から物語を書くことの多いキャザーが女性の語り手を用いたという点において重要なテクストである。それにもかかわらず、このテクストは一九二六年一〇月二四日の『ニューヨーク・タイムズ』の書評で「すべての面において理解しがたい」と酷評された（Kronenberger 230）。それ以来、近年にいたるまで、このテクストは批評上、閑却されてきた。その理由は、おそらく、女主人公マイラ・ヘインショウの感じの悪さと、彼女が瀕死の床で放った悪意に満ちた台詞にあるだろう。夫オズワルドと語り手ネリーのいる部屋で、病気に苦しみながらマイラは次のようにつぶやく。

苦痛は堪えることができる……たくさんの人が苦しんできたんだから。けれど、どうしてこんなふうになるの？　こんなはずじゃなかった。わたしはこれまで友情を大切にしてきたし、病人も、忠実に看病してきたわ……。なぜこんなふうに、ただ不倶戴天の敵だけと一緒に、死んでいかないといけないの？（*My Mortal Enemy* 78）

この最後のフレーズは、小説の結末でネリーによってくり返され、かつ小説のタイトルにもなっている。マイラの「不倶戴天の敵」とは、従来、第一義的にマイラの夫オズワルドであると解釈されてきた（Kronenberger 229; Eichorn 231; Fisher-Wirth 42; Urgo 194）。夫を「不倶戴天の敵」と呼ぶ挑戦的な女性のことを、読者や批評家たちが密かに嫌悪していたとしても不思議はない。たとえ小説のなかであったとしても、妻が夫を「不倶戴天の敵」と呼ぶことは、フェミニスト批評以前の家父長主義的視点からみれば憎悪の対象になるのは当然であり、その妻の台詞をタイトルにもつ小説自体が、翻って、家父長主義的キャノンの「不倶戴天の敵」とみなされ、そこから締めだされるという結果も、宿命的であるといわざるをえない。

しかし、マイラの「不倶戴天の敵」を彼女の夫に直結させる解釈は、単にこの台詞に対するネリーの解釈をくり返しているか、そうでなければ、ネリーの語りによって誘導された結果にすぎない。ネリーの語りは、この台詞の直後、ソファに座っているオズワルドの様子を描写する。この描写によって、読者の視点はマイラから即座にオズワルドに移され、マイラが意味する「不倶戴天の敵」はオズワルドであることが印象づけられる。そればかりか、その後のネリーの語りは、彼女自身がマイラのこの台詞を聞いて「驚愕して彼〔オズワルド〕を見た」（*My Mortal Enemy* 78）と続く。自らの視点も同時にオズワルドに移すことによって、マイラのいう不倶戴天の敵がオズワルドであるという解釈を、語り手であるネリーは、読者と共有しようと試みているのである。

さらにネリーは、この台詞について、「人間が望むすべてのものに対するひどい判決」（*My Mortal Enemy* 78）だと語る。ネリーの意識のなかで、オズワルドという具体的な人物は「人間が望むすべてのもの」にとってかわるのだが、このすり替えには、結婚に付与される愛や幸せのイメージが働いていることがわかる。そして同時に、オズワルドとの結婚を否定するかのような台詞を口にしたマイラに対するネリー自身の不快感からは、愛と結婚に対するネリーの隠された欲望を読みとることができる。しかし、はたして、マイラがいう「不倶戴天の敵」をオズワルドであると勝手に解釈し、彼を「不倶戴天の敵」と呼ぶことを「ひどい判決」だと判断するネリーの語りは、それこそマイラに対してひどい判決だということにはならないだろうか？

この点について考えるためには、ネリーに関して、彼女の語る内容や、見聞きしたことについての判断能力を含め、彼女が本当に信頼できる語り手であるかを問うことが重要な課題となるだろう。マイラの「不倶戴天の敵」とは誰か、という問題ひとつをとりあげてみても、テクストは、ネリーの直感を除いて、何もヒントを与えてくれていないのだ。それゆえネリーの存在に注目する最近の批評では、このことばに対する彼女の解釈を探る研究が増えている（Skaggs 85–110；Carlin 27–58；Rosowski 144–55）。これらの議論は、「不倶戴天の敵」というシニフィアンが指し示すシニフィエの多様性、意味の決定不能性によって引き起こされたといってもよいだろう。

「不倶戴天の敵」とはいったい誰なのかと問うこと自体、冷静に考えれば重大な問題をはらんでいる。なぜなら病気と貧困のために多少なりとも情緒不安定とならざるをえないような状況で病人が発したことばに、意図的に明確な意味づけを行うことがどれほど危険であるかは、十分に認識されてしかるべきだからである。それにもかかわらず、この夜の出来事を、特に際立った思い出としてネリーが読者に紹介しているのは、これが、マイラとオズワルドのあいだの夫婦の関係にとって際立った出来事であったからではなく、また、彼ら夫婦の関係をとりわけ象徴する出来事であったからでもなく、あくまでネリーにとって、その後もずっと記憶に残るフレーズを聞いた夜だったからである。

語りの最後で、ネリーはこのマイラの台詞が自分のその後の人生に与えた影響を告白している。

ときどき、ラブ・ストーリーの明るい始まりを見たときとか、ありふれた感情が、想像力や、寛容さや、若さゆえの燃えるような勇気によって、美しいものに高められたときとかに、わたしはふたたび耳にするのだ、瀕死の女がまるで魂の告白のように夜の静寂のなかに漏らした、あの奇妙な不平を。「なぜこんなふうに、ただ不倶戴天の敵だけと一緒に、死んでいかないといけないの！」（*My Mortal Enemy* 85）

マイラの口から初めて聞いたときは疑問文であった台詞が、ネリーのくり返しのなかでは感嘆符で締めくくられている。この句読法の変化は、この台詞がネリーにとってもつ意味の大きさを表現している。マイラの生涯を描きながら、ネリーが言及を避けているものは、まさしくネリー自身の人生である。そのように考えれば、マイラの結婚生活の破綻を描いたこの物語は、ネリー自身のうまくいかない恋愛を隠すためのマスク、あるいは恋愛に対するネリー自身の幻滅の反復とはいえないだろうか。ニューヨークで最後にマイラと会ってからの一〇年間に、ネリーと彼女の家族に起こった「災難」とは何であったのか？　いったいなぜ、ネリーは、西海岸のしがないアパートホテルに引っ越してきたのだろうか？　彼女の家族とはいったい誰を意味しているのか？

この一〇年のあいだにネリーが結婚していた（そしておそらく夫と別れた）という可能性は、マイラが小説中二度にわたりネリーをケイシー夫人と呼ぶことから推測できる。しかも、この呼び名は、マイラが明らかにネリーの心を傷つける意図で「口を小さな蛇のようにゆがめ」（*My Mortal Enemy* 72-73）、意味深げに使っているものだ。ネリー自身の不幸な結婚を物語の前提にテクストを読むとき、タイトルにある「不倶戴天の敵」が、オズワルドではなく、物語には登場しないネリーの夫かもしれないと考えることさえ不可能ではなくなってくる。そして、そのように解釈すれば、物語全体を、マイラをスケープゴートにしたネリー自身の物語であると読むことも十分に可能である。

しかし、もしそうだとしたら腑に落ちない点が、ひとつある。もしネリーが不幸な結婚生活を経験していたと仮定したのなら（しかもそれは限りなく確信に近い仮定だとわたしは思うのだが）、ネリーはマイラの結婚生活の破綻の原因を、なぜ、オズワルドの不誠実さではなく、マイラの激情的な性格のみに、つまり夫ではなく妻の責任のみに、帰そうとするのだろうか？　ネリーはマイラに対して女同士の共感や同情を抱いてはいないのだろうか？　オズワルドに対するネリーのやや不合理な肩入れと、マイラに対する反感の裏には、オズワルドへのネリーの隠された欲望を読みとることができるに違いない。その欲望を、しかし、ここではまず、語り手としてのネリーの欲望に限定して考えてみたい。

もちろんネリーには、物語に描かれない、興味深い人生があることだろう。しかし、今はまず、ネリーの個人的な人生からいったん離れて、語り手としてのネリーのあり方に注目しようと思う。

語り手ネリー

『わたしの不倶戴天の敵』のモデル探しを試みたチャールズ・ジョアニングズマイヤーは、マイラとオズワルドのモデルが、雑誌『マクルーアズ・マガジン』の編集長S・S・マクルーアとその妻ハティではないかと論じている。マクルーア夫妻がほんとうにモデルであったかどうかの議論はともかくとして、彼がそのように考える根拠のひとつに、『マクルーアズ・マガジン』の編集員として働いていたキャザーが、マクルーアに代わって彼の自伝を書いたという事実が挙げられていることは興味深い。一九一四年初版のマクルーアの『私の自伝 *My Autobiography*』は、現在ではキャザーの著作として、『S・S・マクルーアの自伝 *The Autobiography of S. S. McClure*』というタイトルで出版されている。だが、当時のキャザーはゴーストライターとしてマクルーアの自伝を書き、その執筆のために、彼の結婚にまつわるロマンスを熟知していた。そういう経緯で、彼らをモデルにして『わたしの不倶戴天の敵』という夫婦の愛憎物語を描いたのだというのがジョアニングズマイヤーの考えである。

しかし、ここでわたしが注目したいのは、ジョアニングズマイヤーが指摘しているもうひとつの点である。それは、マクルーアの自伝を書くことによって、キャザーが「男性の視点から語ることを学んだ」という点であり、その技術を「『わたしのアントニーア』(一九一八)や『迷える夫人』(一九二三）や『教授の家』（一九二五）のなかで使った」ことである（Johanningsmeier 243）。『わたしの不倶戴天の敵』において、キャザーは長編小説としては珍しく女性の視点を採用している。そのことをキャザーの他の主要なテクストからの大きな差異として認めることは、このテクストの独自性について理解するために非常に重要である。

物語の冒頭では、ネリーは、語り手としてはきわめて未熟な一五歳の少女として登場する。というのも、最初の段落では、彼女は、語り手どころか物語の聞き手となっているのである。彼女は駆け落ち結婚したマイラの物語を、母や叔母から聞かされてきたと第一段落で語っている。リディア叔母さんから聞く物語はとてもロマンティックで、その物語の前では、ネリーは期待する読者となっている。彼女は、駆け落ちしたカップルがその後どうなったかをリディア叔母さんに尋ねる。そして、叔母さんの「たいていの人たちと同じように幸せですよ」（*My Mortal Enemy* 14）という答えを聞いてがっかりする。なぜなら、ロマンティックな物語の結末としては、彼らは「他の人たちよりずっと幸せでなくてはならない」（14）からだ。このような少女じみた期待を胸に、マイラと会うことになった日、ネリーは、語り手としてはいささか情けない対面をすることになる。というのも、ネリーはマイラを見つけるより先に、鏡に映った姿をマイラから見つけられてしまうのだ。そして、マイラに圧倒されて「すっかり無口」（5）になってしまう。

この一五歳の少女だったネリーが、語り手として力を発揮していくためには、マイラとオズワルドの助けが必要だった。マイラと初めて会った夜に彼女から行儀作法の必要性を教えられたネリーは、ニューヨークでも、マイラの嫌う「いい加減で俗語入りの西部なまり」を矯正するため、「行儀作法と英語が上達する」ようにと、たくさんの人たちを紹介される（*My Mortal Enemy* 32）。マイラのサロンで多くの芸術家たちに囲まれ、オズワルドに連れられてシェイクスピア演劇を見たりしたニューヨークでの経験は、ネリーの文学的な素地を作りだすのに一役買っている。

マイラという決して若くない苦悩する女性を、キャザーが物語の中心に据えたのは、結婚が人生の目的であったようなヴィクトリア朝女性作家たちの若いヒロインたちから一線を画した女性登場人物を描こうというキャザーの文学的野心にほかならない。小説は、マイラのロマンティックな駆け落ち結婚ではなく、マイラの、あまりロマンティックだとはいいがたい、その後の人生を主題にしている。そして、小説のなかでのマイラは、むしろ結婚以外のものに人生の価値を見いだそうと葛藤する女性として描かれている。シェイクスピアやハイネの詩に幾度となく言及するキャザーは、結婚や恋愛以外のことで葛藤する人物を描くことにより、男性作家の文学キャノンに帰属することを、おそらく無意識的に望んでいたのだろう。他方で小説は、ネリーという女性の語り手を据えて女性文学の体裁をとるうえ、結末近くでのマイラの死は、探求者としてのヒロインを描きつつ物語をその探求の挫折とヒロインの死で閉じるという一九世紀女性文学の伝統（DuPlessis 1-19）に立脚している。このテクストが抱えるこうした矛盾は、男性文学と女性文学という二つの伝統の対話によってもたらされるとされる、女性文学特有の「バイテクスチュアル」（Showalter 4）な側面を映しだしているということができるだろう。

『アメリカ小説における愛と死』で、レスリー・A・フィードラーは、アメリカ文学が伝統的に男女間の愛の主題を回避しがちであり、成熟した大人の女性を小説に描きこむことを躊躇してきたと指摘している。そこでは女性は、むしろ性に対する恐れや拒否の象徴であり、アメリカ的ヒーローたちがストイックに乗り越えなければならないものとして描かれてきた。フィードラーが「イノセント」（Fiedler 24）と形容するアメリカ文学は、いいかえれば、性的な側面を一方的に女性に押しつけることによって、ヒーローをセクシュアリティから遠ざけてきた。すなわち、性的なことがらよりも高尚だと考えられている宗教やアメリカ的アイデンティティなどを文学的主題とし、ヒーローたちをそこからの堕落に誘うイヴのように女性登場人物を描いてきたのである。

しかし、女性の性を周縁化することで、アメリカ文学は、男女の登場人物のあいだに、愛の結びつきよりもむしろ、ストーリー構成上の対立を招いてしまった。つまり、愛と結婚というロマンティックで女性的なストーリーと、正義や宗教やアイデンティティを中心としたヒロイックで男性的なストーリーの綱引きという構図を生みだしたのである。そして、その綱引きでは、つねに男性的なストーリーが勝利を収め、女性的なストーリーは、それにロマンスの彩を添えるためだけに存在してきた。『緋文字 *The Scarlet Letter*』において愛と情熱の世界にディムズデイルを連れだそうとするヘスターも、自らAの文字を再び胸につけることによって、ディムズデイルを中心とする贖罪のプロットへと引きこまれていく。ヘスターの情熱も性的魅力も、結局のところ、監獄のそばに咲く野バラ程度に、暗く乾いた贖罪のプロットに彩を添えるロマンティックなエッセンスにすぎない。

このような伝統のなかで、キャザーはマイラを、ロマンティックではない女性主人公として小説のなかに送りこんだのである。しかし、当時の女性が恋愛と結婚以外の主題で葛藤するとしたら、いったい何があったろう。結局マイラは、最終的にカトリック教会への回帰で内的葛藤を終わらせようとするが、宗教への回帰は、答えに窮したキャザーの苦肉の策であったといえるだろう。

それに反して、語り手であるネリーは、マイラの強烈な個性と、マイラの周りに集まる女性たちが作りだす、女同士の世界に強く魅かれながらも、ロマンティックなヒーローの原型をオズワルドに見いだそうとしている。書くことに対する彼女の欲望は、男性作家のようにヒーローを描くことと、女性の語り手として女の世界を描くこととの狭間で揺れている。ネリーのこの揺れは、もちろんキャザー自身のテクストのバイテクスチュアリティの反映でもあるが、同時に、ネリーというキャザーの創作した若い女性の語り手と、当時すでに女性作家としての地位を築いていたキャザーとのあいだの微妙な距離を映してもいる。

キャザーとネリーの距離は、両者のオズワルドとの距離のとり方にあらわれている。テクストには、マイラの怒りの原因であるオズワルドの不誠実の証拠が、決定的なものとはいえないまでも、いくつもちりばめられている。そのひとつがトパーズのカフスボタンのエピソード（*My Mortal Enemy* 27-31）である。別の女性から受けとったカフスボタンを、オズワルドは、リディアからのプレゼントとしてマイラの前で自分にわたしてほしいと依頼する。キャザーが巧妙に挿入したこのエピソードは、オズワルドの浮気疑惑を匂わせる一方で、マイラに遠慮するオズワルドという人物像を、リディアのコメントによって巧妙に作りだし、オズワルドを正当化するという屈折した結果を導きだしている。彼の不誠実さに関する不確定な証拠に挙げられているのは、オズワルドの新しいシャツの場合も同様で、それらをマイラが無断でイロコイ族の門番の息子たちにあげてしまったというエピソード(7)は、単にマイラの不条理さを伝えているのではなく、そのシャツが、別の女性からの贈り物であった可能性も暗示しているはずである。

ところがネリーは、マイラを欺いてカフスボタンを受けとったオズワルドに対し、マイラに対する気恥ずかしさという点で共感し、彼の感受性を過大評価する。「わたしは彼女を欺いたことを恥ずかしく思った。きっとオズワルドもそうだったと思う」（*My Mortal Enemy* 30）。顔をしかめるオズワルドを見たネリーは「彼はトパーズを踵の下に置いて、粉々に踏み潰したいと思ったはずだ」（31）と語っている。しかし一〇年後に彼らが再会したとき、その同じカフスボタンをオズワルドは袖口につけている（64）。そのことについてネリーは何もコメントしないが、オズワルドの感受性についてのネリーの理解がいかに間違っていたかを、読者はそのとき知ることになるのである。

ネリーとキャザーのあいだの溝がもっとも鮮明に描きだされるのは、マイラとオズワルドの口論の場面の後である。マイラはオズワルドのポケットからキーホルダーを抜きとり、見知らぬ鍵があったことで、激しく責める（*My Mortal Enemy* 41-42）。この鍵も、どこの鍵であるかは最後まで明かされないので、シャツやトパーズと同様オズワルドの浮気の決定的な証拠とはなりえない。しかし、マイラは明らかに夫の浮気を疑って怒っている。この場面に偶然居合わせたネリーは、マイラの激しい剣幕にいたたまれない気持ちになるが、その後、オズワルドと二人きりになってシェイクスピア劇を見にいくと、「わたしはもう二度と、マイラ夫人をあんなに好きにはならないという確信」（43）をもつ。浮気疑惑に関してまったく追求せず、マイラにすべての責任を押しつけてしまうネリーの心の変化が、なぜ生じたのかは不明である。しかし、それによって、リディアがマイラとの別れ際に言った「男の人は決して正当化されないけれど、もし男の人が正当化されることがあったなら……」（45）という仮定を、ネリーの語りは以後、引き受けることになる。つまり、ネリーはオズワルドを正当化し、マイラがオズワルドに「つらく当たっている」(72)という解釈をするようになるのである。

キャザーのテクストはといえば、オズワルドの浮気疑惑を曖昧にしておくことで、また、彼らの結婚生活がマイラのいうように本当に失敗かどうかについてもはっきりと明言を避けることで、オズワルドのことも、マイラのことも正当化することなく、判断を下さないでいる。対照的にネリーの語りは、マイラの死後、マイラの嫉妬心が勝手に浮気疑惑を作りあげたというオズワルドのことばをそのまま記述する。「もちろん彼女〔マイラ〕が嫉妬したときは、まったく不合理だった。彼女の疑いは時々――ほとんど突拍子もなかった」(*My Mortal Enemy* 84)。ネリーは彼のこのことばに、語り手として疑問を差しはさむことをしない。しかし、オズワルドのことばをそのまま信じる必要がどこにあるだろうか。

おそらくネリーには、マイラの駆け落ち結婚の物語を聞いて育った頃と同じく、ロマンティックな物語に憧れる少女の部分が残っているのである。それゆえ、出口のないマイラの心的葛藤は、彼女の物語への欲望を掻きたてはしないのだ。ネリーのロマンティックな感性は、反対に、マイラとの激しい喧嘩の後のオズワルドによって刺激される。

しかし帽子を脱いで、明るい窓を頭の背にしていると、彼〔オズワルド〕は疲れて困惑しているように見えた。自分の町ではじめて彼を見たときのように、わたしは彼の顔の矛盾に驚いた。力強い骨と、炎が中にない奇妙な形をした眼。わたしは、彼の生活が彼に似合っていなかったのだと感じた。彼はある種の勇気と力をもっていて、それらは眠っていて、別の世界に行けば、鮮やかにあらわれてくるに違いないと思った。彼は軍人か探検家になるべきだったのにと思った。それ以来、他の人たちにもあの半月形の眼を見てきたが、それらは彼の眼と同じくいつも謎めいていた。世間的には礼儀正しく親切なのだが、人が決して底まで見抜くことのできない眼。（*My Mortal Enemy* 43）

オズワルドの半月形の眼は、ネリーにとって印象的で、ネリーはたびたびそれに言及する。そこにも、読者はオズワルドに対するネリーの欲望を見てとることができるだろう。はたしてケイシー氏も半月形の眼をしていたのだろうか？　そしてその謎めいた眼に、ネリーは魅了されたのだろうか？

そういう推測はさておき、このオズワルドの眼を見た瞬間から、ネリーは、自らの創作者であるキャザーと袂を分かつことになる。この瞬間、ネリーのなかにヘテロセクシュアルな欲望が芽生えたのである。この日を境に、ネリーはマイラを崇拝することをやめ、オズワルドを正当化するようになっていく。このようにして、マイラを葛藤する女性主人公として描こうとした作家キャザーと、オズワルドにこそヒーローの素質があると考える語り手ネリーのあいだに、埋められない溝が生じるのである。

女同士の世界

このシーン以前のネリーは、マイラを中心とする女同士の親密な世界に魅了され、それを忠実に描こうとしていた。特に病気の女性詩人アン・エイルワードに対するマイラの愛情あふれた接し方と、彼女らのあいだにある親密な感情について、ネリーはその崇高さに心を動かされる。

マイラは、この光のさす屋根裏の書斎で、わたしがこれまで見たこともないくらい、美しく、不思議に魅力的だった。彼女たちの話にわたしは息をのんだ。彼女たちは、人や本や音楽——その他なんでもについて、わくわくするようなファンタスティックなことを話した。何か、崇高な感じがする特別なことばをお互いに話しているみたいだった。(*My Mortal Enemy* 35)

女同士のあいだで話される「崇高な感じがする特別なことば」は、大晦日の夜、マダム・モジェスカが女友達を連れてマイラの部屋を訪れ、その女友達がオペラ『ノルマ』のなかのアリア「清らかな女神よ(カスタ・ディーヴァ)」を歌う場面で、次のように具体化される。

彼女〔マダム・モジェスカ〕は窓際に坐った。マントを半分引っ掛けて。月の光が彼女の膝に落ちた。彼女の友達は、ピアノに向かい、「清らかな女神よ」のアリアを始めた。月光が水面で震えるような始まり方だった。家にある古いオルゴールの最初の曲だったが、歌を聞いたのは初めてだった――こんなに美しく歌われたのも、それ以来聴いたことがない。オズワルドがマダム・モジェスカの椅子の後ろで、彫像のように立っていたのを、覚えている。マイラは、歌い手の横で低くうずくまり、頭を両手で抱えていた。偉大なる感情のように、歌は成長し、開花した。(*My Mortal Enemy* 39)

「清らかな女神よ」を聴いているのは女性ばかりで、唯一の男性オズワルドは、まるで彫像のようだったという記述は、そのアリアがまるで彼の耳には届いていなかったことをほのめかすような描写である。オペラの舞台である修道院は、女同士の絆を重んじるマイラたちの世界のメタファーとしてこの場面で機能している。それゆえアリア「清らかな女神よ」は、「めったに目にすることはないがほとんどいつも感じとれる彼女〔マイラ〕のとある本質」と結びつけられ、ネリーは「人を動かさずにはおかない、情熱的で、圧倒するような、名づけられない何か」を感じる(*My Mortal Enemy* 40)。ネリーは、マイラのことを思い出したければ「目を閉じて心のなかで歌うだけでよかった。「カス、タ・ディーヴァ、カスタ・ディーヴァ!」と」(40)と語っている。少なくとも、この夜のことを語っているときのネリーは、女同士の世界の豊かさを読者に伝えようとしているといえるだろう。

駈け落ちするまでマイラが叔父ジョン・ドリスコールと一緒に暮らしていた屋敷は、彼女の叔父の死後、修道院に寄贈される。その修道院のイメージを、ネリーは、次のように描写している。

わたしが小さな少女だった頃、わたしのリディア叔母さんは、昔のドリスコールさんの敷地のまわりの広い敷石の道に、よく散歩に連れていってくれた。高い鉄柵を通して、表に遊びに出ているシスターたちの姿が見えた。彼女たちは、林檎の木の下で、二人ずつ並んで、ゆっくり歩いていた。（*My Mortal Enemy* 13）

修道女の、柵に入れられた、社会的に明るみにだされない、が、しかし林檎の香りのように芳しい女同士の世界は、修道院を舞台にしたオペラのなかで歌われる「清らかな女神よ」という処女の女神の歌に通じてはいないだろうか。そして、ネリーに何度も腕組みしてきたマイラの、女性の身体に対する欲望を、修道院の描写やカスタ・ディーヴァのアリアが歌われる場面に重ねてみるとき、わたしたちは、女性的なものへの秘められた欲望と羨望とを、それぞれマイラとネリーを介してキャザーが描きこんでいるのだと知ることができる。

ところがネリーは、女性的なものに対して羨望することを、少女から大人の女性になる過程でやめてしまう。そして彼女は、男性的なものの優位性を認めるようになる。マイラたちとニューヨークで別れてから一〇年後、西海岸の町のアパートホテルに引っ越してきた彼女は、隣に住む年配の男性が鼻歌を歌いながら家事をしている様子に、気持ちを滅入らせる。彼女自身が不合理だと思うこの感覚は、「父の法」を絶対的なものと認め、男性的なものが女性的なものに勝っていると信じる、忠実な「父の娘」の感覚である。

この感覚は、キャザーから独立した視点であるネリーの視点を特徴づけるものとなる。つまりそれはネリーが、「父の法」に従えという命令を受け入れることによって女性ジェンダーに自己同一化し、男性の欲望の対象となることを目標とするようなヘテロセクシズムの呪縛に身をゆだねたことを示している。そして、この呪縛は、ネリーのなかにホモフォビアを芽生えさせ、性的であるか否かにかかわらず、女同士の親密な関係から彼女を遠ざけてしまうことになる。その結果、女同士の親密な関係を描いたはずの大晦日の夜の場面に、最後になって次のような注釈をつけくわえる。「〔オズワルドは〕彫像のように、あるいは歩哨のように立っていた、と彼の態度のなかに自分が感じたことが何かわからずに、わたしはあのとき言った。けれど今、わたしはそれが不滅の恒久性……ほとんど不滅というべき若さを意味していたのだとわかった」(*My Mortal Enemy* 83-84)。

このようにして、ネリーは、意味あるものはすべてオズワルドに、そして反対に、不合理なものはすべてマイラにと振り分けていく。キャザーは自ら創作した女同士の甘美な世界を、女性の語り手であるネリーに男性中心的な価値観を代弁させることによって、最終的に無意味なものにしてしまう。このことは、そのようにしてしか、キャザーが女性的なものに対する崇拝を書くことができなかったことを示している。そして、このテクストを目の前にして、読者は、レズビアン的な欲望をもっていたといわれるキャザー自身のなかにも、内面化された女性嫌悪とホモフォビアがあったのだと解釈せざるをえなくなるのである。

女性の語りが意味するもの

キャザーは、ワイルド裁判に際して、ワイルドの罪に比べれば、人類最初の殺人を犯した「カインの呪いのほうが軽い」(Cather, *The Kingdom of Art* 392) と書いている。こうした痛烈なワイルド批判からは彼女のホモフォビアが明らかに読みとれる。このことに鑑みれば、『わたしのアントニーア』の男性の語り手ジム・バーデンが、キャザーのレズビアン的な欲望を意図的に隠すマスクである一方で、ネリー・バーズアイは、キャザー自身のホモフォビアを映しだす媒体として機能しているといえる。これまでホモセクシュアルな欲望を、男性の視点をマスクにして描いてきたキャザーだが、このテクストでは女性の視点から女性に対する自分の「本当の欲望」を描こうとしたはずだった。それなのに、結局は自身の「本当の欲望」よりもホモフォビアのほうを見せてしまったのは、なんとも皮肉な結果である。

一方、語り手のネリーは、ヘテロセクシズムを受け入れてはいるものの、彼女自身の結婚の失敗から推測できるように、ヘテロセクシュアルな関係において、失敗している。また、語りの最終段落が明かしているように、彼女はマイラの遺品であるアメシストのネックレスを「不運」(*My Mortal Enemy* 84) と呼び、彼女自身のうまくいかない恋愛関係の元凶としている。ここには、うまくいかないことの理由を、自分以外の何物かに求めたいという彼女の気持ちが反映されている。このように考えれば、最後にネリーが口にし、小説のタイトルにもなっている「不倶戴天の敵」とは、マイラにとってのそれではなく、性的関係に対するネリー自身のルサンチマンを表現していると解釈することもできるだろう。

『わたしの不倶戴天の敵』は、「出来事の連なりで、何も明らかになっていない。その効果においても形式においても、これを小説と呼べるかどうかは、はなはだ疑わしい。本当の意味での連続性もなく、有機的な全体も形成しない」と評され、「ミス・キャザーのもっとも重要でない本」(Kronenberger 229) として片づけられてしまう。この批判は、ネリーの語りの特徴を表現するものではあるが、語り手としてのネリーを信頼しすぎているともいえる。もしも信頼できない語り手を描いて読者を煙にまくことがキャザーの意図であったとするならば、小説としての体を成さないこのテクストは、その意図において成功しているといえるだろう。このテクストの意義は良くも悪くも、女性の語りを用いたことにある。第四章で論じたように、『わたしのアントニーア』や『迷える夫人』などのヘテロセクシュアルなロマンスを男性視点から描いたテクストでは、ヘテロセクシュアルなロマンスという形態が「名づけえない」欲望を仲介する役目を果たすことによって、物語世界に調和がもたらされていた。それとは反対に『わたしの不倶戴天の敵』では、男性的な視点というマスクがないために、かえってひどく不誠実な物語世界が生みだされてしまっている。

物語の終盤で、太平洋に沈む太陽を見ながら、マイラは、その同じ場所で朝日が水面から昇るのを見たいとネリーに語る。そして自らの死期を悟ったマイラは、その場所にひとりひっそりと出かけて行き、そのまま息をひきとる。ネリーは、マイラがきっと夜明けまで生きて朝日を見ることができたに違いないとオズワルドに話す。しかし、日が沈む場所から日が昇ることはないだろう。太陽は、東から昇るのである。

第Ⅲ部　見え隠れするクローゼット

――アーネスト・ヘミングウェイをクィアする

第七章　インする批評／アウトする批評

――ヘミングウェイ批評のクローゼット

「オカマの母」

ヘミングウェイ研究において、本書で行ってきたようなクィア・リーディングは、まだ十分に行われているとはいえない。近年の研究動向を見れば、ヘミングウェイのジェンダーの揺れに関しての研究は熱心になされていることがわかるが、セクシュアリティに関しては、ヘミングウェイのホモフォビアが指摘されるにとどまっている。ヘミングウェイ研究においてクィア・リーディングが十分に行われない理由としては、ヘミングウェイ本人やヘミングウェイの描くヒーロー像があからさまに男性的かつヘテロセクシュアルであることや、ヘミングウェイがしばしばホモフォビアをあらわにしていたことが考えられる。同時に、研究者たちのあいだでホモフォビアが根強いことも理由のひとつとして考えられるだろう。ヘミングウェイのいくつかの作品において「道を外れた特異《パーヴァース》な」（竹村『愛について』一一八）欲望が確かに描かれていることはあっても、それは滑稽に描かれており、ヘミングウェイ自身は、四度の結婚を経験し、「正しいセクシュアリティ」（竹村『愛について』三七）を実践するヘテロセクシュアルなイコンとして彼らのうちに温存されてきた。

ヘミングウェイのホモフォビアは、しばしばイン／アウトのモデルを使って、作中人物のホモセクシュアリティをアウトしている。

あいつの父親が死んだとき、あいつはまだほんのガキで、マネージャーはその父親を永代供養にした。つまり、それで父親はその墓で永眠したわけさ。けど、あいつの母親が死んだときは、マネージャーは、自分たちの関係がいつまでも熱々ってわけはないと思った。あいつとマネージャーはできてたんだよ。そうさ、あいつはオカマなんだよ。知らなかったのかい。もちろんあいつはそうさ。それで、マネージャーはあいつの母親を、五年契約で埋葬したんだ。

(Hemingway, *Complete Short Stories* 316)

これは、ヘミングウェイがホモフォビアをあらわにし、ホモセクシュアルの闘牛士を辛辣に批判した短編小説「オカマの母 The Mother of a Queen」（一九三三）の冒頭である。闘牛士をアウトすることで始まるこの物語は、その後「オカマ」のマネージャーを引き継いだと思われるロジャーという人物によって語られる。ロジャーは終始一貫「オカマ」を批判する。わずかな額にもかかわらず母親の埋葬金を払おうとせず、闘牛士としても実力がなく、無駄な闘牛服に大金をつぎこんだ挙句、海水で濡らして駄目にしてしまい、ロジャーが立て替えた金を返さない。ロジャーは結局「オカマ」と決別し

「母なし子」と悪口を触れまわる。

以上の記述からもわかるように、ヘミングウェイはテクストにおいて、しばしばゲイを揶揄と中傷の対象として描いてきた。そのような彼の描写には、ヘテロセクシュアルでマッチョな英雄の役目を引き受けてきた彼自身のホモフォビアが反映されている。ナンシー・R・カムリーとロバート・スコールズは、「セクシュアリティについて、一般的に考えられているヘミングウェイの関心は、それがロッカールームの類のものであるということ」くらいで、「ホモセクシュアリティをジョークかホラーのどちらかとして扱う」程度のものであったと指摘している（Comley and Scholes 110）。本章で扱う「オカマの母」や「世の光 The Light of the World」（一九三三）では、ゲイがあからさまに揶揄され、次章で論じる「エリオット夫妻」では、「正しいセクシュアリティ」が正しく行われないことが滑稽に描かれている。

『日はまた昇る』でジェイク・バーンズは、戦傷でペニスを失った自身の裸体を鏡に映し、「滑稽だ」（Hemingway, *Sun Also Rises* 38）と考えるが、ジェイクの怪我やジェイク自身が本当に滑稽に描かれているとは思えない。ペニスを失ったジェイクのセクシュアリティを、女性的またはレズビアン的だとする指摘があることは確かだが、ジェイクのセクシュアル・アイデンティティは極めて強固にヘテロセクシュアルである。そうでなければブレット・アシュリーとの関係で悩むこともなかったろう。ジェイクが自分自身を「滑稽だ」と思うのはハードボイルドな態度の表明にほかならない。「オカマの母」に登場する闘牛士や「世の光」のコック、「エリオット夫妻」のヒューバート・エリオットが滑稽に描かれているのとは根本的に異なっているのだ。

偉大なクローゼット・クィーン

それにもかかわらず、「オカマ」をひどく嫌ったヘミングウェイその人を、「オカマ」と呼んだ人物がいる。トルーマン・カポーティである。カポーティは、一九六八年、ロバート・ジェニングズとの会話のなかで、ヘミングウェイのことを「もっとも偉大な老いぼれクローゼット・クィーン」(Inge 166)と呼んだ。そのうえで、ヘミングウェイが「心温かく勇気ある人物の振りをしていた」(Inge 166)と評するカポーティの意図が、ヘミングウェイのマッチョな伝説のなかに隠された女性性を暴くことにあるのは、明白だ。カポーティのコメントは、ヘミングウェイをアウトすることによって、アメリカ社会がヘミングウェイに付与した「パパ」のイメージと、ヘミングウェイに男性的ヒーロー像を期待する人びとに挑んでくる。

カポーティがこのようにコメントしたのは、ヘミングウェイの死後、トム・ジェンクスによる大幅なカットと編集を経て一九八六年に『エデンの園』として発表されることになる原稿の、バイセクシュアルな主題と関係があるのではないか、とデニス・ブライアンは推測している(Brian 187)。カポーティがその原稿の存在を実際に知っていたかどうかは不明だが、『エデンの園』でくり広げられる性役割の交換は、カポーティだけでなく多くの読者の関心を、ヘミングウェイの超男性的なヒロイズムの裏にあるものに引きつけたに違いないと、ブライアンは考えているようだ。ジェンクスがいうように、『エデンの園』は「一般的な彼〔ヘミングウェイ〕のイメージのために普通はあまり知られていない柔らかさと脆弱さとを、たくさん見せている」(McDowell)。

いうまでもなく、『エデンの園』の出版は、ヘミングウェイのジェンダーとセクシュアリティについて、見直しを迫るものだった。スーザン・F・ビーゲルが書いているように、「『エデンの園』の死後出版によって、批評家たちは、「エリオット夫妻」、「簡単な質問」、「海の変容」、「オカマの母」などの短編小説を描いてきたヘミングウェイの作家人生でいたるところに存在しているホモセクシュアリティ、性倒錯、両性具有といったテーマに、初めて直面せざるをえなくなった」(Beegel 11)。なぜなら、あのハードボイルドなヘミングウェイが「闘牛や猛獣狩りや釣りを描く代わりに、この本では、食事とセックスと日光浴について書くのに大半の時間を費やしている」(Kakutani)からである。

『エデンの園』以降の批評は、伝記的要素をとり入れながら、おもにジェンダーに関するヘミングウェイのアイデンティティ形成を分析するものが増えた。特に顕著なのは、両性具有の概念をとり入れた一連の研究である。デブラ・モデルモグは、マーク・スピルカの『ヘミングウェイの両性具有との闘い』をはじめ、ジェラルド・ケネディ、ロバート・ガジュセク、ジョン・ガガン、マイケル・レイノルズらの研究を、両性具有概念を当てはめた例として紹介している。スピルカは、ヘミングウェイが子ども時代に、ひとつ上の姉マーセリーンとおそろいの女の子用の洋服を着て育ったことを、彼の両性具有性を紐解く鍵として扱っている。子ども時代には幸福を約束した両性具有は、次第に「心を傷つける状態」となり、「スポーツと執筆の両面における精力的な男性的活動を通じてしか乗り越えられない」ものになったという(Spilka 3)。

しかし、両性具有のモデルを使う多くのヘミングウェイ批評家たちも、「もっとも偉大な老いぼれクローゼット・クィーン」というカポーティのヘミングウェイ像に快く同意したりはしない。モデルモグのいうように、彼らが用いる両性具有のパラダイムには、「セクシズムとヘテロセクシズムが内在している」（Moddelmog 30）のである。多くのフェミニストたちは、両性具有について、それが結局のところ、男らしさと女らしさという固定観念を復活させてしまうのではないかと考え、一九七〇年代には反両性具有批評を展開している。その議論をモデルモグは紹介し、両性具有のモデルを使ったヘミングウェイ批評の落とし穴を指摘する。そして、さらに両性具有は「ヘミングウェイが幼い頃にうけたしつけ、役割分担、彼が描く登場人物の衝動といったものに含まれている、あらゆる性的要素を中性化してしまう」（32）と書き、次のように述べる。

両性具有の概念は、ヘミングウェイがセクシュアル・アイデンティティを探求していたことから目をそらすためのお墨つきを批評家たちに与えている。このように無視する権利を批評家に与えたから、両性具有がヘミングウェイ批評家にこれほどもてはやされるようになったのだという説明も、いくらかは成り立つだろう。つまりそれはヘミングウェイに――あるいは彼が描くヒーローに――ホモセクシュアルな「傾向」があるのではないかとくり返しささやかれてきた噂から目をそらすことを容認してくれるのだ。（Moddelmog 32）

このような批評家たちが「ヘミングウェイのヘテロセクシュアルでない欲望を示唆するものは何でも抑圧」（Moddelmog 42）してしまう、と指摘するモデルモグは、次のような解釈の可能性を探ろうとする。つまり「もしわたしたちがホモフォビックではない正反対の立場から、すなわちヘミングウェイの性愛傾向に「クィアな」欲望の存在の可能性とその潜在的重要性をすすんで、むしろ熱心に探求する立場からヘミングウェイと彼のテクストにアプローチしたら、どのようなヘミングウェイ像が構築されるだろうか」（42-43）。モデルモグはこうした見方を「異なるやり方で欲望する欲望」（43）と表現しているが、カポーティがヘミングウェイを「クローゼット・クィーン」と呼んだのも、これと同じく「異なるやり方で欲望する欲望」によるものだったのではないだろうか。

アウトする欲望

モデルモグによる解釈では、『日はまた昇る』の主人公ジェイク・バーンズや、ヘミングウェイ自身の四人目の妻であるメアリーとの関係のなかに、ホモセクシュアルな欲望が指摘されている。モデルモグは、セクシュアリティの定義においてセジウィックが「普遍化」する見解とした立場をとっているようである。「普遍化」する見解とは、つまり、明らかにヘテロセクシュアルであると思われるような人物や性的対象の選択に、ホモセクシュアルな欲望を認める見解である。『クローゼットの認識論』においてセジウィックは、セクシュアリティに関する定義には、相反する二つの方向性があるとしている。すなわち、「「本当に」ゲイである人たちの、はっきりとした集団」があるとする「マイノリティ化」の方向と、「見るからにヘテロセクシュアルな人物や対象選択にも同性同士の影響や欲望が強く印されている」としてホモセクシュアリティを「普遍化」する方向である（Sedgwick, *Episte-*

mology of the Closet 85)。モデルモグは、ヘテロセクシュアルで男性的な伝統的ヘミングウェイ像に対する抵抗として、普遍化のモデルを用いているようである。この抵抗の姿勢は、彼女の著書にはっきりと表れている。事実、彼女は自身の目論見について、「わたしたちの時代にヘテロセクシュアルな男らしさのもっとも首尾一貫した永続的なイコンのひとつとなったひとりの男性を見ていくことによって〔……〕わたしたちの性制度の亀裂を理論化する」(Moddelmog 56) と明示している。

モデルモグは、彼女自身の読みをフーコー的な反動のディスコースとして提示している。しかしながら、ヘミングウェイのホモセクシュアルな欲望を見つけたいという彼女自身の欲望によって、彼女の研究は、研究の対象となるべきセクシュアリティが実際に存在すると考える「セクシュアリティの存在論」に絡めとられ、結局のところ、ヘミングウェイの「ホモセクシュアリティ」を発見《アウト》すべき対象としてしまう。その結果、モデルモグは、フーコーの『性の歴史Ⅰ』が、セクシュアリティを研究対象とするような「セクシュアリティの科学」に対する批判であるという事実を忘れてしまったようだ。

フーコーは、セクシュアリティについて知ろうとする行為が、知る人と知られる人とのあいだにできる力関係と密接に関連していることを検証しながら、セクシュアリティの領域が、それについて語る以前から存在していたのではなく、セクシュアリティについて人びとが語るさまざまな言説の総体として形成されたのだということを概念化した。『聖フーコー』でハルプリンが指摘しているように、フーコーはセクシュアリティについての概念的転換を図ることによって、性的なものが実際に存在すると考える従来の存在論を見事にくつがえした。

近代のセクシュアリティの科学は、セクシュアリティを知の対象とし、その真理を探究してきた。対照的に、ハルプリンによれば、フーコー自身の言説理論は、セクシュアリティを知の対象とするものではない。むしろ、セクシュアリティの「真理」を解き明かすものとされてきた諸学問の権威と正当性を打ち砕くことが、フーコーの狙いである。フーコーによって明らかにされたことは、セクシュアリティがそれ自体で自然に存在しているものではなく、近代の知の実践によって生産され、それらの認識作用によって現実という場におかれる実証的存在であるということだ。

フーコーの『性の歴史I』は、人には本能的な原初の欲望というものがあり、人の精神構造はそれを抑圧することによって成り立っているとするフロイトの抑圧仮説に対する反論である。バトラーは『ジェンダー・トラブル』でそのことを指摘し、原初のものであるとか抑圧されたものであるとかいわれる欲望は、実は法の効果にすぎないと書く。バトラーによれば、抑圧する法なくして「抑圧された欲望」などというものはない。法とは抑圧機能を行使するものではなく、むしろ、ものを生産するための言説実践である。つまり法は、法自体の存在理由を合理的に説明するために、「抑圧された欲望」という虚構を生みだしていくのだ。(Butler, *Gender Trouble* 65)。

ヘミングウェイを「もっとも偉大な老いぼれクローゼット・クィーン」と呼んだカポーティや、ヘミングウェイのテクストやヘミングウェイ自身にホモセクシュアルな欲望の存在を読みとろうとするモデルモグは、ヘミングウェイの「本当の」セクシュアリティに到達することによってヘミングウェイをまさしくアウトしたと主張しているようである。しかし、もしヘミングウェイのホモセクシュアルな欲望を読みとったと批評家が考えたとすれば、そうした読み自体が、セクシュアリティの存在論に依拠してセクシュアリティを知の対象にしたものであり、最終的に批評家自身の知への意思を映しだすものであることを覚えておかなければならない。それは同時に彼らのアウトする欲望をも映しだすだろう。

クィアな読みというのは、イン／アウトのモデルを使ってホモセクシュアルな欲望を探し当てることでは決してない。そうではなくて、もしテクストにホモセクシュアルな欲望が読みとれるのだとしたら、それはどのようにして読みとれるのか、ということに注目しなければならない。つまり、誰が、どのレベルで、そのような欲望をアウトするのかを探るのである。そのときヘミングウェイのテクストのなかで、ホモセクシュアルな欲望はどのように立ちあらわれるのか？　それはどのような身体をともなうのか？　ホモセクシュアルというアイデンティティは、どのような性実践と対象選択によって成り立っているのか？　これらのことを、ヘミングウェイが用いるレトリックのなかに読みとることが、クィア・リーディングの課題である。

冒頭で引用した「オカマの母」を例にとってみてみよう。「オカマ」の闘牛士の最低最悪ぶりを言い触らした語り手は、最後にこう言って締めくくっている。

オカマがそこにおりますよ。あいつらとかかわっちゃいけません。あいつらの心を動かすものなんて、何もないんだから。自分のため、自惚れのためには金を使うくせに、支払いなんて絶対しやしない。払わせようとしてみなって。グラン・ビア通りのちょうどそこで、三人の仲間たちの目の前で、俺はあいつに対して思っていることを言ってやった。なのに、あいつは、今じゃ道で会うと、友だち同士のような口をきく。どんな血が混ざると、あんなやつが出来あがるんだろうねえ？（*Complete Short Stories* 319）

ここで注目すべきは、語り手自身と「オカマ」とがはっきりと差異化されていることである。「オカマ」は複数形で「あいつら」とされ、「オカマ」の闘牛士の個人的特質が、いつのまにかゲイ全般の特質として一般化されている。しかし、冷静に考えれば、件の「オカマ」が母の遺骨をないがしろにしたことも、借金を踏み倒したことも、彼がゲイであることとはまったく無関係で、次元が違う事柄であるはずだ。ゲイでなくとも親の遺骨をないがしろにする人はいるし、ゲイがみな借金を踏み倒すわけではない。この闘牛士の行為を、すべて彼がゲイであることが原因であるとする語り手の判断は、彼個人の価値観によるものである。しかし、ここに見られるゲイの特質の一般化と差異化は、もうひとつの効果を生みだしていることを忘れてはならない。このように記述することで、語り手ははっきりとは言わなくても、語り手本人がゲイではない、すなわちストレートであることを、彼自身のホモフォビックなレトリックのなかで暗黙のうちに告げているのである。このテクストから読みとるべきことは、したがって、「ゲイの闘牛士は人でなしである」という表向きの主題ではなく、「わたしはゲイではない」と言わんばかりの語り手のホモフォビアと、そのレトリックのなかでホモセクシュアルがどのように表現されるかである。

ホモセクシュアルを差異化しようとする試みは、語り手の語りのなかでだけ行われるものではない。それは登場人物同士のあいだで行われることもある。「世の光」は、語り手がゲイかもしれないと疑われているテクストである（Comley and Scholes 142-43 ; Fleming, "Myth or Reality," 286-87 ; 今村『ヘミングウェイ』一四〇）。

「世の光」

物語は、男性の語り手である「わたし」が友人のトムと酒場に入る場面から始まる。バーテンダーは彼らを見るやいなや嫌悪をあらわにし、無料の豚足を食べさせないように、容器に蓋をする。「わたし」とトムはビールを注文するが、バーテンダーの態度に苛立ち、酒場を後にする。その後、駅の待合室に入っていった彼らは、五人の売春婦、六人の白人男性、四人のインディアンと居合わせる。白人男性のうちのひとりは、ゲイと見られるコックである。最後にコックから、どちらの方向に行くのかを尋ねられ、トムが「お前とは反対の方向だ」（*Complete Short Stories* 297）と答えて物語は終わる。

読者の疑いを誘うのは、語り手とその友人のトムが入った酒場でのバーテンダーの彼らに対する態度である。彼らの注文をとるのを嫌がっているバーテンダーに対して「何が気に入らないんだ?」とトムが詰め寄る。バーテンダーはそれに答えず、トムが豚足の蓋をとって食べようとすると、「だめだ」という。さらにバーテンダーは、「おまえらみたいなパンクはみんな臭いんだ」と言い、「パンクはとっとと出てってくれ」と言う（*Complete Short Stories* 292）。ロバート・E・フレミングは、バーテンダーが使っている「パンク punk」という語に注目し、それが「若くて経験不足である」という意味のほかにホモセクシュアルを意味することから、その語への言及が物語に「緊張を引き起こしている」と指摘している（Fleming, "Myth or Reality" 287）。バーテンダーの同じ台詞について、カムリーとスコールズはフレミングよりもっと単純に、「まったく単純に、彼は、彼らをホモセクシュアルだと思っているのだ」（Comley and Scholes 142）と解釈している。むろんフレミングが指摘しているように「パンク」にはホモセクシュアル以外の意味もあるので、バーテンダーがホモセクシュアルという意味でこのことばを使ったかどうかはテクストにおいて定かではない。しかし、カムリーとスコールズのように、このテクストにホモセクシュアルな意味を読みこもうとする批評家が、それがいかに恣意的であったとしても、バーテンダーの台詞を語り手たちのホモセクシュアリティの根拠として使うことができるという点は、重要である。

ホモセクシュアリティがもっとはっきりと示されるのは、語り手たちがバーを出てから向かった先の駅の待合室においてである。そこには、色白の手をしたコックが座っており、皆からゲイだとからかわれている。語り手たちが待合室に入っていくと、中にいた男のうちのひとりが、語り手たちに「コックとやったことはあるかい？」（*Complete Short Stories* 293）と尋ねる。この男の問いかけは、語り手たちもゲイに見えたかもしれない、という読みの可能性を提供する。語り手たちの容姿に関する描写がいっさい書かれていないこの物語では、周辺人物たちの彼らに対する態度が、彼らのセクシュアリティを紐解く鍵となっているのだが、今村楯夫は待合室でのシーンを「ふたりが「ゲイ」と勘違いされた」（『ヘミングウェイ』一四〇）と解釈している。もちろんバーでの出来事と待合室での出来事とのあいだに、必然的な関連性は見当たらない。しかし、語り手たちがゲイかもしれないと考えたければ、これら二つのシーンを関連づけることにより、そう解釈することは可能だろう。

その一方で、このテクストの語り手にヘテロセクシュアリティを保証したい一部の批評家たちは、トムの最後の台詞に性的指向の表明を読みとり、それを重要視する。トムと語り手がめざす、コックとは「反対の方向」が、すなわちホモセクシュアルとは反対の方向――ヘテロセクシュアルの方向――を指していると、解釈するのである。「パンク」という語によってもたらされた緊張は「話の最後のページでやっと解かれる」とフレミングは示唆している（Fleming, "Myth or Reality" 287）。二人がコックを拒絶したことから生まれるこのような解釈は、当然のことながらコックが確実にゲイであることが前提となっている。しかしコックがゲイだということを決定づける要因とは何であろうか？それは、語り手とトムがゲイかもしれないとほのめかしていたものよりも決定的なのだろうか？そもそも文学テクストにおいては、いったい誰のことばが真実を語っているものとして特権化されるのだろうか？

「世の光」は、誰のことばが「真実」だと判断できるのか、そして、そう判断するときの根拠はどこにあるのかを問題にする物語である。駅の待合室では二人の娼婦が、その場に居合わせないひとりの男性の思い出をめぐって口論になるが、その男性について二人が語ることは食い違い、互いに相手の主張を打ち消すことで、どちらの主張の正当性も失われる。そして最後には同じ男性を知っているというコックの主張だけが信憑性をもっているかのように語られる。その男性の同性同士の関係だけがことさら真実味を帯びてくるのは、ホモセクシュアルをアウトする言説が「真実」を告げるものとして流通するという性質のためである。

しかしコックをゲイだと決定づける読みは、結局のところ彼をゲイだと言ってからかう男たちのことばを鵜呑みにしたにすぎない。娼婦たちの話題の中心になっている男性とコックとの関係も、ホモセクシュアルだと決定するための証拠は何もない。それにもかかわらず、一部の批評家たちが語り手たちをコックから差異化し、彼らのヘテロセクシュアリティを保証しようとするのは、明らかにこうした批評家たちのホモフォビアのためである。ジョゼフ・デファルコをはじめ多くの批評家たちは、この短編小説の語り手がニック・アダムズだと考えている。ヘミングウェイの短編小説の多くにヒーローとして登場し、ヘミングウェイの分身であると考えられているニックをゲイだとみなすことは、ヘミングウェイをゲイだとみなすことになるのではないかという恐れのために、批評家たちはホモセクシュアル・アイデンティティをコックに配分し、そこから語り手たちを差異化することによって語り手たちのヘテロセクシュアリティを保証するような読みを行うのである。

このように、テクストにちりばめられたホモセクシュアルなコノテーションに言及しながらもヘミングウェイや彼が描くヒーローたちにヘテロセクシュアリティを保証するような批評は、ヘミングウェイをインする批評であるということができるだろう。他方、モデルモグのようにヘミングウェイのテクストと人生にヘテロセクシュアルではない欲望を読みとろうとする批評は、アウトする批評であるということができる。従来通りのインする批評と比較的新しいアウトする批評は、ヘミングウェイのクローゼットを見え隠れさせるが、逆にこれらの批評によってヘミングウェイをとり囲むクローゼットが形成されつつあることは間違いない。インする批評とアウトする批評の微妙なバランスのなかで見え隠れするクローゼットを見極めることは、ヘミングウェイのテクストとそれをとりまく批評に対するクィア・リーディングの重要な課題である。そうしたクィア・リーディングの方法は、批評のあり方そのものを問うというクィア批評特有のメタ批評的な研究姿勢を引き受けるものであり、今後のヘミングウェイ研究に新たな発展をもたらすに違いない。

第八章　「正しいセクシュアリティ」は語らない
──「エリオット夫妻」における行為の内容

「正しいセクシュアリティ」の物語

わたしが本書で明らかにしようとしてきたのは、テクストに描かれる登場人物たちのセクシュアリティが、読み手の意思によってイン／アウトされていく過程である。これまでに見てきたテクストにおいて、イン／アウトする欲望によって明るみにだされるのは、ホモセクシュアルを隠すクローゼットの存在であった。それらのテクストでは、ヘテロセクシュアリティは「正しいセクシュアリティ」（竹村『愛について』三七）として自明のものとされ不問にふされる一方、ホモセクシュアリティという「正しくないセクシュアリティ」はイン／アウトされる対象となっていた。

この章で論じる「エリオット夫妻 Mr. and Mrs. Elliot」（一九二四―二五）では、これまでに見てきたテクストと異なり、ヘテロセクシュアルな夫婦間で生殖のために行われる性行為としての「正しいセクシュアリティ」が物語の主題になっている。そして、その実践における失敗が、夫であるヒューバート・エリオットの性的不能を浮き彫りにし、結果としてエリオット夫妻の「正しくないセクシュアリティ」が前景化されることになる。「エリオット夫妻は子どもを作ろうと、とても一生懸命がんばった」という文が何度もくり返され、夫婦の熱心な性の営みと、それにもかかわらず妻を妊娠させることのできない夫の不能が面白おかしく書きたてられた作品であるとされている。

このテクストの場合、ヒューバートがセックスにおいて実際に不能であることを証明するのは、さほど重要ではない。むしろ妻を性的に満足させられないこと、そして、おそらく男性不妊であることが、ここでは象徴的な意味での不能と結びつけられていて、身体的に不能であることの証明よりも、その象徴性ゆえに、ヒューバートの不能を決定づける要因となっている。

さらに、ヒューバートの滑稽さを強調するために、ヒューバートの妻であるコーニーリアのレズビアン実践が一役買わされている。「海の変容」や『エデンの園』では、レズビアンとの対峙によってヘテロセクシュアルな男性のアイデンティティが危機に瀕する。それとは対照的に、「エリオット夫妻」ではヒューバートが妻のレズビニズムと対峙することはなく、むしろ妻のレズビアンの恋人はタイピストとして彼の役に立っている。それゆえヒューバートにアイデンティティの危機は訪れず、ただ彼の不能と滑稽さだけが印象づけられるのである。

この短編については、これまで多くの批評家が論文を発表してきた。しかしながら、一般的に文学テクストを読んで論じるという意味でいえば、このテクストが充分に読まれ論じられてきたとはいいがたい。たいていの批評家は、もともとヘミングウェイが同時代の詩人チャード・パワーズ・スミスを攻撃するために、彼をモデルに「スミス夫妻 Mr. and Mrs. Smith」というタイトルでこの短編を書いたことや、その後『リトル・レヴュー』誌に発表する際、タイトルを「エリオット夫妻」と改め、T・S・エリオットをスミスよりも大きな標的にしたことなど、テクストそのものよりもむしろ作品が発表された経緯に注目してきた（e.g. Smith）。その結果、このテクストは、カーロス・ベイカーがいうように「意地の悪いゴシップ・ストーリー」（Baker 133）とされ、文学的には重要視されてこなかった。アレン・シェパードいわく「くだらない、それどころか不快な破壊的作品だ」（Shepherd 15）というこのテクストは、「醜い風刺」（Fenton 154）のようでもあり、「一九三〇年代はじめの悪いヘミングウェイの兆し」（Grebstein 82）とも評されている。

一方、このテクストを、T・S・エリオットとの関係で論じる批評家たちは、この物語が同時代の偉大な作家の作品や生き方に対するヘミングウェイの揶揄であると捉えている。ロジャー・ケイシーは「エリオット夫妻」に登場する夫婦がエリオットの『荒地』に登場する夫婦に似ていること、そして『荒地』が自伝的要素を含んでいることから、実際のT・S・エリオット夫妻にも似ていることを指摘して、ヘミングウェイが自らの短編に「エリオット夫妻」というタイトルをつけたことは偶然ではないと論じている（Casey 192）。またポール・スミスもヘミングウェイの短編とT・S・エリオットとの類似性に触れ、特に「死者の埋葬」との関係性に注目している（Smith 126）。この短編でヘミングウェイの風刺の的となっているのは、『荒地』に登場する夫婦と、詩人T・S・エリオット自身の性的な未熟さと不毛な結婚であると考えられている。しかし、それにも増してヘミングウェイが悪意を向けたのは、クローゼットに隠れたホモセクシュアルに対してである。つまりエリオットのように裕福で上品なハーバード出身者が、おそらくゲイであるらしいのに、自らの性的指向を隠して女性と結婚し子どもを持とうとしたことに対する嫌悪を、この物語で表現したのである（Perloff 679）。

以上のような解釈は、ヘミングウェイが、T・S・エリオットの作品と人生に性的未熟さやホモセクシュアルな傾向を読みとり、それらを嫌悪していたということを示唆するものである。ことばを変えれば、ヘミングウェイがT・S・エリオットをアウトして、批評家たちがそれを裏書きしているのだといえなくもない。しかし、T・S・エリオットのテクストや伝記に言及するまでもなく、「エリオット夫妻」の主題が、作中人物の性的逸脱とホモセクシュアリティであるということは先に示したとおりである。この章では、「エリオット夫妻」でくり返される「正しいセクシュアリティ」の試みを、物語における「行為」として捉え、その内容についての精緻な読解を試みるとき、セクシュアリティを読むことに関してどのような問題が浮き彫りにされるかを考える。「正しいセクシュアリティ」を描いたはずの物語が、その周縁に位置する性的逸脱やホモセクシュアリティなどの「正しくないセクシュアリティ」の物語に転じていく過程を探りながら、その論理的な必然性を明らかにしたい。

「子どもを作ろうとがんばった」

物語は、「エリオット夫妻は、子どもを作ろうと、とても一生懸命がんばった（Mr. and Mrs. Elliot tried very hard to have a baby）」という文で始まり、この同じフレーズが、その後何度もくり返される。

エリオット夫妻は、子どもを作ろうと、とても一生懸命がんばった。彼らは、エリオット夫人が耐えられるかぎり頻繁にがんばった。彼らは結婚した後にボストンでがんばり、船に乗ってもがんばった。船の上ではエリオット夫人の気分がとても悪くなったのであまり頻繁にはがんばらなかった。彼女は気分が悪く、彼女の気分が悪いときは、南部の女性の気分が悪いときのように気分が悪かった。それが合衆国の南部出身の女性だった。〔……〕（*The Little Review* 9）

これは、ヘミングウェイが『リトル・レヴュー』に発表したもので、現在、スクリブナーズ版の短編集『われらの時代に *In Our Time*』（一九二五）や『フィンカ・ビヒア版ヘミングウェイ全短編集 *The Complete Short Stories of Ernest Hemingway*』（一九八七）に収録されているものは、おおよそこれにもとづいている。ここでヘミングウェイが使ったくり返しの技法は、前述のとおりチャールズ・フェントンが「醜い風刺」と指摘するように、評判が良くない。

ところが一九二五年発表のリヴライト版『われらの時代に』では、「子どもを作ろうと、とても一生懸命がんばった」というあからさまな描写のくり返しが、多少、軽減しているのがわかる。

エリオット夫妻は、子どもを作ろうと、とても一生懸命がんばった。彼らはボストンで結婚し、ヨーロッパに向かって船で航海した。それはとても高い船で、六日間でヨーロッパに着くことになっていた。しかし、船の上でエリオット夫人はとても気分が悪くなった。彼女は気分が悪く、彼女の気分が悪いときは、南部の女性の気分が悪いときのように気分が悪かった。それが合衆国の南部出身の女性だった。〔……〕（*In Our Time* 109）

多くの批評家たちが指摘しているように、この物語は、性に対する夫婦の強迫観念を主題にしている。それは、「正しいセクシュアリティ」に対する強迫観念といったほうが的確かもしれない。しかし、物語を読み進めるにつれて、夫婦の性的な特異性がだんだんあらわになってくる。夫のヒューバートは、妻コーニーリアと結婚するまで「純潔」を保ってきたという。コーニーリアも同様に「純潔」であるという。しかし、実際には、彼女には結婚前から性的関係をもっていた別の女性がいたことが後に明かされ、最後には、その女性がヒューバートに代わってコーニーリアと同じベッドで寝るようになる。このように、この物語は、ヘミングウェイの後の作品である「海の変容」や『エデンの園』と同じく、二人のレズビアンとひとりの男性が構成する三角関係を扱った物語である。

多くの批評家は、ヒューバートの性的不能とゲイである可能性を論じてきたが、夫婦の性行為については充分に論じられてはいない。ヒューバートはどのような意味で「不能」なのか？　それは「不妊症」という意味なのか？　勃起しないという意味なのか？　あるいは射精しないという意味なのか？　ヒューバートを批評する際に、「不能」ということばが頻繁に用いられるわりには、そのことばの正確な意味は明確に示されていない。エリオット夫妻が子作りのためにとても「がんばってきた」ことの内容について、ある程度、合理的な解釈を導きだすことは可能だろうか？　そして、そうすることに意味はあるだろうか？

「またあんなふうにキスをして」

物語は、結婚前のエリオット夫妻の性的な関係について次のように短く紹介する。

彼女はもっとずっと若く見えていて、実際、彼女はまったく年齢不詳に見えたのだ。エリオットがある晩、彼女にキスをする以前から、彼女が働く喫茶店で長いあいだ彼女のことを知っていて、その後、彼女が数週間にわたって彼女と愛の交わり（making love）をもった後に彼女と結婚したときは。（*Complete Short Stories* 123）

ロバート・スコールズは、彼らが数週間の「愛の交わり」をもったことについて、セックスではなく「ただの求愛か求婚」（Scholes 46）と解釈している。というのも、エリオットは結婚するまで女性と寝たことがないと、テクストにはっきり書かれているからである。スコールズの解釈では、結婚前のエリオット夫妻の愛の交わりの具体的な内容とは、「エリオットの特別な方法のキス」（Scholes 46）であるという。

エリオットがコーニーリアと「愛の交わり」をもったという期間についての唯一の明白な細部は、エリオットの特別な方法のキスの細部である。この方法が何を含んでいるかをわたしたちに教えてくれるほど、テクストは明白ではない。わたしたちは自分自身の性に関する百科事典から、それを埋め合わせることを期待されている。しかし、このエロティックな大進展にエリオットがどのようにして到達したかについてわたしたちに教えてくれるときには、テクストは、驚くほどはっきりしている。「そのキスのやり方を、彼は、誰かが一度、物語を話すのを聞いたことから学んだのだった」（第六段落）。これは、滑稽であるとともに、痛ましいことだ。こんな初歩的なことを物語から学ぶのは、どんな人間なのだろうか？　ここでは、もっともばかげた方法で、実人生が芸術を真似ているのだ。（Scholes 46）

スコールズがこのようにいうとき、実人生と芸術の関係が、起源と効果の関係であるということを念頭にしていることは明白である。芸術と人生の関係について、実人生が芸術のモデルであるという考え方について反論をすることはもちろん可能である。というのも、人が人生において行う様々な行為は、それに先行する他の人びとの行為や物語のなかの行為を参照し、模倣したものであるという議論が、その反論として容易に成り立つからだ。しかし、ここではむしろ、ヘミングウェイのテクストに密着して、スコールズの指摘に注目したいと思う。

恋愛の「初歩的な」行為であるとスコールズが考えているキスという行為を（もちろん、キスが「初歩的」であるかどうかも議論が必要だが）物語から学ぶヒューバートの人物描写を、スコールズは「滑稽であるとともに、痛ましい」と論じている。しかしながら、ヒューバートのキスが「特別な方法」であると認める一方で、ヒューバートがそれをコーニーリアに対して行ったときに彼女が喜んだという点について、スコールズは十分に議論を進めていない。ヒューバートはこのキスのやり方を、誰かが話した物語から学んだのだという。そして、その技を、未来の妻と一緒に「できるだけ発展させた」(*Complete Short Stories* 124)のであった。コーニーリアは、ヒューバートのキスに享楽し、「またあんなふうにキスをして」と言う。

コーニーリアは言った「あなたは、愛しいかわいい子。」そして彼が彼女のためにどれほど純潔を保ってきたかと言ったとき、彼女は彼をかつてないほどぴったり抱きしめた。コーニーリアも純潔だった。「またあんなふうにキスをして」と彼女は言った。(*Complete Short Stories* 124)

いったいどんなふうにキスをしてくれというのだろうか?
ここで、わたしはウォーレン・ベネットによる「海の変容」の解釈に言及しないといけないだろう。ベネットは、「海の変容」に登場する男性フィルと彼のガールフレンドが行った行為はオーラルセックスだったと指摘している。

ヘテロセクシュアルな関係において可能な種類の性行為は、性交、クンニリングス、フェラチオ、そしてソドミーであるが、フィルと女がたずさわり、女のレズビアン的な衝動をフィルがどんな形であれ「理解する」ことを可能にしたと考えられるひとつの合理的な性行動は、クンニリングスだろう。(Bennett 232)

ベネットの解釈では、フィルの恋人がオーラルセックスの快楽によってレズビアンになったというふうに受けとられなくもない。もちろんオーラルセックスがレズビアン・セックスの典型的行為だというわけではないことは留意しておくべき点である。しかし『海流の中の島々』や『エデンの園』の原稿に描かれている性描写から、ヘテロセクシュアルな関係において男性が女性役を引き受ける場面を描くときに、ヘミングウェイがイメージしていた性行為がおそらくクンニリングスであったと推測することは、それほど突飛なことではない。わたしは次章でふたたびこの議論に戻るつもりだ。

さて、「エリオット夫妻」のなかで、コーニーリアというレズビアン女性に対してヒューバートが行った特別なキスの方法を、これと同じ文脈で捉えれば、それは、すなわちクンニリングスであったと考えることができるだろう。そして、そのように解釈するとすれば、「正しいセクシュアリティ」を主題にしているはずのこの物語でほのめかされている快楽は、オーラルセックスという、生殖に結びつかない、それゆえ決して正しいとはいえないセクシュアリティによるものだということになる。

ヘミングウェイは、「海の変容」の創作が、ガートルード・スタインとの会話に負うところが大きいと手紙に記している。一九五二年一一月八日、エドムンド・ウィルソン宛の手紙のなかで、スタインが、なぜ自分がレズビアンなのか、その方法とは何か、その行為を行う者がなぜそれを嫌にならないのかを、三時間もかけて自分に話したと書いている（*Selected Letters* 794-95）。手紙では、スタインとの会話がいつだったのかは明らかにされていない。しかし、同様の会話が、『移動祝祭日 *A Moveable Feast*』（一九六四）でも紹介されていて（18-21）、そこから推測すると、ヘミングウェイとスタインが知り合って間もない時期に、この会話をしていると考えられる。というのも『移動祝祭日』では、この会話の後、ヘミングウェイはカルディナル・ルモアヌ通りのアパートに帰ったと書かれており（*Moveable Feast* 21）、最初の妻ハドリーと一緒にカルディナル・ルモアヌに居を構えていたヘミングウェイの最初のパリ時代であり「エリオット夫妻」の創作前であったことが推測できるのである。「エリオット夫妻」で、ヒューバートに特別なキスの方法を教えた誰かとは、ヘミングウェイにレズビアンの性行為について話したスタインを念頭においたものだったのではないだろうか。

ヘミングウェイに対してレズビアンのことを教えたのはスタインだけではない。ケネス・リンによれば、ヘミングウェイはセックスについて話すのが好きで、ハドリーに、彼女が見聞きした恋愛について話をさせたという。ハドリーは、ルームメートの母親がレズビアンで、その女性とのレズビアン的関係を想像したことがあるという話をヘミングウェイにしている（Lynn 143）。またヘミングウェイの周囲には、スタインとアリス・B・トクラス以外にも、シルビア・ビーチとアドリエンヌ・モニエなど、少なからぬレズビアンがいたことも指摘されている（Lynn 320）。

「ほどなくすべてがうまくいった」

「エリオット夫妻」では、コーニーリアとヒューバートは処女と童貞で、おそらく結婚前に数週間オーラルセックスを楽しみ、結婚初夜ではじめて挿入をともなうセックスを試みたのだと考えられる。そして、その結果、どちらもがっかりすることになる。

彼らは結婚した日の夜をボストンのホテルで過ごした。二人ともがっかりしたが、ついにコーニーリアは眠ってしまった。ヒューバートは眠れずに何度も部屋の外に出て、新婚旅行のために買った新しいイェーガーのバスローブを着てホテルの廊下を行ったりきたりして歩いた。歩きながら彼は、ホテルの部屋のドアの外に置かれたすべての靴を見た。大きな靴、小さな靴。これが彼の心臓をどきどきさせ、彼は自分の部屋に急いで戻ったが、コーニーリアは眠っていた。彼は彼女を起こしたくなかったし、ほどなくすべてがまったくうまくいって、彼は平和に眠りについた。(*Complete Short Stories* 124)

ここから導きだされるのは、彼らはその夜、挿入できなかったのだという解釈である。つまり、ここには「正しいセクシュアリティ」の失敗が描かれているのである。だから、彼らはがっかりし、ヒューバートは、夜中にひとり部屋を出てうろうろすることになる。というのも、もし彼が初夜で射精していれば、夜中に眠れず、バスローブを着てホテルの廊下をうろつくこともなかっただろう。自分だけでなく妻をもがっかりさせたというからには、彼は射精できなかったばかりか、おそらく勃起し挿入することもできなかったのだろう。しかし、ホテルの廊下に並んだ大小の靴を見て、彼は性的に興奮する。そして性行為の続きをしようとコーニーリアのところに急いで戻ってくる。このとき、彼に性的興奮を与えたのは、新婚の妻ではなく、ホテルの部屋の前に並べられた靴であったが、そうした興奮が「正しいセクシュアリティ」であるかは疑問である。部屋に戻ったヒューバートは、寝ている妻を起こさず、この引用の最後にあるように、「ほどなくすべてがまったくうまくいって、彼は平和に眠りについた」。すべてをうまくいかせるために、寝ている妻の隣でヒューバートが行ったのがマスターベーションであることは、想像に難くない。マスターベーションという「正しくないセクシュアリティ」によって「すべてがまったくうまく」いき、主人公に「平和に眠り」が訪れるこの物語は、「正しいセクシュアリティ」と「正しくないセクシュアリティ」が捩じれた関係にあることを示唆している。

ヒューバートがこの夜マスターベーションを行った可能性について、スコールズは次のように論じている。

> わたしたちはヒューバートにマスターベーションさせないといけない。そして、わたしたちにそうすることを要求するアーネストに対してわたしたちが憤慨するのはもっともである。そうでなければ、ヒューバートがすぐに平和な眠りに落ちたことが謎になってしまう――そして解釈は謎を嫌うのだ。(Scholes 48)

この初夜の出来事に象徴されるエリオット夫妻の性の現実を考えれば、「エリオット夫妻は、子どもを作ろうと、とても一生懸命がんばった」という描写は、つまりは、ヒューバートを勃起させるためにがんばっていたのだと考えられるだろう。性の描写とはまったく別のところで、エリオット夫人はタイプ打ちのためのタッチを一生懸命練習していたが、なかなか上達しなかった、と書かれている。このタイプ打ちの技術への言及は、彼女が夫の性器に触るタッチの技術を暗示する隠喩である。夫人のガールフレンドのほうがよりよいタッチの技術をもっていたと書かれているが、彼女がその技術を施したのは、ヒューバートではなく、彼女の恋人、すなわちエリオット夫人に対してであるのは皮肉だろうか。

エリオット夫人が耐えられなかったのは、本来楽しむべきはずのセックスが、子作りのための義務になってしまったからだと、スコールズは書いている。

子どもを作るためにがんばるという考えは、精子の数や催淫剤から出産の労力まですべてをカバーする、曖昧で広い範囲の概念である。第二文において、ヘミングウェイは、こうした壮大な事柄を、交接という一点に集約してしまう。「子どもを作るためにがんばる」ということは、セックスという行為を意味し、その行為はわたしたちのほとんどがこれまで知っているなかで、もっとも快楽的な身体経験であると思われている。しかし、これら二つの文において、愛を交わす行為は、特に女性にとって過酷な労働として描かれている。(Scholes 42)

スコールズの見解に反して、エリオット夫妻は、おそらく挿入という意味でのセックスをしてはいない。なぜなら、先に論じたように、彼らが努力して行おうとしてきたのは、ヒューバートをなんとか勃起させるための試みだったと考えられるからだ。そうだとすれば、コーニーリアが耐えられなかったのは、自分の若い花婿を、挿入できる状態にするための努力であったと考えられはしないだろうか。「正しいセクシュアリティ」を実践するはずの彼女の新婚のベッドは、夫を勃起させるという労働の場へと変わりはて、そのことにより、彼女は性的な快楽というものから疎外され、性の対象として求められることをも否定されてしまったと解釈することができないだろうか。

「正しいセクシュアリティ」は語らない

ヨーロッパに渡ったヒューバートはトゥレーヌの別荘を借りる。エリオット夫妻は、夫人のガールフレンドと、ヒューバートの友人を何人か連れて、そこに移る。この旅行で、コーニーリアのことをハニーと呼ぶ彼女のガールフレンドと、ヒューバートをヒュービーと呼ぶヒューバートの友人たちが並列して置かれている。この友人関係の並置によって、読者は、彼らがともにホモセクシュアルであることの可能性へと導かれる。それが語り手のレトリックのせいなのか、読み手の意思によるものなのかは断定できないが、いずれにせよ、ヒューバートの友人たちの性別が明かされていないにもかかわらず、彼らはヒューバートとの性的なアバンチュールを期待して彼についてきたゲイたちであると読者は推測することができる。

だが、すぐその後で、「トゥレーヌは初めに期待されていたようなものではなかった」（*Complete Short Stories* 125）と書かれる。ヒューバートの友人たちは、ヒューバートの性的未熟さにがっかりして、彼を見捨て、おそらくゲイであろう「若い金持ちの独身の詩人」（125）のもとへと去っていってしまう。ヒューバートをホモセクシュアルだと読みたがる読者は、ここでがっかりすることになるかもしれない。というのも、ヒューバートがゲイであるとする解釈は、ヘテロセクシュアル／ホモセクシュアルの二分法にもとづいているからである。つまり「ヒューバートは女性に対して不能であるゆえに、ゲイである」という解釈がそれである。しかし、最後に明かされるのは、ヒューバートがヘテロセクシュアルな関係においてもホモセクシュアルな関係においても、不能であるという状況であり、それによって「ヘテロセクシュアルでなければホモセクシュアル」という図式は崩れてしまうのだ。

語り手は「正しいセクシュアリティ」であるはずのエリオット夫妻の熱心な子作りを、その熱心さを強調することであざ笑う。しかし、その潜在的な失敗は、「正しいセクシュアリティ」の中身を図らずも空洞化している。彼らの性実践の内容に対してわたしがこの章で解釈を試みたように、それは読者の作業に委ねられる。しかし、ヘミングウェイのテクストは、「正しいセクシュアリティ」の中身について、何も語らない。それは、「正しいセクシュアリティ」が、語る必要のないものだからである。しかし、語る必要がないのは、それが自明のことであるからではない。それが実は「正しくないセクシュアリティ」との対比によってしか提示しえないものであり、にもかかわらずその事実を隠しておかなければならないからである。

「正しいセクシュアリティ」への不毛な試みを描いたこのテクストにおいて、実際に存在しているのは「正しくないセクシュアリティ」についての言説であり、そうした言説のなかで「正しいセクシュアリティ」は脱中心化されている。それにもかかわらず、多くの批評家たちはT・S・エリオットに対する揶揄以外のことをテクストから読みとることはせず、「正しいセクシュアリティ」の表象の不在や不可能性は不問に付されている。

同様のことは、『日はまた昇る』にも見られる。ジェイクのヘテロセクシュアルな欲望が自明になるのは、彼がブレットとセックスができないという描写によってであり、「正しいセクシュアリティ」の不在によって「正しいセクシュアリティ」は保証されている。前章で論じた「世の光」では、二人の娼婦が同じひとりの男性との関係について語る。しかし、二人の言うことは食い違い、互いに相手の主張を否定しあうことによって、どちらの話にも結局のところ正当性は与えられない。ここでも「正しいセクシュアリティ」は、嘘の言説としてのみ存在しているだけである。

この章で扱ったヘミングウェイの短編は、「正しくないセクシュアリティ」を描くことによって、ホモセクシュアリティとの対比によってしか表現しえないヘテロセクシュアリティを、確かなものとして差しだしている。しかし、その確かさの証明がなされることはない。セクシュアリティの言説が、周縁化された性をめぐって絶え間なく産出されていくことによりセクシュアリティの領域が形成される一方で、中心となる「正しいセクシュアリティ」は不問に付される。このことは、近代のセクシュアリティ体制が抱える矛盾である。「正しいセクシュアリティ」を試みながら、内実は決して正しいとはいえないセクシュアリティを実践する夫婦を描いた「エリオット夫妻」もまた、この矛盾を抱えたテクストだといえるだろう。

これまで見てきたように、ホモセクシュアリティやホモセクシュアルな欲望はクローゼットをめぐって可視化されアウトされる。しかし、ヘテロセクシュアリティは、それ自体がアイデンティティとしてアウトされることはない。それは、ヘテロセクシストな社会においては、ヘテロセクシュアリティだけが「正しいセクシュアリティ」として君臨し、その中身を問われることがないからである。もし男女の関係においてアウトされることがあるとしたら、そのときアウトされるのは、エリオット夫妻の新婚生活にあるような「正しいセクシュアリティ」の裏に隠された「正しくないセクシュアリティ」なのである。セクシュアリティの言説は、それゆえ数々の「正しくないセクシュアリティ」がアウトされた結果として生みだされているのだと考えることができよう。

しかし、ヒューバートの「正しくないセクシュアリティ」がアウトされるとき、すでに先行研究から明らかなように、多くの場合、それは未熟なヘテロセクシュアリティか、あるいはホモセクシュアリティのどちらかとして解釈されている。そうした批評を読むとき、わたしたちは「エリオット夫妻」が示しているような「正しいセクシュアリティ」の失敗が、「ホモセクシュアルの可能性」として再配備され、セクシュアリティの可能性がホモセクシュアルとヘテロセクシュアルの二項対立に収斂していくのを目の当たりにする。セクシュアリティをこのような二項対立でしか表現することのできない乏しい言語世界の影には、そうした世界を編成しているイン／アウトのモデルがある。わたしたちはそうした言語世界の外に飛びだすことはできない。だが、しかし、それでもイン／アウトのモデルを検証し、それがいかにヘテロセクシストでホモフォビアに満ちたシステムであるかを記述していくための言語も、その世界は提供していて、クィア研究の収穫としてそれをわたしたちは手にしはじめたのだということを心に留めておきたい。

第九章　ホモセクシュアルな身体の表象
——視点と海の変容

簡単な質問

　三月下旬、仮兵舎の窓からは、高く積もった雪越しに日光が差しこんでいる。仮兵舎のなかでは少佐と副官が書類仕事をしている。少佐の顔は雪焼けで眼のまわりにサングラスの跡を残して真っ黒になり、鼻の上の皮膚は水ぶくれが破れてめくれている。書類仕事をしながら少佐は指先でひどく丁寧に顔にオイルを塗っている。少佐は少し眠ると副官に告げ、寝室として使っている部屋に下がる。そこへ浅黒い顔をした一九歳の当番兵ピニンが現れる。太陽が山の向こうに沈んだため、窓からの光はない。少佐は、ピニンを自分の部屋によこすようにと副官に告げる。

　ピニンが部屋に入ると、少佐は、女性と恋愛したことがあるかと彼に尋ねる。女性の恋人がいると答える彼に対し、少佐は、彼の手紙をすべて読んだが、女性に宛てた手紙はなかったと言い、今もその女性と恋愛関係にあるのかと問い詰める。ピニンは女性の存在を主張するが、少佐がピニンをじっと見つめながら彼の欲望に言及すると、ピニンは黙ってうつむく。少佐はほっとして、他の奴らにつかまらないようにとピニンに注意する。少佐は自分の手を握りしめたまま、触らないので怖がる必要はないと言い、さらに、小隊に戻りたくなければ彼に仕えるようにと言う。

ピニンが奇妙な歩き方をしながら部屋から出て行くのを副官は眼にする。少佐はピニンの足音を聞きながら、彼が嘘をついたのではないかと考えるのであった。

ヘミングウェイの短編「簡単な質問 A Simple Enquiry」(一九二七)のなかで起こる主な出来事は、タイトルが示すように、ピニンのセクシュアリティについて少佐が行う簡単な質問である。しかし、その質問がタイトルどおり「簡単」であるかどうかは疑わしい。女性の恋人の有無について問う少佐の真意は、ピニンが「ストレート」であるか否かを確認することである。ピニンは女性の恋人がいると答えるが、さらに続く少佐の問いかけには、答えることができない。最後には、ピニンが嘘をついたのではないか――つまり彼はゲイではないか――と少佐は疑うのであるから、彼らのやりとりが実際にはいかに複雑であるかがわかるだろう。

このテクストは、ゲイの少佐が若いピニンを誘惑する物語だと考えられている。ヘミングウェイのテクスト全般において、日焼けのモチーフが性的な逸脱と関係していることから、少佐の日焼けも彼のホモセクシュアルな性指向を表現するものだと指摘されている(Comley and Scholes 129-30)。しかし、このテクストにおいて問題にすべきは、むしろピニンの手紙を読み、セクシュアリティについて問い、従わなければ前線に送ると言う少佐のピニンに対する権力である。それゆえ、このテクストの解釈では、セクシュアリティと権力との関係に注目することが重要な課題となるだろう。この章では、ホモセクシュアルがアウトされるときに働く権力を、物語の視点の動きと関連させて分析していこうと思う。ヘミングウェイの「簡単な質問」、『午後の死 *Death in the Afternoon*』（一九三二）、「海の変容 The Sea Change」（一九三一）は、いずれもホモセクシュアルがアウトされる物語を描いているが、特定の人物の身体がホモセクシュアルなそれとして描かれるとき、視点はどのように移り、そこにどのような権力関係が現れるのかを読み解いていく。

氷山の下にあるもの

「簡単な質問」において、少佐とピニンのやりとりは、とても曖昧に描かれている。ピニンが少佐の部屋に入ると、少佐は、リュックサックで作った枕に頭をのせて寝台の上に横になっている。少佐は、ピニンに、恋愛経験について尋ねる。カムリーとスコールズは、「質問する」という少佐の行為を、物語の中心的出来事だと解釈している。しかし、この質問に続く曖昧に描かれたシーンで、この物語が、質問だけを描いているわけではないことがわかる。

ピニンは床を見た。少佐は、彼の浅黒い顔を見て、下から上へと視線を移し、彼の手を見た。そして少佐はにこりともせずに続けて言った。「それでお前は本当に欲しくないのか――」少佐は一息入れた。ピニンは床を見た。「お前の大きな欲望は本当に――」ピニンは床を見た。少佐はリュックサックの上に頭をもどして微笑んだ。彼は本当に楽になった。軍隊での生活は非常に複雑だった。「お前はいい奴だ」と彼は言った。「お前はいい奴だ、ピニン。だがいい気になるな。他の奴が近づいてきてお前をものにしないように気をつけろ。」

　ピニンは寝台の側でじっと立っていた。(*Complete Short Stories* 251)

　カムリーとスコールズは、この物語を「ホモセクシュアリティへのイニシエーション」とみなし、少佐はピニンの答えにがっかりして「優しく彼を退出させる」と解釈している(Comley and Scholes 129)。しかし、質問する前と後での少佐の頭の位置の変化に注目すると、この場面において、ピニンがじっと床を見つめているあいだに、少佐は、質問をしただけでなく、何らかの動作を行ったことを読みとることができる。ピニンが部屋に入ってきたとき、少佐は頭をリュックサックの上に乗せている。しかし、ここに引用した場面では、少佐は「リュックサックの上に頭をもどし」たと書かれている。少佐が「楽になった relieved」ことを伝えるこの場面で、少佐は、じっとしているピニンの側で明らかに一度、寝台の上で身体を起こしている。この場面でもうひとつ注意すべき点は、少佐の台詞である。「それでお前は本当に欲しくないのか――(And you don't really want――)」、「お前の大きな欲望は本当に――(That your great desire isn't really――)」という少佐の台詞は文が完結しておらず、意味をなさない。ピニンの顔、身体、手を見ながら、少佐は、身体的であるか精神的であるかははっきりと描かれてはいないが、自らを「楽にさせる relieve」ための何らかの行為をしたはずである。

　この描写に続く場面は、少佐とピニンのあいだに起こった出来事が何であるかをさらに暗示するものとなる。

「怖がらなくてもいい」と少佐は言った。彼の手は毛布の上で組まれていた。「お前には触らないさ。もし望むなら小隊に戻してやってもいい。だが俺の使用人として残ったほうがいいぞ。殺される可能性が少ないからな。」(*Complete Short Stories* 252)

ここではっきりとわかることは、少佐がピニンとの会話のなかでピニンに触れてはいないということだ。もし触れていたとしたら、「お前には触らないさ」と言うときに、「もう触らない」や「ふたたび触らない」という表現を使っただろう。この引用場面と前の引用場面を正しく解釈するための鍵は、この場面で描写されている、少佐の組んだ手の平のなかにある。それは、おそらく、少佐の精液なのではないだろうか。寝台の上に起き上がり、ピニンを見ながら、そして、興奮して「それでお前は本当に欲しくないのか――」、「お前の大きな欲望は本当に――」と、ピニンの欲望に言及し、彼を誘惑しながら、実際には彼に触れることなく、少佐は、マスターベーションをして、オルガズムを迎えたのではないだろうか。

このような解釈は、会話と沈黙がかもしだすエロティシズムを、行為の枠組みにとり囲んでしまう。しかし、登場人物の身体的な行為を特定することによって、テクストの曖昧さが伝えるはずの意味が奪われてしまうわけではない。ヘミングウェイのテクストがもつ不確定さは、意味における不確定さであって、行為におけるそれではないのである。一九五八年に行われたジョージ・プリンプトンとのインタビューで、ヘミングウェイは次のように語っている。「わたしは、いつも氷山の原理で書くように努めている。氷山は、見えている部分に対して八分の七は水面下にある。わかることはすべて削除する。そうすれば氷はひたすら強くなる」（Bruccoli 125）。この氷山の理論は、不必要なものがそぎ落とされたヘミングウェイのハードボイルドスタイルの根幹をなしている。しかし、逆にいえば、そのためにヘミングウェイの読者は、テクストのなかで何が起こっているのかについて、行間を読みとりながら考えなければならなくなる。

「簡単な質問」において少佐がマスターベーションをしたのではないかという解釈は、水面下にある氷を明らかにする行為ではあるが、このようにしてテクスト内の性愛的な行動を特定することは、登場人物のセクシュアル・アイデンティティを特定することとからはっきりと区別されなければならない。この章の目的は、少佐や当番兵をアウトすることではなく、登場人物が、別の登場人物の身体に刻印されたセクシュアリティを解釈していくプロセスを検証することにある。この目的のために、わたしは自分の読みにおける必要な手続きとして特定の身体的行為を仮定することになるが、それによって特定された行為や反応を、セクシュアル・アイデンティティを表わす用語を使って分類することは決してない。

権力と知

さて、おそらく少佐のマスターベーションを見たであろう場面の後で、ピニンは少佐を残して部屋を出て行く。彼は「ぎこちない歩き方で部屋を横切りドアの外に出た」（*Complete Short Stories* 252）。

少佐のマスターベーションを目の当たりにしたせいで、彼自身も勃起し、そのために歩き方がぎこちなくなったのではないかというのがわたしの解釈である。そして、このピニンの変化を証拠にして、少佐の物語は次のように完結する。「小悪魔め、彼〔少佐〕は思った。あいつ嘘をついたんじゃないか」（252）。以上の読みから、「簡単な質問」は、カムリーとスコールズが示唆するようなホモセクシュアリティへの優しいイニシエーション物語であるとは考えられない。この物語は、むしろ一方が性的に満足し、他方が性的に興奮する話である。さらに、この物語は、軍隊での階級の差を利用して、少佐がピニンの性的経験を知るという特権を行使する、権力と知の構図の上に成り立っている。少佐は、ピニンの個人的な手紙を読み、寝室に彼を呼びつけ、性的経験について尋問し、寝台の横にピニンを立たせてマスターベーションを行い、その様子をピニンに見せる。

しかし、さらに重要なことは、こうした一連の行為を行う権力を少佐がもっているという点である。彼は、軍隊の上官として、戦争でのピニンの生死をも決定する権力をちらつかせる。ホモセクシュアルな少佐の誘惑は、「戦争それ自体に内在する絶対的な危険を表す比喩」（DeFalco 131）であるとデファルコは指摘している。しかし、同時に、少佐の質問は、まさしくピニンのセクシュアリティに関する「真実」に対して向けられたものであり、ピニンの告白を引きだすことを意図したものである。最終的に少佐は、ピニンの勃起をゲイであることの告白だと納得し、ピニンに対して向けられた少佐の欲望をピニンが受け入れたと考える。このようにして少佐は、ピニンのセクシュアリティの「秘密」を「知る」ことになり、彼自身の「知への意志」を満足させるのである。

しかし、解釈における問題は、まさにこの点において、浮上してくる。つまり、ここでピニンが勃起していたとしても、少佐も、読者も、勃起という身体的な反応の「本当の」意味を正しく知ることはできないのである。ひとつの解釈として、彼の勃起が、少佐の勃起したペニスへの自己同一化の表れであると考えることが可能である。この場合、ピニンは自分を服従させる権力に対して、欲望を抱いていると解釈することができるだろう。しかし、フロイトの精神分析において、この解釈は、それ自体が「不可能性」の証明となる。というのも、フロイトのモデルでは、ダイアナ・ファスが論じているように、「ひとつの性別に対する欲望は、別の性別に対する自己同一化を通じてつねに確保される。同一人物に対して、欲望と自己同一化を同時に行うことは、このモデルにおいては、理論的に不可能である」(Fuss 11)。バトラーは、このモデルがヘテロセクシズムにもとづいていることを指摘し、次のように述べる。「自己同一化と欲望が互いに排除しあうことを要請するヘテロセクシュアルの論理は、ヘテロセクシズムの心理的手段のうちで、もっとも単純化されたもののうちのひとつである。もし人が所与のジェンダーとして自己同一化するならば、その人は別のジェンダーの人を欲望しなければならない」(Butler, *Bodies That Matter* 239)。

ピニンの反応について少佐が自ら構築する解釈は、バトラーが問題にしたヘテロセクシズムの論理を免れてはいない。彼は、同じジェンダーに対するピニンの欲望と自己同一化を、性倒錯の証明であると理解する。すなわち、ホモセクシュアルな欲望であると考えるのだ。少佐がピニンのセクシュアリティをこのように解釈することは、結局のところ、少佐自身の知の言説の内部においてピニンのセクシュアル・アイデンティティを構築していることの表れである。ピニンのセクシュアリティを決定するために行われる質問は、ホモセクシュアリティとヘテロセクシュアリティを二項対立的に配置するヘテロセクシズムの論理に依拠するものである。少佐がピニンに、女性と恋愛したことがあるかどうかを尋ねるとき、少佐は、性の対象選択が、男と女の二分法においてのみ行われることを前提にしている。この前提こそが、セクシュアリティの二分法を支えているのである。もしピニンが女性に対して欲望を抱かないのであれば、ピニンはホモセクシュアルに違いない。彼自身がホモセクシュアルでないとしても、彼は別の男性にとっての欲望の対象となるだろう。なぜなら、フロイトの精神分析においては、欲望の主体はつねにすでに男性であるとされているからである。

セクシュアル・アイデンティティというものが確固たるものとしてあると仮定するなら、質問の場面は、少佐のセクシュアル・アイデンティティをも表すことになる。ピニンの「大きな欲望」に言及しながら、少佐はピニンに対する自己の欲望を、ピニンに投影する形で表現したといえるからだ。このことは、少佐が、欲望の対象であったはずのピニンの欲望に自らの欲望を同一化させていることを浮き彫りにする。少佐がピニンを欲望し、同時にピニンに自己同一化することは、フロイト理論における理論的「不可能性」——逆説的にホモセクシュアルの可能性——をはからずも具現化することになる。

ここで注意しなければならないのは、少佐の目的がソドミーではないということだ。反対に少佐は、軍隊の他の男性がソドミーを行う可能性に触れ、「他の奴が近づいてきてお前をものにしないように気をつけろ」とピニンに警告している。ソドミーが行為であり、ホモセクシュアリティがアイデンティティであることは、フーコーやハルプリンがすでに論じているが（Foucault, *History of Sexuality* 43 ; Halperin, "Forgetting Foucault" 95-96）、ヘミングウェイのこのテクストでも、行為としてのソドミーと、アイデンティティとしてのホモセクシュアリティは、少佐の台詞によってはっきりと線引きされている。

勃起した少佐のペニスとそれに続く射精は、彼自身のマスターベーションの興奮のなかでピニンの欲望を想像し裏書きしながらも、少佐自身のセクシュアル・アイデンティティを語るはずのものである。しかし少佐が自分のペニスをピニンの前で披露したところで、それは少佐自身がホモセクシュアルであることの告白にはなりえない。なぜなら、セクシュアリティについて知る権力は、少佐の側にあって、ピニンの側にはないからである。少佐がマスターベーションをしているあいだ、ピニンはずっと床を見つめている。ピニンは少佐のペニスがセクシュアリティについて語っているのを見てはいない。実のところ、マスターベーションはテクストにおいて、描写されることもない。それは水面下に隠された氷山の一部分である。少佐は自分自身の欲望について何も語らない。彼の（ホモ）セクシュアルな身体は不可視である。そして、ピニンが少佐の「使用人」にならなければ前線に送るとほのめかすとき、ホモセクシュアリティは、恐怖と深く結びつけられる。このように「簡単な質問」では、ピニンのホモセクシュアルな身体は知覚の対象となる一方で、少佐のホモセクシュアルな主体は恐怖の源として浮かびあがる。なぜならホモセクシュアルな主体は、同一のジェンダーに対する欲望と自己同一化という互いに排除しあうべき二つを両立させてしまうような理論的不可能性を可能にすることによって、ヘテロセクシズムを転覆させる危険性をもちあわせているからである。

「ワーオ」と驚くエンディング

『午後の死』において、ヘミングウェイは、ホモセクシュアリティとソドミーの違いを、アイデンティティとパフォーマンスに関連させて描いている。ひとりの老女が、語り手との会話のなかで、語り手の語る闘牛の物語に飽きてきて、「あの不幸な人たちの真実の物語」(*Death in the Afternoon* 179)を聞きたいとリクエストする。語り手は、老女を喜ばせるために「アブノーマルな人びとの物語」(180)を語りはじめる。このようにして語られる物語は、「貧しい新聞記者で、愚か者で、わたし〔語り手〕の友人だが、おしゃべりで退屈な男」(180)から、語り手がかつて聞いた話である。

ホテル住まいをしているその新聞記者は、ある晩、「ホテルの彼の隣りの部屋から一晩中聞こえてくる喧嘩の音」(*Death in the Afternoon* 180)のせいで眠れないでいた。午前二時頃、若い男が新聞記者の部屋をノックする。若い男の様子から、新聞記者は「何か恐ろしいことからかろうじて逃げてきたという印象」(180)を受ける。若い男は、部屋に帰るくらいなら死んだほうがましだと言う。ところが、連れの男がやってきて「賢明に、安心を与えるような弁明」をし、新聞記者も「いい加減にして少し寝るようにとアドバイス」すると、若い男は連れの男といっしょに隣りの部屋に帰っていく(181)。その後、真夜中に、隣りの部屋から「絶望したような叫び声」(181)とすすり泣きの音が聞こえてくる。しかし、次の日の朝には、若い男とその連れが、仲良く朝食をとりながら、「楽しそうに一緒におしゃべりをし、パリ版のニューヨークヘラルド紙を読んでいるところ」(181-82)を新聞記者は目撃する。その後、新聞記者は語り手に、二人が一緒にタクシーに乗っているところを指さして教え、それ以来、語り手は、この男性同士のカップルをカフェのテラスでしばしば見かけるようになる。

この物語が、最初はレイプで始まり、その後、同意にいたる、ソドミーの話であるということは明らかだろう。この出来事について、新聞記者は当初、「なんだか滑稽」(*Death in the Afternoon* 181)だと思い、次に若い男の身の上を案じ、最後は、助けてやろうという自分の申し出が拒絶されたことに怒りを覚える。そして「フロントに電話して二人ともホテルから追いだしてやろう」(181)と思う。新聞記者は、この夜の出来事について「何のことだかわからなかった」(181)とコメントするが、彼の態度にはソドミーに対する冷かしと軽蔑と嫌悪がはっきりと表れている。

語り手が物語を語り終えると、老女は、最後に「ワーオ」(*Death in the Afternoon* 182)と驚くようなエンディングはないのか、と尋ねる。そこで語り手は、次のようなエンディングをつけ加える。

わたしが最後に二人を見かけたとき、カフェ・ドゥ・マゴのテラスに腰を掛けていた。仕立てのよい服を着て、いつもどおり身だしなみをすっきり整えていた。ただし、二人のうち若い男のほうは、あの部屋に戻るくらいなら死んだほうがいいと言っていた男だが、自分の髪をヘナで染めていたよ。(*Death in the Afternoon* 182)

ヘミングウェイが慣れ親しんだ近代の西洋文化において、若い男のヘナで染めた髪は、女性的な性的奔放さと、男性の性対象として彼が入手可能であることを暗示するものである。その意味において、追加されたこの結末は、聞き手の知への意志を満足させることを意図したものである。すなわち、セクシュアリティの言説が生みだされたことを確証し、その言説において、ソドミーの物語であったはずのものが、若い男のジェンダー的逸脱に裏づけられたホモセクシュアリティの物語へと変化を遂げることになる。髪を染めることで、若い男は、新しく獲得したジェンダー・アイデンティティとセクシュアル・アイデンティティを表面化する。そして、語り手の視点は、このように表面化されたジェンダーに、若い男のセクシュアリティを確認し、解釈し、承認するものとして機能することになる。老女はこのエンディングを「とても力のないワーオ」(*Death in the Afternoon* 182)だとコメントする。しかし、語り手がこのエンディングを追加することにより、若い男のホモセクシュアルな身体には、(トランス)ジェンダーが刻印され、ホモセクシュアルな身体が可視化されるようになるのである。

ジェンダー・アイデンティティとセクシュアル・アイデンティティがもつ、知覚的でパフォーマティヴな側面は、近年の、ジェンダーとセクシュアリティに関する批評の枠組みのなかで説明されている。『ジェンダー・トラブル』のなかでバトラーは、ジェンダーを「身体における形式」(Butler, *Gender Trouble* 139)として概念化している。つまり「「パフォーマティヴ」ということばが演劇的で偶発的な意味の構築を示すという点において」、ジェンダーを「いわば意図的であると同時にパフォーマティヴな「行為」」であると考えるのだ(139)。バトラーにとって、ジェンダーには「本質」はなく、ジェンダー・アイデンティティはあくまで「実践」である。ジェンダーがパフォーマティヴであるという理解は、脱構築的なセックスとジェンダーの再配置の上に成り立っている。セックスとジェンダーはかつて、自然と文化という二項対立概念に喩えて考えられてきたが、バトラーは、このような捉え方を見事に逆転させる。

> セックスが自然に対応しジェンダーが文化に対応しているのではない。またジェンダーは、言説／文化の手段であり、それによって「セックス化された自然」や「自然なセックス」が「言説以前のものとして」、文化に先立つものとして、文化がその上で作用する政治的に中立的な表面として、生産され、確立されるのだ。(*Gender Trouble* 7)

この同じ論理を使って、欲望とセクシュアリティの関係を説明することも可能である。フロイトの抑圧仮説を批判するフーコーの議論を引いて、バトラーは次のように書いている。

> 『性の歴史Ⅰ』のなかで、フーコーは、存在論的な確かさと抑圧的な法に対して時間的に先行しているという立場を維持する原初の欲望（ラカン用語では「欲望」ではなくジュイサンスとされている）を仮定した抑圧仮説を批判している。フーコーによると、この法は、後からその欲望を沈黙させるか変質させるかして、二次的で絶対に満足しない形態や表現に変えてしまう（置換）。原初的であり抑圧されていると考えられている欲望は、それを従属させる法自体の効果であるとフーコーは論じている。その結果、法は、自己拡大の戦略を合理化するために、抑圧された欲望という発想を生みだす。だから、ここでは他のところと同じく、法律上の法は、抑圧的な機能を

行使するものとしてでなく、生産的あるいは生成的な言説実践として再考されるべきである。目的論的な装置としての法の立場を維持するために、抑圧された欲望という言語的なフィクションを生みだしたという点において、法は言説的なのである。法が前後関係の枠組みを構成する限り、問題の欲望は「抑圧された」という意味をもつことになる。まさしく、法は、「抑圧された欲望」を、そのようなものとして同定し活気づけ、その用語を流通させ、その効果として、「抑圧された欲望」という自意識的で言語的に練りあげられた経験を表現するための言説空間を切り開くのである。(*Gender Trouble* 65)

この引用文で議論されている「法」を、「ヘテロセクシズム」に置き換えれば、ヘテロセクシズムもまた、言説的および文化的な装置であると考えることができるだろう。ヘテロセクシズムによって、「原初の欲望」や「抑圧された欲望」が、「前言説的」なものとして——文化に先立ち、文化がその上で作用する政治的に中立の表面として——生産され確立されているということができるからである。性の対象選択もまた、ジェンダーとセクシュアリティそれぞれに関する二項対立的な捉え方に従って欲望を差異化する実践である。それゆえ欲望は「一連の置換」(Butler, *Gender Trouble* 65) であるだけでなく、置換されるというその性質上、対象選択と性的快楽と性的自己同一化のパフォーマティヴな実践でもある。そして、このことをふまえると、欲望とは、つねにすでに、ホモセクシュアルであるかヘテロセクシュアルであるかのどちらかだという結論にいたる。そう理解すれば、同一人物に対して自己同一化すると同時に欲望するということが、ヘテロセクシズムの言説において、なぜ問題になるのかがわかるだろう。ヘテロセクシストな法のシステムは、ジェンダー的な自己同一化とセクシュアルな欲望とによって維持されているからである。

ホモセクシュアルな身体は、「倒錯」した欲望のパフォーマンスが行われる場でもある。ホモセクシュアルなアイデンティティはクローゼットをめぐって構築される。クローゼットとは、ホモセクシュアリティを秘密と露見のマトリクスのなかに流通させる構造である。このマトリクスにおいて、身体は、クローゼットが発見されるやいなや、その中にいようと外にいようとホモセクシュアルな身体として可視化されることになる。ホモセクシュアルなアイデンティティが構築されるのは、それゆえクローゼットの中と外で結晶化されたホモセクシュアルな身体が、他の誰かによって知覚されるときであるということができるのだ。

ホモセクシュアルな身体を知覚するときの問題点は、ヘミングウェイの二つのテクストにおいて、視点がシフトするときに明らかになる。『午後の死』では、ヘミングウェイは、意識の中心を、新聞記者から語り手にシフトする。語り手が老女に「ワーオ」と言わせるための結末として自らの目撃談をつけ加えるとき、若いホモセクシュアルの青年のヘナで染めた髪は、ジェンダー・アイデンティティとセクシュアル・アイデンティティを表すパフォーマティヴなスピーチ・アクトとなる。「簡単な質問」では、最終段落の前半で、副官の視点が導入される。少佐の部屋から出てくるピニンは、この副官の視点から描かれている。

ピニンは、ドアを開け放しにして外に出てきた。副官が顔を上げて彼を見ると、ピニンはぎこちない歩き方で部屋を横切りドアの外に出た。焚き火のための木片を持ってやってきたときには、ピニンは顔を真っ赤にして、以前とは違う動き方をしていた。副官は彼の後ろを見送り微笑んだ。ピニンはストーヴ用の木片をさらに持って入ってきた。少佐は寝台に横たわったまま、壁に打ちつけた釘にぶらさがっている布で覆ったヘルメットと雪用サングラスを見ながら、彼が床を歩く足音を聞いた。小悪魔め、彼は思った。あいつ嘘をついたんじゃないか。（*Complete Short Stories* 252）

ピニンのぎこちない歩き方が勃起の可能性を暗示していることについては先に論じたが、『午後の死』の若い男性のヘナで染めた髪によるパフォーマンスとは異なり、勃起しているであろうピニンのペニスは彼自らの意思によるパフォーマンスではない。それは、自ら語ることのない沈黙のスピーチ・アクトであるといえる。しかし、この沈黙のスピーチ・アクトによって、ピニンのセクシュアル・アイデンティティは発見される対象となる。そして真っ赤な顔とぎこちない動きをともなったピニンの身体は、他者の知覚を通じてセクシュアリティが刻印される表面となる。意識の中心が副官から少佐へとふたたび戻されるとき、少佐は、ピニンのぎこちない足音を聞いて「あいつ嘘をついたんじゃないか」と思う。この結論は、ホモセクシュアリティの証拠を見つけたいという少佐の欲望によるものであり、変化したピニンの身体は、この欲望のために、ホモセクシュアルな身体として知覚されるのである。

しかし、もし、わたしたち読者までもが、ピニンの変化を彼のホモセクシュアルな欲望の証拠であると考えてしまったとしたら、わたしたちは、少佐が犯したのと同じ間違いを犯すことになるだろう。つまり、人の何らかの振る舞いを、その人のセクシュアリティにかかわる絶対的真実を決定するものとみなしてしまうという間違いを犯すことになるのだ。しかし、この最後の場面で、テクストは、少佐の最後の台詞の前に視点の中心を副官へ一度移し、少佐の部屋のドアを象徴的に開け放しておくことによって、ピニンの身体的反応についての解釈を読者に開放する。ピニンに、特定のセクシュアル・アイデンティティを付与することを、テクストは避けているのである。その結果、多くの読者はこの短編の結末において何も「知ることがないまま、いぶかしがって終わる」(Brenner 205) ことになる。

海の変容

「簡単な質問」においても、『午後の死』においても、ホモセクシュアルな身体は他者の知覚によって姿を現している。つまり、それを知覚する者の「知への意思」の対象として、ホモセクシュアルな身体は存在しているのだ。それは、こうした「知への意思」を満足させるために演じられているといってもよい。対照的に、「海の変容」や『エデンの園』などヘミングウェイが描く「レズビアン」の物語では、男性主人公が、ジェンダーとセクシュアリティに関する自身の変化を目の当たりにすることになる。このような変化を経験する人物たちの意識を描きながら、ヘミングウェイは、彼らのアイデンティティの危機をドラマにしている。「海の変容」において、フィルはガールフレンドと自分が行った性行為を「悪徳」（*Complete Short Stories* 304）だと語るし、『エデンの園』ではデイヴィッドが夫婦間での性役割の交換のあとで後悔する様子が描かれる。そして、ジェンダーとセクシュアリティを越境することについて強迫観念を抱くキャサリンは、そのために精神が不安定になる。これらの物語は、セクシュアリティに関する「知への意思」が自分自身に向けられたときの危険性を提示している。

「海の変容」は、フィルのガールフレンドが別の女性のもとに行くために彼から離れることについて、彼と二人で語り合うという物語である。ヘテロセクシュアリティとホモセクシュアリティの境界を横断する女性を、ヘミングウェイは別の短編「エリオット夫妻」でも描いているが、「海の変容」は「エリオット夫妻」と異なり、男性主人公の意識のなかに入りこみ、彼のセクシュアル・アイデンティティの変化を描いている。

自分とガールフレンドの関係を酒場で話し合いながら、フィルは、彼らのヘテロセクシュアルな性行為において無自覚に行ってきた彼自身の「倒錯」に直面する。「わたしたちがやってきたことが理解において変わるわけではないでしょう」（*Complete Short Stories* 304）とガールフレンドは問いかける。彼らが行ってきたことは「悪徳」だったと、フィルはうろ覚えのポープの詩を引用しながら話す。「悪徳はとても恐ろしい顔立ちをした怪物だ〔……〕見ただけでなんとかかんとか。そして我々はなんとかかんとかで、甘受する」（304）。彼らの行為は「倒錯」だったと彼がさらに言うと、彼女は「悪徳」でも「倒錯」でもないと主張し、フィルが「倒錯」だと名づけた行為はすべて自分たちが行ってきたことではないかと主張する。「わたしたちは、そういうことの全部から出来ているのよ。

そんなこと、あなた、わかっているでしょう。あなただってさんざんそういうことをしてきたじゃない」(304)。結局、彼は、ガールフレンドがレズビアン女性とつき合うことを認め、そうすることによって「倒錯」を自分自身のものとして受け入れる。

シェルダン・ノーマン・グレブスタインよれば、フィルとガールフレンドの関係は「ホモセクシュアルの情事と同じくらい「堕落して」いる」(Grebstein 114)。そして、この物語は「話の結末で男の堕落がほのめかされることにより、結論として登場人物の全体的な倒錯を暗示する」(Grebstein 114)ものとなる。デファルコは、この短編を、フィルが自分自身の「アブノーマルさ」(DeFalco 177)を認める物語として読んでいる。また、J・F・コブラーは、フィルが自身の「悪徳」を認めることは、すなわち自身の「ホモセクシュアリティ」を認めることだと論じたうえで、フィルとヘミングウェイの両方にとって「ホモセクシュアリティは悪徳のまま」だと結論している(Kobler 323)。さらに、ベネットは、フィルとバーテンダーのジェイムズとの類似を指摘し、両者とも「セクシュアル・アイデンティティも性欲も失ってしまった」(Bennett 242)と論じている。

前章で紹介したように、ヘミングウェイは一九五二年一一月八日にエドムンド・ウィルソンに宛てた手紙のなかで、「海の変容」の創作が、ガートルード・スタインとの会話に多くを負っていると書いた。

かつて彼女は、なぜ自分がレズビアンなのか、その方法とは何か、その行為を行う者がなぜそれを嫌にならないのか、〔……〕そして、なぜそれがどちらにとっても自尊心を傷つけるものにならないのかについて、三時間もわたしに話してくれた。ガートルードがくどくど話すのを聞く三時間は長かったが、わたしは彼女の理論にすっかり納得して、その晩、外に出かけてレズビアンとファックして、すばらしい結果を得た。すなわち、その後、わたしたちはよく眠れたということだ。わたしに〈海の変容〉が書けたのはG・Sからもらったこの知識のおかげだ。いい話で、お墨つきだからね。（Hemingway, *Selected Letters* 795）

スタインとの同じ会話をヘミングウェイは『移動祝祭日』（一九六四）でも紹介している。しかし、『移動祝祭日』のなかには、その晩、レズビアン女性と関係をもったという記述はない。それにかわって、その晩は、妻ハドリーに「新しく得た知識」を話し、「わたしたちがすでに持っていた自分たちの知識と、山のなかで得た別の新しい知識とで、わたしたちは幸せだった」とヘミングウェイは書いている（*Moveable Feast* 21）。どちらが真実であったかに関して、ここで問題にしようとは思わない。また、『移動祝祭日』の曖昧な記述から、スタインから得た知識をヘミングウェイとハドリーが実際に行為に反映させたかどうかについても追求はしないでおく。だが、ヘミングウェイがヘテロセクシュアルな関係において、性的な多様性を積極的に試そうとしていたことを、これら二つの記述が暗示していることは注目に値するだろう。そうした多様性のうちのいくつかを、規範的なヘテロセクシズムの外部から学んだと書かれていることも重要である。

手紙においても、『移動祝祭日』においても、レズビアンの性実践の一例としてスタインが具体的に何を指したかは、はっきりと書かれていない。しかし、前章で紹介したように、ベネットは、「海の変容」の解釈で、次のような仮説を立てている。「フィルと女がたずさわり、女のレズビアン的な衝動をフィルがどんな形であれ「理解する」ことを可能にしたと考えられるひとつの合理的な性行動は、おそらくクンニリングスだろう」（Bennett 232）。ベネットのこの議論に、わたしたちは、すぐに同意すべきではない。なぜなら、オーラルセックスをレズビアンによる性実践の典型であるとする根拠は何もないからだ。しかし、『海流の中の島々 *Islands in the Stream*』（一九七〇）や『エデンの園』のオリジナル原稿で明らかになった性行為の描写からは、ヘテロセクシュアルな関係において男性が女性役を引き受け「女に所有される女」となる場面を描くときにヘミングウェイの念頭にあったであろうひとつの性行為をわたしたちは推測することができる。

死後出版された『海流の中の島々』で原稿から削除された部分には、トマス・ハドソンの妻が夫に向かって、「さあ、わたしにキスをしなさい。そしてわたしの女になりなさい」という場面がある。この場面は曖昧に描かれているものの、ベネットはそれを紹介し、「ヘテロセクシュアルな性実践のバリエーションのひとつとしてオーラルセックスを行うことと、セクシュアル・アイデンティティに対する男性の意識にそれが及ぼす影響」（Bennett 232）をヘミングウェイがドラマ化した、もうひとつの例としている。ヘミングウェイ自身は、これらの行為を特定できるような描き方はしていない。しかし、ヘミングウェイにとって「女に所有される女」になるという着想が、「レズビアン」の性行為について彼自身が見聞きした話と結びついており、また「レズビアニズム」という概念を彼なりに構築する際に用いられていることは明らかである。このような意味で、「海の変容」の創作は、ヘミングウェイのレズビアン観を支える特定の性行為を前提にしたものだと考えることができる。その行為をフィルのガールフレンドが好んで行っているということが、フィルの意識のなかで、「悪徳」であり「倒錯」である彼女と彼自身の「レズビアン性」を特徴づけることになるのである。

彼女が将来フィルのところに戻ってくることを示唆するとき、それは、性における彼女の倒錯が、愛の対象選択におけるジェンダーの変更ではなく、ある特定の性行為に対する好みの問題であることを物語っている。それゆえ行為においてホモセクシュアリティとヘテロセクシュアリティの境界を越えることは、ホモセクシュアルな行為とヘテロセクシュアルな行為の区別を危ういものにする。のちにフィルが「レズビアン的」であると理解する性行為は、最初にフィルとガールフレンドのあいだで行われたときには、ヘテロセクシュアルな関係に帰するものとして経験されていた。ガールフレンドは、その後、この同じ行為をレズビアンの恋人とのあいだで実践するつもりであることをフィルにほのめかす。さらに彼女は後で彼のもとに戻ってくると告げることによって、この行為を、ふたたびヘテロセクシュアルな関係において行うつもりであることを示唆する。このように、同じ行為をヘテロセクシュアルな関係からホモセクシュアルな関係、ホモセクシュアルな関係からヘテロセクシュアルな関係へと移していきながら、彼女は、ヘテロセクシュアルな性行為と、ホモセクシュアルな性行為のあいだの線引きを脱構築するのである。

彼女が立ち去った後、フィルは彼女とは対照的に、彼自身のセクシュアリティの真実を探そうとする。そして、鏡に映った自分の姿のなかに「本当にまったく別人のように見える男」(*Complete Short Stories* 305)を見つける。彼が鏡のなかで見ているものは、男性性を抑圧する彼自身の「レズビアン」の身体である。ガールフレンドが好んでいた「レズビアン風の」セックスは、彼女が別の女性に対する自身の欲望を表明するまでは、ヘテロセクシュアルなセックスのバリエーションのひとつであった。しかし、それがいまや彼女がレズビアンである証拠となり、さらには彼女の「最初の女」（Bennett 236）としてのフィルの位置づけを証明することになる。彼の意識のなかでは、彼女と自分の男女の関係は、レズビアン関係のパロディだったということになり、レズビアニズムが彼らのパロディ的な身体行為の「起源」となる。その結果、彼は「起源」であるレズビアンとしての自己に対して、絶望のうちに自己同一化せざるをえなくなる。こうして得られたレズビアンのパートナーという自己認識は、彼の男性性を深く傷つけることになる。

フィルの男性的でヘテロセクシュアルな身体が退けられ、それに変わってホモセクシュアルな身体が出現するという解釈は、「海の変容」のオリジナル原稿に目を向けることによってさらに説得力を増すものとなる。というのも、原稿では、ガールフレンドが立ち去った後で、フィルは、「パンク」が飲むものをくれ、とバーで注文しているのだ。第七章で指摘したように、ヘミングウェイのテクスト全般において、「パンク」という語は男娼やホモセクシュアルを意味するものとして使われている。そして、フィルの注文に答えてバーテンダーは「よく日焼けをしているね」と返す（K681）。「海の変容」の原稿における「ワーオ」は、意識の中心が、フィルからバーテンダーに移り、フィルの日焼けが言及されたとき読者にもたらされる。もちろんバーテンダーは何も知らずにフィルの日焼けに言及しただけだ。しかし、フィルとガールフレンドの会話の内容を知る読者には、彼の日焼けが、レズビアンとなったガールフレンドと夏を一緒に過ごした名残として――つまり彼がその夏、レズビアンの恋人であった証拠として――彼の身体に刻印されたものとわかる。このようにして読者は、フィルが鏡のなかに見ている「本当にまったく別人のように見える男」が、ヘテロセクシュアル男性としてのアイデンティティが危機に瀕した男の身体であると納得するのである。

ヘミングウェイの登場人物たちは、自身の身体をしばしば鏡のなかで確認する。次章で扱うことになる『エデンの園』のキャサリンは、日焼けや断髪によって積極的に身体を変化させ、それによってジェンダーとセクシュアリティを越境していくが、彼女もまた鏡のなかで、変化していく自身の身体を何度も見つめている。滞在先のホテルのバーに、自ら鏡を寄贈して設置させるエピソードは、彼女にとって、身体の変化を確認することがいかに重要であるかを物語っている。身体に対するヘミングウェイのこだわりは、彼のハードボイルドな作風と無関係ではない。心理的な描写をそぎ落とすことで確立されたヘミングウェイの語りは、登場人物の内面ではなく身体を描くことに重点を置く。それゆえヘミングウェイのテクストでは、越境するセクシュアリティは、越境する身体として語られる。

『日はまた昇る』で、ジェイク・バーンズは、戦争でペニスを失った自身の姿を見て「滑稽だ」（*Sun Also Rises* 38）と考えるが、それもまた、彼が服を脱ぎながら寝台脇の鏡に自身の裸体を映したときである。自らの越境を楽しむキャサリンの場合とは異なり、ジェイクやフィルのようなクィアなヒーローにとって、ジェンダーとセクシュアリティを越境する自身の身体を鏡で密かに見つめる行為は、ジイド的なクローゼットの中にいる者の行為として捉えることができるかもしれない。そのような文脈では、彼らのセクシュアリティを映す鏡はクローゼットの中にある。なぜならジイド的なクローゼットとは、その中にいるホモセクシュアル本人にとってのクローゼットだからである。

この章で論じたテクストにおいて、ヘミングウェイはジイド的なクローゼットをテクストに書きこみながら、視点をたくみに操ることにより、それをワイルド的なクローゼット、つまり、外にいる観察者から見たクローゼットとして浮かびあがらせている。「簡単な質問」では副官の視点、『午後の死』では語り手の視点、「海の変容」ではバーテンダーの視点が一時的に導入され、物語に登場するホモセクシュアルたちが、それ以外の人物からどのように見えているのかが読者に知らされる。クィア・リーディングをしようとする読者が行うべき作業のひとつは、この視点の変化が、登場人物たちを見る側と見られる側へ分断することを浮き彫りにし、ホモセクシュアルな身体がテクストに出現するときには、それをホモセクシュアルな身体として知覚するような視点が必要とされることを指摘していくことだといえるだろう。

第一〇章　エデンの園はどこにある？

――原稿、編集、そしてアフリカ

『エデンの園』の出版

『エデンの園 *The Garden of Eden*』は、ヘミングウェイの死後、編集者トム・ジェンクスによる大幅なカットを含んだ編集を経て、一九八六年に出版された。大変残念なことに、原稿の約三分の二に相当する部分が削除された形ではあったが、それにもかかわらず、この小説の出版は、ヘミングウェイ研究においてもっとも衝撃的な出来事のひとつであったと言っても過言ではないだろう。闘牛や猛獣狩りや釣りを描くハードボイルドな作家というイメージが強かったあのヘミングウェイが、『エデンの園』では食事とセックスと日焼けのことばかり書いているのである。そのうえ登場人物たちは、性役割交換をくり返し行ったうえに、バイセクシュアルな三角関係にまでなってしまう。これらの描写は、完全にヘテロセクシュアルでハードボイルドな超男性的作家というヘミングウェイのこれまでのイメージに、大きな変更を加えることになった。現在のヘミングウェイ批評は、彼のジェンダーとセクシュアリティについての考察に熱心であるが、この傾向は、この小説の出版によってもたらされたといってよい。

『エデンの園』は、地中海沿岸を新婚旅行中の若いカップルであるキャサリンとデイヴィッド・ボーンを中心に物語が展開し、彼らのあいだに起こる性役割の交換、ジェンダーの越境、真っ黒な日焼け、そろいの洋服、髪型、毛染めなど、自らを双子に見せるための工夫、そしてもうひとりの若い女性マリータを交えたバイセクシュアルな三角関係が描かれる。断髪や性役割交換などのジェンダーとセクシュアリティに関する主題は、日焼けによって肌を黒くすることでもたらされるアフリカ化の主題と交錯しながら提示されている。性的逸脱とアフリカ化が物語内部においてもたらす相互作用の効果は、しかし、ジェンクスの編集によって残念ながらかなりの部分で抜け落ちてしまっている。

『エデンの園』の場合のように、作者の意図とは別のところで編集された小説を読むという行為は、編集者が原稿から紡ぎだした意味を追っていくことであり、作者の意図を知ることとはまったく別のものである。『エデンの園』の創作においてヘミングウェイが意味するものを知りたいと思うなら、ボストンにあるJ・F・ケネディ図書館に出かけて行って、そこに保管されている原稿に直接あたらなければならない。しかし、ヘミングウェイが「本当に」意味するものは、たとえ原稿を読んだとしても見つけることはできない。なぜなら「作者の死」によってバルトがすでに指摘しているように、テクストの意味は作者ではなく読者の側にあるからである。

本章では、原稿「エデンの園」についての分析を行う。しかし、ここでのわたしの目的は、ヘミングウェイの原稿に込められた作者の真意を探ることでも、秘められた作者の欲望を追いかけることでもない。原稿を読むことの必要性は、ジェンクスがそこから何を削除したのかを知るためであり、原稿に光を当てることによって、ジェンクスの編集作業を支えるイデオロギーを逆照射することが本章の狙いである。

それゆえ本章では、まず、ジェンクスが編集した小説の構成とヘミングウェイが書いた原稿とを比較し、特に小説のクライマックスがジェンクスによって意図的に作りあげられていることと、それがもたらす効果とを検証する。さらに、ジェンクスが削除した部分に光を当てる作業を通じて、そこに書きこまれたエロスの「起源」の問題と「アフリカ」の関係に分析を加えながら、それらの記述がなぜ削除されなければならなかったのかを考える。そして最後に、アフリカと西洋との二項対立を、ホモセクシュアルとヘテロセクシュアルの二項対立に重ね合わせたとき、ヘテロセクシュアルな白人であるヘミングウェイという作家が、アメリカ文学という西洋文化の枠組みのなかでどのような形でイン／アウトされるのかを明らかにする。

「アフリカ」の位置づけ

物語の構成を考えたとき、ジェンクスが編集した『エデンの園』は、非常によく出来た小説であるといってよい。デイヴィッドの視点に焦点化するとしたら、物語は、新婚旅行中の妻が突然、髪を切り、性的役割交換を実践するところから彼の苦悩が始まり、レズビアンの女性を巻きこんで三角関係になっていくあたりで葛藤が前景化される。終盤が近づくにつれてキャサリンは次第に精神を病んでいき、ついにスーツケースにしまってあった、東アフリカを舞台にしたデイヴィッドの短編小説の原稿をすべて燃やしてしまう。この事件が物語のクライマックスとなり、その日の夜、キャサリンが置き手紙をしてひとり寝台列車でパリへ旅立つと、デイヴィッドはキャサリンと離婚して代わりにマリータと結婚する意志を明らかにし、短編小説が復活したところでエンディングだ。単純化すればこのようになってしまうジェンクスのプロット構成は、規範的な女性像から逸脱する女が、主人公の男に大きな損害を与えたために追いだされ、彼女に代わって主人公には従順な別の女が用意されるというヘテロセクシストなイデオロギーに染まった物語を展開している。

小説の最後では、キャサリンが燃やしてしまったアフリカ物語をデイヴィッドが書き直すことになっているが、この件に関しても、小説が確かなヘテロセクシュアリティを保証するのに一役買っている。デイヴィッドが少年時代をすごした東アフリカを舞台にしているという設定のアフリカ物語は、象狩りという経験を通じて、象に感情移入する少年デイヴィッドと、象を獲物としてしか見ない彼の父親とのあいだに出来た心理的な距離を描写するものである。アフリカ物語を短編小説として単独で扱うとすれば、象の死と同時に少年の心のなかで起こる父親への愛情と尊敬の喪失を、この短編の主題として読みとることができ、父親に対する失望ともいうべき少年の感情は、父親を英雄だと思っていたデイヴィッドの子ども時代の終わりを意味すると同時に、ひとりの人間としての父親に対する理解の始まりとその深まりを暗示している。『エデンの園』においてデイヴィッド・ボーンがこの短編を書いている時期は、彼の結婚生活が破綻しはじめる時期と重なっており、物語に描かれている子ども時代との決別は、壊れゆく結婚生活に対する彼の決別の意思の表れとして位置づけられている

(see Nagel)。

しかし、このような位置づけは、アフリカ物語の完成が、ジェンクスの編集によって小説の結末に置かれたことに影響されているといえなくもない。編集される前の原稿には、キャサリンが去り、マリータと結婚した後のデイヴィッドとマリータの関係についての記述や、キャサリンが戻ってくるという設定での暫定的なエンディングが用意されている。原稿は、小説と違い、アフリカ物語の完成で幕を閉じるわけではない。小説版『エデンの園』で、アフリカ物語の原稿をめぐるキャサリンとデイヴィッドの確執がクライマックスにおかれ、原稿の書き直しとそれを応援するマリータとデイヴィッドの結婚で小説が締めくくられるのは、すべてジェンクスの編集によるものである。ジェンクスの編集はデイヴィッドに、作家としての成功と、ヘテロセクシュアルな結婚の両方を約束している。

しかし、もとはといえばデイヴィッドは、新婚旅行でのキャサリンとの秘めたエロスについての物語を書くことを彼女に約束していたのである。アフリカ物語は、その新婚旅行物語を中断して書きはじめられたものだ。そのようにして完成した象狩りの物語が、アフリカを舞台にしながらも、白人父子の結びつきと少年のイニシエーションというアメリカ文学の伝統的な主題と価値観を反映したものになっているのは重要な点である。他方、キャサリンとデイヴィッドの実験的な性実践は、ヘミングウェイの原稿では「部族的なこと」と表現され、キャサリンの日焼けとともに二人の身体的であると同時に精神的な「アフリカ化」を示している。ところがジェンクスが編集した小説はといえば、キャサリンとデイヴィッドの試みから「部族的なこと」という暗示的なフレーズを消し去り、小説における二人の「アフリカ化」を弱めてしまっている。ジェンクスの編集は、結果として「アフリカ」を単なる場所に据え置き、それがもたらす象徴的な意味を奪うものであった。

『エデンの園』とその原稿において「アフリカ」は物理的な場所として存在しているのか、それとも抽象的な精神として描かれているのか？　この問いに答えるためには、出版された小説だけではなく、編集前の原稿にもあたらなければならない。ジェンクスの編集でカットされた部分に光を当てながら、原稿「エデンの園」のなかでアフリカが意味するものを探っていこうと思う。

「部族的なこと」

『エデンの園』におけるキャサリンの「アフリカ化」は、日焼けに対する彼女の強い意志によってもたらされていて、それは原稿において特に顕著である。キャサリンにとって、それは単なる日焼けではなく、白人から有色部族になるという人種的な越境を意味している。人種的な変化のモデルとして、キャサリンは、カナカ族（Kanaka）やソマリ族（Somali）という有色部族の名前に言及している。どんどん肌が黒くなっていくキャサリンに、いったいどれだけ日焼けをするつもりかとデイヴィッドが尋ねると、彼女は答える。

できるだけ黒く。確かめて見ないといけないわね。わたしにカナカ族の血が流れていたらなあ。それともインディアンの血が。だけど、たぶんそんなことあまり意味がないのよ。変化することが黒くなることと同じくらい大切なんだわ。でも、わたし、あなたが耐えられなくなってどうすることもできないくらい、すごく黒くなるわ。白人女はいつもあなたを退屈がらせるもの。
(K422. 1/2, Chapter 4, p. 3)

キャサリンは、このように言って自分の肌を日焼けさせ、そうすることによって人種を越境しようとする。彼女が求める「部族的なこと」は、デイヴィッドにとって、セクシュアリティの神話を表象するようになり、彼は、次のように自身に語りかける。(引用中の二重打消し線は、ヘミングウェイによる削除をあらわす。)

白人だからそこに戻ると本当に悪影響を受けてしまうという理由で話したり書いたりしてはいけないとされる~~白人のタブーの~~ことを、そのままにしておいてはいけない。また同じくらい大切な部族的なことをすべて否定したり忘れたりしてはいけない。部族的なことはもっと本当に大切で、そのことを知っていたら、わざわざ言う必要はないのだ。(K422. 1/23, p. 10)

日焼けは「海の変容」においても変化のモチーフとして使われていて、日焼けしたフィルの顔が彼のジェンダーとセクシュアリティの越境を暗示していた。原稿「エデンの園」では、もっとはっきりと、日焼けがもたらす変化への意思が描かれている。日焼けによるキャサリンの人種的越境への欲望が、ジェンダーとセクシュアリティの越境への欲望と相互作用していることをデイヴィッドは理解している。

彼女〔キャサリン〕は、気楽で楽しそうに、女の子から男の子に変化し、女の子にもどる。彼女は、俺を堕落させることを喜び、俺は堕落することを喜ぶ。だが、彼女は堕落してはいないし、~~おそらくそれは堕落ではない~~いったい誰がそれを堕落と言っているのだ？　俺はそのことばを引っこめるぞ。今、俺たちは、俺たちの色素をそんなふうに一日一日黒く染めていきながら、俺たちだけの特別な黒い人種になろうとしているのだ。誰かが庭仕事をしたり種をまいて作物を育てたりするように~~それに俺たちはもう俺たち自身の部族の習わしをもっているじゃないか~~。あのことに関する問題は、夜には成長しないってことだ。〔……〕それは太陽の下で、砂と海に反射された強い太陽の下でしか作られないのだ。だからこの海の変容を起こすために、俺たちには太陽が要るのだ。海の変容は夜に起きた。そしてそれは夜に育っている。そして彼女が欲しがり必要としている黒さは、今、太陽の下で育っているのだ。（K422. 1/2, Chapter 4, p. 4）

日焼けとヘアカットにより、キャサリンは「海の変容」を自分の身体に刻印し、違う性別にジェンダー化され、性的にも逸脱した「部族的な」身体を手に入れる。フィルがバーの鏡のなかに自身の「レズビアン」の身体を認めたように、キャサリンも、ホテルのバーに鏡を設置させ、そこに映った自分の姿に「部族的」な身体が現れるのを確認している。キャサリンの日焼けは、彼女自身にとって人種的越境を果たすための手段であり、同時に、セクシュアリティの越境を彼女の身体に刻印する印となっている。アフリカへの回帰の願望は、キャサリンだけのものではなく、少年時代をアフリカで過ごしたデイヴィッドもまた、それを共有している。日焼けがアフリカへの回帰を意味し、アフリカ的なものがセクシュアリティの越境を意味すると考えるなら、キャサリンと同じく日焼けをし、アフリカ的なものを求めるデイヴィッドの心の奥にも、セクシュアリティを越境する欲望が潜んでいると解釈することは十分に可能である。

ヘミングウェイのテクストでは、人種的な越境とセクシュアリティの越境とは密接に関係している。短編「父と息子 Fathers and Sons」（一九三三）に示されているように、ヘミングウェイが思いえがく「性の真実」（Comley and Scholes 77）は、白人同士のヘテロセクシュアルな関係のなかではなく、その周縁にあるもの、すなわち性倒錯や異種族混交などの文化的なタブーのなかにある。カムリーとスコールズは、ヘミングウェイの短編「父と息子」に描かれたニック・アダムズの性ファンタジーに言及して、次のように論じている。

> ヘミングウェイにとって、性の真実は、「スタンダード」であるヘテロセクシュアルな実践の中心にあるのではなく〔……〕周縁にある。ヘミングウェイの両親が属している社会が、性倒錯や異種族混交と呼んでいたもののなかにあるのだ。人種の境界を越えたセックスと文化的なタブーを犯すセックス――これらのモチーフがヘミングウェイのテクストではセクシュアリティの縦糸と横糸になっている。（Comley and Scholes 77-78）

「エデンの園」におけるアフリカのモチーフについて、カムリーとスコールズは「デイヴィッド・ボーンが見つけたがっている真実はアフリカにある」と指摘し、「物語は、逸脱から逸脱へ、変身から変身へと移っていき、どんどんアフリカに近づいていく」(Comley and Scholes 95) と論じている。はたして彼らがいうように、キャサリンとデイヴィッドは、自らの冒険的な性体験を通じて「性の真実」を追求しているのだろうか？　そして、それを、アフリカに、黒い大陸に、西洋文明に対する原始的な「他者」のなかに見つけようとしているのだろうか？　もしそうだとしたら、彼らがそれを見つけることは可能だろうか？

ジェンクスの意図とは対照的に、未出版原稿「エデンの園」では、キャサリンが去りアフリカ物語が完成した後のデイヴィッドとマリータの関係は劇的に変化し、デイヴィッドのさらなる「アフリカ化」が暗示されている。キャサリンに代わり今度はマリータが、キャサリンによって始められた性役割交換を、デイヴィッドを相手に行うのである。彼女は、自分のほうが上手だと主張しさえする。「わたしのほうが彼女よりも上手だわ。だって、わたしは、本当に〔男の子と女の子の〕両方なんだもの」(K422. 1/36, p. 34)。そして彼女は自分のことを「アフリカの少女」、「サヒブ」、「ストリート・アラブ」、「ムブルの少女」(K422. 1/36, p. 4, 15, 25, 25) と呼び、キャサリン同様に人種の越境を試みる。

しかし、彼らがイメージする「アフリカ」と現実のアフリカ大陸はいうまでもなく別物である。ヘミングウェイ自身が用意した暫定的なエンディングでは、キャサリンとデイヴィッドがアフリカ旅行について会話し、場所としてのアフリカ大陸と象徴的意味としての「アフリカ」の対比がはっきりと提示される。そこには、デイヴィッドとキャサリンが、スペイン旅行を思い出しながらビーチで会話しているシーンが描かれている。彼らはアフリカ旅行を話題にするが、旅行に関する記憶は異なっている。

〔キャサリンは言った〕「〔……〕だけど、わたしたちはアフリカには行かなかったじゃない。わたし覚えてるわ。どこでも行きたいところへ行けるお金はあったのに、アフリカへは行かなかった。それは、あまりにもスペインにそっくりだったわ。」

「アフリカに行ったじゃないか。」

「いいえ、行かなかったわ。」（K422. 6, p. 3）

ロバート・E・フレミングは、キャサリンが「精神的な病」のためにアフリカ旅行を忘れてしまったのだと主張している（Fleming, "Endings," 268）。しかし、彼女が「アフリカ」を比喩的に表現しているとしたらまったく別の解釈が可能になる。彼らはアフリカに行った。だが、彼女は「部族的なこと」の神話の「起源」として期待していた「真実の」黒い部族的なアフリカをそこで見つけることができなかった。だからアフリカは「あまりにもスペインにそっくりだった」と彼女は感じた。それゆえ彼女自身の感覚として、「本当の」意味で「アフリカ」に行きはしなかったのだ、と考えられはしないだろうか。もちろん「真実の」アフリカが存在する「もの」としてあるわけではない。もしそれが「ある」と考えるのだとしたら、それは彼女のファンタジーのなかにあるにすぎない。しかし自分自身の身体を使った「部族的なこと」のパフォーマンスによって、彼女は「真実の」アフリカというファンタジーを具現化することに成功している。結局のところ、「真実の」アフリカは、「部族的なこと」という言説の外部にあるのではなく、その言説の「構成的外部」（Butler, *Bodies That Matter* 3）として、言説の内部にあるのだ。

もうひとつの「海の変容」

原稿「エデンの園」は、男性の主人公が「レズビアン」となるもうひとつの「海の変容」の物語である。出版された小説にも見られるように、物語のおもなプロットは、新婚旅行中の夫婦のあいだでくり広げられる性の役割交換、ジェンダーの越境、双子のような外見、ヘアカットと毛染め、日焼け、そして愛の三角関係である。小説『エデンの園』では、これらすべてが、ヒロインであるキャサリン・ボーンただひとりの発案によって始められる。まず第一章では、五月のある日、男の子のように髪を短く切って、夫と同じ髪型にしたキャサリンが、はじめて夜に夫婦の性役割交換を試みる場面が描かれている。ベッドの上で、キャサリンは、自分が男になり、デイヴィッドが女になるようにと懇願する。

多くの批評家が指摘しているように、原稿では、彼女が二月にパリで見たロダンの彫刻で、オウィディウスの『変身物語』をテーマにしたものから彼女が発想を得たとされている（Spilka 285-90；Comley and Scholes 93-95；Burwell 101-4）。デイヴィッドを性役割交換に誘いながら、彼女は彫刻に言及し「彫刻みたいに」（K422. 1/1, p. 20）変わることをデイヴィッドに促す。性役割の交換を行っているうちに、最初は変化を拒んでいたデイヴィッドもまた、自身が彫刻のような変身を経験していることを自覚する。「彼にはもうわかっていた。それは彫刻のようだった」（K422. 1/1, p. 21）。原稿ではデイヴィッドは当初フィリップという名前で登場しており、「海の変容」のフィルと同様、バイセクシュアルになった彼女を最終的に拒絶できない男性として描かれている。彼は、男の子になったキャサリンを受け入れることを拒んで、何度も「ノー」と言うが、マリータがのちに言うように、彼の「ノー」は、実際には「イエス」を意味している。「あなたがノーって言うのを聞くの、好きだわ。あなたが言うと、全然はっきりしないことばなんだもの。他の人のイエスよりいいわ」(K422. 1/36, p. 5)。

「キャサリンは実際、ヘミングウェイ作品に出てくる女性登場人物のなかで、おそらくもっとも印象的な人物だろう」(Doctorow 44) とE・L・ドクトロウは『ニューヨーク・タイムズ』の書評に書いている。批評家たちのなかにも、性の実験におけるキャサリンの独創性を認め、キャサリンを賞賛するものが少なくない。例えば、キャシー・ウィリンガムは、エレーヌ・シクスーによるエクリチュール・フェミニンの理論を『エデンの園』に当てはめながら、「言語ではなく身体でテクストを創作する」(Willingham 47) というキャサリンの芸術家的な側面を捉えている。ローズ・マリー・バーウェルによれば、「両性具有へのキャサリンの回帰は、彼女が創造力を発揮する場となっている」(Burwell 100)。出版された『エデンの園』では、キャサリンが小説の一番の魅力であり、創造力において他のどの登場人物よりも秀でていることは、否定しようがない。しかし、同じことが、ヘミングウェイが遺した原稿についてもいえるだろうか?

原稿の未出版部分では、他の登場人物たちも、キャサリンと同様に、さまざまな性実践をともないながら、ジェンダー、セクシュアリティ、人種の境界を越えていく。それらはキャサリンの実践と重なる部分が大きく、それゆえ彼女のオリジナリティについて疑問を投げかけるものとなる。例えば、ロダンの彫刻に刺激を受けたのは、原稿ではキャサリン以外にもいる。

他の二人に関しては、それは二月の終わりに始まった。実際にはそれよりもずっと以前に始まっていたのだが、パリでの二月終わりのこの夜と次の日の朝までは、キャサリンがエギュ・モルトまで車で出かけて行ってル・グロ・デュ・ロワに戻ってきた五月のあの日のように、実際の日づけがあったわけではなかった。二人ともそれを行った実際の日づけを覚えていなかったし、ヴァレンヌ通りを離れて美しい庭のあるビロン邸に初めて入り、変化が始まった美術館の中に入ったときの日づけを覚えてはいなかった。女は、そこで始まったことを忘れていたが、おそらく彼女にとっては、ずっと以前にもブロンズ像を見たことがないわけではなかった。(K422. 1/3, p. 1)

「他の二人」というのは、ニック・シェルダンとバーバラの夫婦である。この二人についてのストーリーは、出版された小説からは完全に削除されている。バーバラは、ニックに「何か楽しいことを考えましょう。これまでしたことのない、秘密のいけないこと」(K422. 1/3, p. 1) と言う。ニックとバーバラは、こうして「秘密」の「いけない」行為をするが、それは、デイヴィッドとキャサリンが行う性の営みとほぼ同様のものとして描かれている。バーバラは、キャサリンがしたように、ニックに自分と同じ髪型をするように懇願する。デイヴィッドと違い、バーバラへの「サプライズとプレゼントのため」(K422. 1/3, p. 14) に、ニックは五カ月間かけて髪を伸ばす。キャサリンは、マリータとレズビアンの関係になるが、バーバラは、それ以前に、キャサリンに対する自身のレズビアン的な欲望を表明している。「彼女〔キャサリン〕を見て勃起しない男なんていないわ。女がどうなるのかはわからないけど、それが何であれ、わたしはそうなってるわ」（K422. 1/5, p. 7）。バーバラが、キャサリンと同じような行動をしているだけでなく、キャサリンよりも前にそれを行っていることは注目に値する。

ジェンダー、セクシュアリティ、人種の越境を意味する「海の変容」は、原稿においては、キャサリンだけのものではない。それは、原稿に登場するすべての登場人物が切望する性的な変化なのである。キャサリンが、これらすべての「部族的なもの」の「起源」になるのは、マリータがキャサリンの「海の変容」のパフォーマンスを真似るときにほかならない。

かわいそうなキャサリン。ほんとうに彼女のおかげだわ。〔……〕〔デイヴィッドがキャサリンのために書いた物語のうち〕マドリードの部分を読むまでは、知らなかったんだもの。いいえ、キャサリンが最初に話してくれたのだった。彼女はどうしてこんなことができたのかしら。どうしてかしら。キャサリンがデイヴィッドにそれをやらなかったら、デイヴィッドはきっとずっと知らなかったわ。堕落と言ってはいけないわね。そう言うのはおもしろいし、興奮するわ。すべてのことがそうよ。それが禁じられているのも不思議ではないわね。わたしたちは同じ部族的なことを持っているはずなのよ。ヘブライ律法やタブーに従う必要はないのよ。（K422. 1/36, p. 35）

しかし、キャサリンは、はじめから「部族的なこと」の「起源」であったわけではない。彼女は、ロダンの彫刻から、デイヴィッドが彼女に話して聞かせたアフリカについての知識、「部族的なこと」に対するデイヴィッドの欲望、デイヴィッドがかつて結婚寸前までいった「オクラホマ油田のインディアン娘」(K422. 1/17, p. 23)、キャサリンに向けられたバーバラのレズビアン的な欲望に至るまでの、多くの異なる情報源をもとにして創造力を発揮しているにすぎない。キャサリンは、これらを結びつけ、自分自身の身体にこれらを刻印しようとした点においてのみ、クリエイティヴであるといえるのだ。それゆえ、キャサリンも、マリータと同じように、「部族的なこと」についての神話の起源ではなく、それを演じる演技者であり、「部族的なこと」のなかに、「根源的な」性的快楽を見つけようとしているだけなのである。

カーロス・ベイカーによれば、「エデンの園」の原稿は、「くり返しが多すぎてだらだらしていた」(qtd. in McDowell)。出版にあたってジェンクスは、くり返しの大部分をカットし、「特別なオーディエンスのためではなく、一般的な読者のために」(Jenks 30) 本を編集して、二〇万語以上あった原稿を、もとの三分の一の長さにまで縮めた。確かに原稿「エデンの園」は、「一般的な読者のため」には長すぎて、食べてセックスして髪の毛を切ることのくり返しは、あまりに「だらだらして」いるきらいがあるかもしれない。実際、原稿では、くり返しの多さのために、「部族的なこと」のモチーフははじめの衝撃とパワーを失っていて、「部族的なこと」について神話的な起源を見つけようとしても、その努力はくじかれてしまう。「部族的なこと」とされる性実践は、それがどのようにして始まったのか明確にされないままに、ニックとバーバラ、デイヴィッドとキャサリン、デイヴィッドとマリータのあいだで、くり返しくり返し行われる。その描写の仕方は、バトラーがジェンダーのパフォーマンスを的確に言い表した「根源なき模倣」（Butler, *Gender Trouble* 138）という語句を使って表現することができる。パフォーマティヴが「根源性の神話を模倣する」（*Gender Trouble* 138）ことを意味する限りにおいて、原稿のなかの登場人物たちは、まさしく「部族的なこと」をセクシュアリティの「根源」として特定し、その内容を明らかにすることなく「部族的なこと」の「模倣」をくり返しているということができるのである。

出版された小説では、キャサリンが去った後、マリータとデイヴィッドの結婚が暗示されて物語が締めくくられている。しかし、これまで論じてきたように、原稿の未出版部分では、マリータもキャサリンと同じような性役割交換をデイヴィッドに対してくり返しており、デイヴィッドにとってマリータとの結婚が、ヘテロセクシズムへの完全なる回帰であると言い切ることはできない。さらに、ヘミングウェイが用意していた暫定的なエンディングではキャサリンがデイヴィッドのもとに戻ってきていることから、デイヴィッドがキャサリンを最終的には拒絶していないことがわかる。未出版部分を含めた原稿「エデンの園」は、ジェンダーとセクシュアリティの越境に関するヘミングウェイの強迫観念を色濃く表わしているといえるだろう。それにもかかわらず、ジェンクスは、小説の出版にあたって、そうした部分を大幅にカットしてしまった。彼の編集からは、ヘミングウェイをヘテロセクシュアルな男らしさのイコンとして温存しておこうという彼の意図を逆説的に読みとることができるだろう。

キャサリンとデイヴィッドの性的関係について、実際に行われている行為を特定することは、小説からも原稿からも、きわめて困難である。しかしヘミングウェイの四番目の妻メアリーの自伝に記された記述にもとづいて、テクストに描かれているジェンダーの役割交換を、ヘミングウェイとメアリーのあいだでも実際に行われていたものであると解釈するような見方もある。メアリーは、一九五三年一二月一九日の彼女自身の日記を引用し、彼女がヘミングウェイに対して行った架空のインタビューで、ヘミングウェイが好むスポーツのひとつに、夫婦間で行うソドミーを挙げたことを紹介している。さらに、翌日の彼女の日記にはヘミングウェイが書きこみをし、メアリーが男の子になり彼が女の子になるというメアリーの願望について、彼もそれを受け入れ、この行為を実際に楽しんだとしている（Mary Welsh Hemingway, *How It Was* 368-70）。メアリーの記述をもとにヘミングウェイのクィアな一面を「アウト」する試み（e.g. Moddelmog 82-84）は、男性的なアメリカのヒーローという役割を一生涯にわたって引き受けてきたヘミングウェイのなかにある、ジェンダーとセクシュアリティの越境に対する秘められた欲望を示唆するものである。こうした批評は、クィアなヘミングウェイ像を構築する上で大きな役割を果たすだろう。

しかし、本書においてわたしが提示してきたクィア・リーディングの目的は、ヘミングウェイその人のなかにクィアな欲望の所在を確かめることではない。『エデンの園』を題材にしてヘミングウェイを「アウト」するような一連の批評に光を当てることによって逆照射すべきことは、例えばジェンクスが編集作業のなかで、父権的でヘテロセクシストなアメリカ的価値観とそれを体現するヘミングウェイ像を温存しようとしたことである。それは、ジェンクスのヘミングウェイを「イン」する欲望ではなかったろうか？　ヘミングウェイが作家人生の終わりにかけて書きつづけた原稿「エデンの園」のなかで、マリータは、ジェンダーとセクシュアリティを越境した彼女自身の「部族的な」身体についてこう語る。「それは倒錯ではないわ。バラエティよ」(K422. 1/36, p. 5)。「エデンの園」の原稿に登場する人びとは、バラエティに富んだ性行為をくり返し、そのくり返しによって、ヘテロセクシュアルな性行為とホモセクシュアルな性行為とのあいだにある境界線を無効にする。ホモセクシュアルな主体に対するヘミングウェイの姿勢は、作家人生の途中で変化したのかもしれない。

動物園の象

ノーベル賞を受賞した後のヘミングウェイは、C・T・ラナムへの手紙のなかで自身を「動物園の象」(*Selected Letters* 841) にたとえている。ここからは、ヘミングウェイがヘテロセクシュアルでマッチョで偉大なアメリカ人作家としての自身の役割と、それを果たす責任とを自覚していたことがうかがえる。ジェンクスをはじめとして、そのような役割をヘミングウェイに期待する批評家や読者たちは、彼らの「ヘミングウェイ」をヘテロセクシストな西洋文化という「動物園」のなかにずっとインしてきたのだといえなくもない。しかし、ヘミングウェイがその「動物園」から出ることは現実的に可能だったろうか?

彼はアフリカをこよなく愛し、アフリカでのサファリ旅行を楽しんだ。メアリーと一緒に行った、二度目のアフリカ旅行を題材にして、彼は、のちに『キリマンジャロの麓で *Under Kilimanjaro*』(二〇〇五) として出版されることになる小説の原稿を晩年になって書きすすめる。そのなかでヘミングウェイは自分自身を主要な登場人物として登場させ、道化的な要素をもつその「ヘミングウェイ」が次第に「アフリカ化」していく様子を描いている。モデルモグは、「キリマンジャロの雪 The Snows of Kilimanjaro」（一九三六）と「フランシス・マカンバーの短い幸福な生涯 The Short Happy Life of Francis Macomber」（一九三六）についての批評のなかで、両作品には白人中心の植民地主義が働いていると指摘する。つまりヘミングウェイにとって、アフリカは「白人によるアフリカ占領についての倫理や目の前にいる黒人の人間性を考慮することなしに、白人の登場人物たちとその心の葛藤を投影できる想像上の空間」として役立っているにすぎない（Moddelmog 113）。要するに、アフリカ大陸は、西洋的価値観という動物園の延長にほかならないのだ。モデルモグは、世界旅行者であったヘミングウェイのこのように皮肉な「非移動性」（117）を指摘している。「非移動性」は、西洋的な価値観から逃れられないヘミングウェイにとって、世界全体が西洋中心主義という巨大な動物園となっていることを的確に表現することばである。『キリマンジャロの麓で』のなかでアフリカ化する滑稽な自分を描き、またキューバで暮らす自分を「動物園の象」にたとえたヘミングウェイは、自分自身が西洋文化の中に厳重に保管――イン――されていることを自覚していたのではないだろうか？

『キリマンジャロの麓で』の題材となったアフリカ旅行は、そもそもアメリカの雑誌社がスポンサーになってアメリカ人作家ヘミングウェイにレポートを依頼したものであることからもわかるように、ヘミングウェイはアメリカ文化やアメリカ経済から自由でいたわけではない。また、日焼けをモチーフにした「エデンの園」では、キャサリンの「アフリカ化」は、「白人が伝統的に黒人のアフリカ人やアフリカ系アメリカ人に割り当ててきたエロティックな概念上の空間に住みたいという欲望」

（Moddelmog 100-101）の表れであると、モデルモグから批判されてもいる。

ヘミングウェイにとっての「アフリカ化」とは、実際にアフリカ人になることではなく、白人からそうではないものへの変化のダイナミズムである。しかし、この変化への欲望は、実はヘミングウェイが西洋文化のなかに閉じこめられていること、そして、そのことを彼が自覚していたということを前提にしている。ヘミングウェイのテクストから彼自身や登場人物の「アフリカ化」する欲望を「アウト」することはたやすい。しかし、そこで読みとるべきことは、彼らの「アフリカ化」への欲望が、アフリカ人たちの声を聞くという作業には決して向けられないということだ。同様に、ヘミングウェイの正統でないあらゆる欲望をアウトする批評は、その結果、ヘミングウェイをインしているものの強大さを思い知ることになるだろう。インする欲望とアウトする欲望との関係は、このように裏腹なものであり、批評におけるこれらの欲望から何らかの批評的発展を引きだすためには、それらが互いに照射しあうように扱うことが望まれるだろう。

終　章　原稿は語り終わらない

『エデンの園』の原稿は、ボストンにあるジョン・F・ケネディ図書館に納められている。今村楯夫は、そこを訪れたときのことを次のように記している。

三月中旬、ボストンの港の南側に小さく突き出した半島、コロンビア・ポイントにあるジョン・F・ケネディ図書館を訪ねた。遠くから眺めるとあたかも海の中にポツンと浮かぶ巨大な石造のヨットのような建物である。高くそびえ立つ平らな白亜の壁に寄り添った漆黒の三角柱の尖った角が沖に向って突き出し、その周囲を純白の背の低い壁が取り囲む。その黒い三角柱の建物がヘミングウェイの残した膨大な手書きの原稿、書き損じた草稿、タイプ原稿、カーボン・コピー、書簡、写真、著書、分類不能のメモなどありとあらゆる物を納めた、まさに宝庫とも呼ぶべき「ヘミングウェイ・ルーム」のある建物である。(『ヘミングウェイと猫と女たち』一三九)

このヘミングウェイ・ルームを、わたしがはじめて訪れたのは、一九九六年夏のことである。図書館は、ボストン南部の海に面した場所に建っていて、ヘミングウェイ・ルームの大きな窓からは、ドーチェスター湾を広く見渡すことができた。原稿は、手書きのバージョンとタイプされたバージョンとがあり、それぞれファイルに分けて分類されていて、数個のファイルボックスに入れて保管されていた。原稿にはところどころ繋がらない部分があり、これが未完原稿であることを改めて実感した。

『エデンの園』の原稿を読むと、セクシュアリティについて多彩で実験的な記述をすることに、ヘミングウェイがどれほど熱心であったかを思い知らされる。と同時に、彼がこの原稿をついに仕上げることがなかった理由も想像できるようになってくる。この原稿には、セクシュアリティにかかわる部分が多すぎるのだ。夫婦間での性役割の交換、ジェンダーの越境、双子のような外見の夫婦、レズビアンの欲望、そして近親相姦。セクシュアリティの「真実」は、追求すればするほど、範囲が広がっていくだけで、その実態はますますわからなくなってくる。セクシュアリティの「真実」など、実際には、どこにもないからである。ヘミングウェイが残したテクストは、セクシュアリティには「真実」があるのではないかという期待を見事に裏切り、そのような考えを退けることに成功している。しかし、ヘミングウェイ本人はどうだったのか？　ヘミングウェイは、存在しないセクシュアリティの「真実」を追い求め、それを忠実に描写しようとしたのではないだろうか？　そして、その追求むなしく、ついにそれを見つけることができなかったのではないだろうか？　それゆえ「エデンの園」は未完に終わったのではないだろうか？　セクシュアリティについての言説は終わることがない、というただそれだけのために。

セクシュアリティについて「書く」という行為は、それ自体がセクシュアリティの言説となり、セクシュアリティの領域を押し広げる。そして物語であれ、告白の儀式であれ、人の噂話であれ、セクシュアリティに関して何かを語ることは、同様の効果をもっている。この本において、わたしは、セクシュアリティの言説が生みだされるときのある種の政治性を浮き彫りにするために、ジェイムズ、キャザー、ヘミングウェイという近代アメリカ文学のキャノンを形成する作家のテクストを、セクシュアリティの言説として捉え、それぞれにセクシュアリティがどのように刻印されているかを見てきた。ジェイムズは、ホモフォビックな語り手を創造して、語りえぬホモセクシュアルな欲望を秘密として描きだし、読者の恐怖を喚起したし、キャザーはジェンダーの越境とセクシュアリティの越境が欲望を介して交錯する地点を、創作活動を通じて探ろうとした。そして、ヘミングウェイは、身体描写と語りの視点を組み合わせることによってホモセクシュアルな身体が知覚される過程を浮き彫りにした。彼らの文学的なテクストは、確かにセクシュアリティに関連して欲望を描き、身体を描き、読者の欲望を喚起している。それでは、そのことをもってして、セクシュアリティ言説の政治性を確かめるのに文学研究が有効であると、しかし、わたしたちは確信してよいだろうか？

はたして、いったいなぜ、何のために、わたしたちは文学テクストを読むのだろうか？　なぜ物語を読むことを欲望するのだろうか？　このような問いに対して、答えを簡単に見つけることはできない。ひとつには、物語の登場人物たちはフィクションではあるが、わたしたちが普段、経験しえないような経験をしていて、それによって、わたしたちに未知の世界を疑似体験させてくれるから、という答えが考えられるだろう。しかし、逆に、物語の登場人物たちは、フィクションでありながら、わたしたちと似たような心理的または身体的体験をしていて、わたしたちは彼または彼女に感情移入してカタルシスを得る、あるいは自己同一化してアイデンティティの確立に役立てるのだと答えることも可能である。

しかし、この同じ問いかけが、文学研究に足を踏み入れたとたんに、文学は何を主題にしているか、あるいは何を主題にすべきか、という問題へと変わってしまう。それゆえ、文学とは何か、という問いかけは、文学が提供する真理とは何か、読者はいかにしてその真理に到達しうるか、とかいう問いへと変換される。しかし、たったひとつの「真実」というものが存在しない世界観のなかでは、この問いに答えるすべはなく、文学研究は、それゆえ、文学における言説がどのように成り立っているのかを考える学問にならざるをえない。

実をいうと、文学テクストに対するこのような姿勢が、セクシュアリティの言説を分析するときに有効な手だてを提供してくれるのだ。そのひとつが物語に関する理論である。序章で明らかにしたように、本書は、文学研究の分野にとり入れられた「物語」に関する理論と、セクシュアリティに関する研究に基盤をおいたクィア理論とを組み合わせた読みの可能性として、クィア・リーディングを提唱するものである。文学テクストに描かれたセクシュアリティを読み解くために、従来まではイン／アウトのモデルを用いることが比較的多かったように思う。そのようなモデルの読みは、作者や登場人物の隠されたホモセクシュアルな欲望を読みとろうとするものであり、その作業は、フーコーによって批判される「知への意思」によって、性的なものを「真実」と読みかえるイデオロギーに支配されている。また性的欲望をホモセクシュアル／ヘテロセクシュアルという二項対立に押しこめてしまうものでもある。

わたしは、本書において、作者や作品をクローゼットから引きだすのではなく、クローゼットそのものがどのようにして形成され、ホモセクシュアルな身体がどのように可視化されるかを見てゆくことに気を配った。そして、その切り口として、物語を成り立たせる構造に注目してきた。文学に描かれた物語世界だけに注目し分析するのではなく、作者、語り手、読者、批評家の関係に踏みこんで分析することで、それらのうちいずれかのレベルにおいてイン／アウトのモデルが作動し、そのことがクローゼット形成の一端を担っていることを明らかにしたつもりである。

物語がセクシュアリティの言説を生みだし、セクシュアリティに存在する「もの」としての形を与えていくプロセスを浮き彫りにするために、わたしは、物語が何を意味しているかを探りだすという、物語の快楽を犠牲にした。それは、ひどく禁欲的な作業であり、ときに欲求不満になることもあった。しかし、もし本書が、文学研究にクィアな視点をとり入れるときのひとつの指標になりえるならば、その喜びはなにものにもかえがたい。

あとがき

この本の出発点は、わたしが二〇〇〇年から二〇〇一年にかけて文部（科学）省在外研究員として過ごしたカリフォルニア大学バークレー校で、ジュディス・バトラー先生の指導のもとに行った研究である。文学テクストに何が書かれているかということよりも、それがどのように書かれているかに注目するという読み方は、彼女が学部学生向けに開講していた修辞学《レトリック》の授業からヒントを得た。その後、テクストに対するこのスタンスは、もしかしたら物語論に通じているのではないかと思うようになり、帰国してしばらくは物語論に関連する書物を読むことに多くの時間を費やした。そして、クィア・リーディングの方法論を確立するのに物語論が有効であると確信し、本書を執筆するにいたった。

バークレー滞在中、バトラー先生は、ヘミングウェイのテクストに対してクィア・リーディングを試みた拙稿を何度も読み、多くの貴重なアドバイスをしてくださった。その成果は *Genders* 39 (2004) に "Subversion of the In/Out Model in Understanding Hemingway Texts" というタイトルで、すでに掲載されているが、本書の第九章と第一〇章は、それをふまえたものであり、本書の構想は、そこからスタートした。そういうわけで、本書は、バトラー先生のご指導なくしては、ありえなかった。彼女に特別大きな感謝の気持ちを捧げたい。バークレーでは、リンダ・ウィリアムズ先生にも大変お世話になった。わたしが帰国後も、本書の執筆状況を気にかけ励ましてくださったウィリアムズ先生にも、深く感謝の意を表したい。在外研究は、こうしてその後のわたしの研究を大きく前進させることになった。そのような機会を与えてくれた文部（科学）省ならびに名古屋大学に感謝申しあげる。

バークレーでの研究を基盤にして、二〇〇七年一二月には名古屋大学大学院国際言語文化研究科に博士学位論文を提出することができた。本書はその学位論文にもとづくものだが、加筆修正とともに、第二章は新たに書き加えた。学位審査の際には、主査の長畑明利先生、副査の上原早苗先生、竹村和子先生から多くのご助言とご指摘をいただいた。改めて感謝の意を表したい。とりわけ竹村先生からは、精神分析やクィア理論に関する専門的なご意見から、論文を一貫性のあるひとつの読み物として完成させるためのアドバイスまで、数多くのご助言を頂いた。日本におけるクィア批評の先駆者である竹村先生のご研究は常に刺激的で、いまでも彼女はわたしにとっての目標である。論文を書き始めた当初から、想定する読者として竹村先生のことが念頭にあったので、書きあげたときには一番にお送りし、最初の読者になっていただいた。同じ分野の先輩として、これまでにも多くの励ましや発言の機会を与えてくださった竹村先生に心からの感謝の気持ちを捧げる。

博士論文を提出するにあたり、大学時代からの恩師である松山信直先生には多くのことを相談し、たくさんのご助言をいただいた。また学位取得の際には、自分のことのように喜んでくださった。松山先生からは、これまで本当にたくさんのことを教わってきた。研究者としてのわたしの基礎は、すべて先生から教わったことで成り立っているといっても過言ではない。あらためて礼を申しあげる。

また母校である同志社大学の先生、友人、先輩、後輩たちにも感謝の気持ちを捧げたい。わたしが初めてアメリカ文学の面白さに触れたのは、林以知郎先生の授業をとおしてだった。林先生に感謝の意を表したい。

わたしがキャザー研究を――そして後にクィア研究を――始めたきっかけは、一九九〇年から九二年にかけてミシガン州立大学に大学院留学していたときに、個別指導をしていただいたキャサリン・フィッシュバーン先生からキャザーの伝記を貸りて読んだことである。自分のことをウィリアム・キャザーと名乗っていたという彼女に、わたしは自らを重ね、すぐさま共感した。このようにして出会ったキャザーの人生とテクストは、そのままクィア研究へとわたしを導いていった。

ミシガンではさらに、エレン・ポラック先生からフェミニスト批評の基礎を学んだ。いまではそれが、ジェンダーとセクシュアリティに関するわたしの研究を理論面で支えている。わたしにとって、いつも大切な友人である與儀峰奈子さんに出会ったのも、ミシガン留学中だった。この最初の留学では、本当に多くのことを学んだ。当時の先生、友人、ハウスメートたちに感謝の気持ちを捧げたい。また研究者としてのわたしの将来を信じ、留学費用を出してくれた両親にも感謝の意を表したい。

名古屋大学に職を得た後、ヘミングウェイ研究をはじめてからは、日本ヘミングウェイ協会の会長である今村楯夫氏をはじめ、学会会員の方がたから、発表する機会をたくさん頂いた。彼らからの貴重なご意見やご助言は、研究の大きな支えになった。深く感謝したい。名古屋に赴任して以来ずっとお世話になっている日本アメリカ文学会中部支部の方がたと、名古屋大学の同僚たちにも、同様に感謝の気持ちを捧げる。

本書のジェイムズ研究が少しでも実りあるものになっているとすれば、京都アメリカ研究夏季セミナーのおかげである。分科会で、『ボストンの人びと』に関する本合陽氏の発表に対してコメントペーパーを書いたとき、本合氏の議論は、わたし自身がとりくむべき課題を明らかにしてくれた。彼からは、わたしのコメントペーパーについて貴重なご意見も頂いた。司会者の折島正司、運営委員の中川優子両氏にも大変お世話になった。またセミナーの基調講演者であるエリザベス・アモンズ氏からも有益なご意見を頂いた。この貴重な機会とそれを提供してくださった方がたに感謝の意を表したい。

執筆に必要な資料を集める際には、ジョン・F・ケネディ図書館、大英図書館、名古屋大学中央図書館ならびに情報・言語合同図書館、カリフォルニア州バークレー校ドウ&モフィット図書館ならびにバンクロフト図書館の方がたに大変お世話になった。ヘミングウェイの原稿が保管されているケネディ図書館には何度も足を運んだ。その際、親切にいろいろ教えてくださったキュレーターのスティーヴン・プロトキン氏に、感謝の意を表したい。文献の整理と引用文献の日本語訳の検索は、高橋すみれさんが、リサーチ・アシスタントとして手伝ってくれた。彼女にも感謝のことばを伝えたい。

本書の一部は、一九九七年度から九八年度、二〇〇二年度から二〇〇三年度、および二〇〇九年度に受けた科学研究費補助金で行った研究の成果を部分的にふまえたものである。研究助成事業を行っている日本学術振興会に感謝したい。

この本の出版にあたっては、福原記念英米文学研究助成基金より二〇〇七年度出版助成を受けることができた。同基金、信託管理人、運営委員の方々に深々と感謝申しあげる。

出版にいたる過程で、人文書院の伊藤桃子さんに大変お世話になった。初めて原稿を送った際に、面白いのでぜひ出版しましょうと彼女が言ってくれたおかげで、本書を刊行することができた。編集・校正の段階では、原稿を何度も読み返し、簡潔で読みやすい文章になるように手伝ってくださった。心から感謝の気持ちを捧げたい。

そして本書を執筆中、わたしに喜びと安らぎを与え、前向きで楽しい気持ちにさせてくれた松下竜二と、あたたかく見守ってくれた彼の両親にも、この場を借りて感謝の気持ちを捧げたい。

本書を完成することができたのは、このように、多くの方がたの支えがあったからである。もちろん、ここに名前を記した方がた以外にも、数多くの人たちからご指導やご助言、ご支援やご援助をいただいた。こうした方がたのおかげで本書を上梓することができたことについて、心よりお礼申しあげる。

二〇〇九年夏

松下千雅子

Works Cited

Ammons, Elizabeth. "Sex, Transgression, and the New Women in Henry James, Pauline Hopkins, Willa Cather, and Sui Sin Far." Yoneyama 143-59.

Aristotle. *Poetics. Classical Literary Criticism.* Trans. Penelope Murray and T. S. Dorsch. London : Penguin, 2000. 57-97.（アリストテレース『詩学』松本仁助・岡道男訳，世界思想社，一九八五年）

Baker, Carlos. *Ernest Hemingway : A Life Story.* New York : Charles Scribner's Sons, 1969.（カーロス・ベーカー『アーネスト・ヘミングウェイⅠ・Ⅱ』大橋健三郎・寺門泰彦監訳，新潮社，一九七四年）

Barthes, Roland. *Image-Music-Text.* Trans. Stephen Heath. New York : Noonday-Farrar, 1977.（ロラン・バルト『第三の意味――映像と演劇と音楽と』沢崎浩平訳，みすず書房，一九八四年）

———. *The Pleasure of the Text.* Trans. Richard Miller. New York : Hill-Farrar, 1975.（『テクストの快楽』沢崎浩平訳，みすず書房，一九七七年）

Beegel, Susan F., ed. *Hemingway's Neglected Short Fiction : New Perspectives.* Tuscaloosa : U of Alabama P, 1989.

———. Introduction. Beegel, *Hemingway's* 1-18.

Bell, Millicent. "The Bostonian Story." *Partisan Review* 52. 2(1985) : 109-19.

Benjamin, Jessica. *The Bonds of Love : Psychoanalysis, Feminism, and the Problem of Domination.* New York : Pantheon, 1988.（ジェシカ・ベンジャミン『愛の拘束』寺沢みづほ訳，青土社，一九九六年）

Bennett, Warren. "'That's Not Very Polite' : Sexual Identity in Hemingway's 'The Sea Change.'" Beegel, *Hemingway's* 225-45.

Bloom, Harold. *The Anxiety of Influence : A Theory of Poetry.* 2nd ed. Oxford : Oxford UP, 1997.（ハロルド・ブルーム『影響の不安――詩の理論のために』小谷野敦・アルヴィ宮本なほ子訳，新曜社，二〇〇四年）

Booth, Wayne C. *The Rhetoric of Fiction.* 2nd. ed. Chicago : U of Chicago P, 1983.（ウェイン・C・ブース『フィクションの修辞学』米本弘一・服部典之・渡辺克昭訳，書肆風の薔薇，一九九一年）

Bray, Alan. *Homosexuality in Renaissance England.* New York : Columbia UP, 1995.（アラン・ブレイ『同性愛の社会史――イギリス・ルネサンス』田口孝夫・山本雅男訳，彩流社，一九九三年）

Brenner, Gerry. "A Semiotic Inquiry into Hemingway's 'A Simple Enquiry.'" Beegel, *Hemingway's* 195-207.

Brian, Denis. *The Faces of Hemingway: Intimate Portraits of Ernest Hemingway by Those Who Knew Him.* London: Collins, 1988.

Bruccoli, Matthew J., ed. *Conversations with Ernest Hemingway.* Jackson: UP of Mississippi, 1986.

Burwell, Rose Marie. *Hemingway: The Postwar Years and the Posthumous Novels.* Cambridge: Cambridge UP, 1996.

Butler, Judith. *Bodies That Matter: On the Discursive Limits of "Sex."* New York: Routledge, 1993.

———. *Excitable Speech: A Politics of the Performative.* New York: Routledge, 1997.（ジュディス・バトラー『触発する言葉――言語・権力・行為体』竹村和子訳，岩波書店，二〇〇四年）

———. *Gender Trouble: Feminism and the Subversion of Identity.* New York: Routledge, 1990.（『ジェンダー・トラブル――フェミニズムとアイデンティティの攪乱』竹村和子訳，青土社，一九九九年）

———. "Imitation and Gender Insubordination." *Inside/Out: Lesbian Theories, Gay Theories.* Ed. Diana Fuss. New York: Routledge, 1991. 13-31.（「模倣とジェンダーへの抵抗」杉浦悦子訳『imago』第7巻第6号（1996）：116-35）

Carlin, Deborah. *Cather, Canon, and the Politics of Reading.* Amherst: U of Massachusetts P, 1992.

Carpenter, David A. "Why Willa Cather Revised 'Paul's Case': The Work in Art and Those Sunday Afternoons." G. Reynolds 62-76.

Casey, Roger. "Hemingway's El (l) iot," *ANQ* 4. 4(1991): 189-93.

Cather, Willa. *The Autobiography of S. S. McClure.* Lincoln: U of Nebraska P, 1997.

———. *The Kingdom of Art: Willa Cather's First Principles and Critical Statements, 1893-1896.* Ed. Bernice Slote. Lincoln: U of Nebraska P, 1966.

———. *A Lost Lady.* New York: Vintage, 1990.（ウイラ・キャザー『迷える夫人』龍口直太郎・小林健治訳『現代アメリカ文学全集2』荒地出版社，一九五七年／ウィラ・キャザー『アメリカ文学選集　迷える夫人』厨川圭子訳，研究社出版，一九五七年）

———. *My Ántonia.* New York: Vintage, 1994.（『私のアントニーア』浜田政二郎訳，河出書房，一九五一年／『世界文学全集63　私のアントニーア　野生の情熱』濱田政二郎訳，河出書房新社，一九六一年）

———. *My Mortal Enemy.* New York: Vintage, 1990.（「私の不倶戴天の敵」『私の不倶戴天の敵――ウィラ・キャザーの人生と作品』信岡春樹訳著，創元社，一九八五年）

———. *Not Under Forty.* New York: Knopf, 1970.

———. *O Pioneers!* Boston: Houghton, 1988.（『おお開拓者よ！』小林健治訳『現代

アメリカ文学全集２』荒地出版社，一九五七年）
———. "Paul's Case." *Willa Cather's Collected Short Fiction: 1892-1912.* Lincoln: U of Nebraska P, 1970. 243-61.（「ポールの場合」浜田政二郎訳『ポールの場合・悪い噂』浜田政二郎・鈴木幸夫訳，英宝社，一九五六年／「ポールの反逆」須藤信子訳『現代アメリカ文学全集２』荒地出版社，一九五七年）
———. *The Professor's House.* New York: Vintage, 1973.（『教授の家』安藤正瑛訳，英宝社，一九七四年）
Comley, Nancy R., and Robert Scholes. *Hemingway's Genders: Rereading the Hemingway Text.* New Haven: Yale UP, 1994.（N・R・カムリー，R・スコールズ『ヘミングウェイのジェンダー――ヘミングウェイ・テクスト再読』日下洋右監訳，英宝社，二〇〇一年）
Copjec, Joan. *Read My Desire: Lacan against the Historicists.* Cambridge: The MIT Press, 1994.（ジョアン・コプチェク『わたしの欲望を読みなさい――ラカン理論によるフーコー批判』梶理和子・下河辺美知子・鈴木英明・村山敏勝訳，青土社，一九九八年）
Culler, Jonathan. *Literary Theory: A Very Short Introduction.* Oxford: Oxford UP, 2000.（ジョナサン・カラー『１冊でわかる　文学理論』荒木映子・富山太佳夫訳，岩波書店，二〇〇三年）
———. *The Pursuit of Signs: Semiotics, Literature, Deconstruction.* London: Routledge, 2001.
DeFalco, Joseph. *The Hero in Hemingway's Short Stories.* New York: U of Pittsburgh P, 1963.
de Lauretis, Teresa. *Alice Doesn't: Feminism, Semiotics, Cinema.* Bloomington: Indiana UP, 1984.
———. *The Practice of Love: Lesbian Sexuality and Perverse Desire.* Bloomington: Indiana UP, 1994.
———. "Queer Theory: Lesbian and Gay Sexualities; An Introduction." *Differences* 3. 2 (1991): iii-xviii.（テレサ・ド・ローレティス「クィア・セオリー――レズビアン／ゲイ・セクシュアリティ　イントロダクション」大脇美智子訳『ユリイカ』第28巻第13号（1996）：66-77.）
Doctorow, E. L. "Braver Than We Thought." *The New York Times Book Review* 18 May 1986: 1+.
Drake, Robert. *The Gay Canon.* New York: Anchor Book, 1970.
DuPlessis, Rachel Blau. *Writing beyond the Ending: Narrative Strategies of Twentieth-Century Women Writers.* Bloomington: Indiana UP, 1985.
Eagleton, Terry. *Literary Theory: An Introduction.* 2nd. ed. Minneapolis: U of Minnesota P, 1996.（T・イーグルトン『新版　文学とは何か――現代批評理論への招

待』大橋洋一訳，岩波書店，一九九七年）
Edel, Leon. *Henry James: A Life.* London: Flamingo-Harper, 1985.
Eichorn, Harry B. "A Falling Out with Love: *My Mortal Enemy.*" *Critical Essays on Willa Cather.* Ed. John J. Murphy. Boston: Hall, 1984. 230-243.
Faderman, Lillian. *Odd Girls and Twilight Lovers: A History of Lesbian Life in Twentieth-Century America.* New York: Penguin, 1991.（リリアン・フェダマン『レズビアンの歴史』富岡明美・原美奈子訳，筑摩書房，一九九六年）
———. *Surpassing the Love of Men: Romantic Friendship and Love Between Women from the Renaissance to the Present.* New York: Quill-Morrow, 1981.
Fenton, Charles A. *The Apprenticeship of Ernest Hemingway: The Early Years.* New York: Farrar, Straus & Young, 1954.
Fetterley, Judith. "*My Antonia*, Jim Burden and the Dilemma of the Lesbian Writer." *Gender Studies: New Directions in Feminist Criticism.* Ed. Judith Spector. Bowling Green, Ohio: Bowling Green State U Popular P, 1986. 43-59.
Fiedler, Leslie A. *Love and Death in the American Novel. Normal*, IL. Dalkey Archive P, 2003.（レスリー・A・フィードラー『アメリカ小説における愛と死』佐伯彰一・井上謙治・行方昭夫・入江隆則訳，新潮社，一九八九年）
Fisher-Wirth, Ann W. "Dispossession and Redemption in the Novels of Willa Cather." *Cather Studies.* Ed. Susan J. Rosowski. Vol. 1. Lincoln: U of Nebraska P, 1990. 36-54.
Fleming, Robert E. "The Endings of Hemingway's *Garden of Eden.*" *American Literature* 61. 2 (1989): 261-70.
———. "Myth or Reality: 'The Light of the World' as Initiation Story." Beegel, *Hemingway's* 283-90.
Foucault, Michel. *The History of Sexuality, Volume I: An Introduction.* Trans. Robert Hurley. New York: Vintage, 1990.（ミシェル・フーコー『性の歴史Ⅰ　知への意志』渡辺守章訳，新潮社，一九八六年）
———. "What Is an Author?" *Textual Strategies: Perspectives in Post-Structuralist Criticism.* Ed. Josué V. Harari. Ithaca: Cornell UP, 1979. 141-60.（「作者とは何か？」清水徹訳『作者とは何か？』清水徹・豊崎光一訳，哲学書房，1990年）
Freud, Sigmund. *The Interpretation of Dreams.* Trans. and ed. James Strachey. New York: Avon, 1998.（フロイト『フロイト著作集２　夢判断』高橋義孝訳，人文書院，一九六八年）
———. *Three Essays on the Theory of Sexuality.* Trans. and ed. James Strachey. New York: Basic, 2000.（「性欲論三篇」懸田克躬・吉村博次訳『フロイト著作集５　性欲論　症例研究』懸田克躬・高橋義孝他訳，人文書院，一九六九年）
———. *Totem and Taboo: Some Points of Agreement between the Mental Lives of*

Savages and Neurotics. Trans. and ed. James Strachey. New York : Norton, 1989. (「トーテムとタブー」西田越郎訳『フロイト著作集3　文化・芸術論』高橋義孝他訳，人文書院，一九六九年)

Fuss, Diana. *Identification Papers.* New York : Routledge, 1995.

Gaggin, John. *Hemingway and Nineteenth-Century Aestheticism.* Ann Arbor : UMI Research P, 1988.

Gajdusek, Robert. "Elephant Hunt in Eden : A Study of New and Old Myths and Other Strange Beasts in Hemingway's Garden." *The Hemingway Review* 7. 1 (1987) : 14-19.

Gilbert, Sandra M. and Susan Gubar. *The Madwoman in the Attic : The Woman Writer and the Nineteenth-Century Literary Imagination.* New Haven : Yale UP, 1984. (サンドラ・ギルバート，スーザン・グーバー『屋根裏の狂女——ブロンテと共に』山田晴子・薗田美和子訳，朝日出版社，一九八六年)

Gilman, Charlotte Perkins. "The Yellow Wallpaper." *The Yellow Wallpaper and Other Writings by Charlotte Perkins Gilman.* New York : Bantam, 1989. 1-20. (シャーロット・パーキンス・ギルマン「黄色い壁紙」『女がうつる——ヒステリー仕掛けの文学論』富島美子訳著，勁草書房，一九九三年)

Grebstein, Sheldon Norman. *Hemingway's Craft.* Carbondale : Southern Illinois UP, 1973.

Halperin, David M. "Forgetting Foucault : Acts, Identities, and the History of Sexuality." *Representations* 63 (Summer 1998) : 93-120.

———. *Saint Foucault : Towards a Gay Hagiography.* New York : Oxford UP, 1995. (デイヴィッド・M・ハルプリン『聖フーコー——ゲイの聖人伝にむけて』村山敏勝訳，太田出版，一九九七年)

Haralson, Eric. *Henry James and Queer Modernity.* Cambridge : Cambridge UP, 2003.

Hawthorne, Nathaniel. *The Blithedale Romance. The Centenary Edition of the Works of Nathaniel Hawthorne.* Vol. III. Columbus : Ohio State UP, 1964. 1-247. (ナサニエル・ホーソーン『ブライズデイル・ロマンス』山本雅訳，朝日出版社，一九八八年)

———. *The Scarlet Letter. The Centenary Edition of the Works of Nathaniel Hawthorne.* Vol. I. Columbus : Ohio State UP, 1962. (『緋文字』八木敏雄訳，岩波書店，一九九二年)

Hemingway, Ernest. *The Complete Short Stories of Ernest Hemingway : The Finca Vigía Edition.* New York : Charles Scribner's Sons, 1987. (アーネスト・ヘミングウェイ『ヘミングウェイ全短編Ⅰ・Ⅱ』高見浩訳，新潮社，一九九六年)

———. *Death in the Afternoon.* New York : Charles Scribner's Sons, 1932. (『午後の死』佐伯彰一・宮本陽吉訳『ヘミングウェイ全集5』三笠書房，一九七四年)

———. *Ernest Hemingway Selected Letters 1917-1961.* Ed. Carlos Baker. New York : Charles Scribner's Sons. 1981.

———. *The Garden of Eden.* New York : Charles Scribner's Sons, 1986.（『エデンの園』沼澤洽治訳，集英社，一九八九年）

———. "The Garden of Eden" manuscripts. Ernest Hemingway Collection. John F. Kennedy Library, Boston.

———. *Islands in the Stream.* New York : Charles Scribner's Sons, 1970.（『海流のなかの島々』上・下，沼澤洽治訳，新潮社，一九七一年）

———. *A Moveable Feast.* New York : Charles Scribner's Sons, 1964.（『移動祝祭日』福田陸太郎訳，岩波書店，一九九〇年）

———. "Mr. and Mrs. Elliot." *In Our Time.* New York : Boni & Liveright, 1925. 107-115.

———. "Mr. and Mrs. Elliot." *The Little Review* 10. 2 (1924-1925) : 9-12.

———. "The Sea Change" manuscripts. Ernest Hemingway Collection. John F. Kennedy Library, Boston.

———. *The Sun Also Rises.* New York : Simon & Schuster, 1954.

———. *Under Kilimanjaro.* Eds. Robert W. Lewis and Robert E. Fleming. Kent, Ohio : Kent State UP, 2005.

Hemingway, Mary Welsh. *How It Was.* New York : Knopf, 1976.

Hongo, Akira. "The New Women's Potentiality : Olive's Homoeroticism in *The Bostonians.*" Yoneyama 201-13.

Horne, Philip. "Henry James : The Master and the 'Queer Affair' of 'The Pupil.'" *Critical Quarterly* 37. 3 (1995) : 75-92.

Inge, M. Thomas, ed. *Truman Capote : Conversations.* Jackson : UP of Mississippi, 1987.

James, Henry. "The Beast in the Jungle." *Fourteen Stories by Henry James.* Selected by David Garnett. London : Rupert Hart-Davis, 1947. 382-433.（ヘンリー・ジェイムズ「密林の獣」大原千代子訳『ヘンリー・ジェイムズ作品集７』国書刊行会，一九八三年／「密林の野獣」北原妙子訳『ゲイ短編小説集』大橋洋一監訳，平凡社，一九九九年）

———. *The Bostonians.* Oxford : Oxford UP, 1998.（『世界の文学26　ボストンの人々』谷口陸男訳，中央公論社，一九六六年）

———. *The Notebooks of Henry James.* Eds. F. O. Matthiessen and Kenneth B. Murdock. Chicago : U of Chicago P, 1981.

———. *The Portrait of a Lady.* London : Penguin, 1984.（『ある婦人の肖像』上・中・下，行方昭夫訳，岩波書店，一九九六年）

———. *The Princess Casamassima.* London : Penguin, 1987.『集英社版　世界文学全集

57　カサマシマ公爵夫人』大津栄一郎訳，集英社，一九八一年）
———. *The Turn of the Screw*. 2nd ed. New York : Norton, 1999.（『ねじの回転』行方昭夫訳『ねじの回転　デイジー・ミラー』岩波書店，二〇〇三年）
———. *Roderick Hudson*. London : Penguin, 1986.（『ロデリック・ハドソン』谷口陸男訳『世界文學体系45　ジェイムズ』筑摩書房，一九六三年）
Jenks, Tom. "Editing Hemingway : *The Garden of Eden*." *The Hemingway Review* 7. 1 (1987) : 30-33
Johanningsmeier, Charles. "Unmasking Willa Cather's 'Mortal Enemy.'" *Cather Studies, Vol. 5 : Willa Cather's Ecological Imagination*. Ed. Susan J. Rosowski. Lincoln : U of Nebraska P, 2003.
Kafka, Franz. "The Judgment." Trans. Willa and Edwin Muir. *Franz Kafka : The Complete Stories*. Ed. Nahum N. Glatzer. New York : Schochen, 1971. 77-88.（「判決」『カフカ小説全集 4　変身ほか』池内紀訳，白水社，二〇〇一年）
Kakutani, Michiko. "Books of the Times." *New York Times* 21 May 1986, late city ed. : C28.
Kennedy, J. Gerald. *Imagining Paris : Exile, Writing, and American Identity*. New Haven : Yale UP, 1993.
Kobler, J. F. "Hemingway's 'The Sea Change' : A Sympathetic View of Homosexuality." *The Arizona Quarterly* 26. 4 (1970) : 318-24.
Kronenberger, Louis. [Review of My Mortal Enemy]. *Critical Essays on Willa Cather*. Ed. John J. Murphy. Boston : Hall, 1984. 228-230.
Lambert, Deborah G. "The Defeat of a Hero : Autonomy and Sexuality in *My Ántonia*." *American Literature* 53. 4 (1982) : 676-90.
Laplanche, Jean and Jean-Bertrand Pontalis. "Fantasy and the Origins of Sexuality." *Formations of Fantasy*. Ed. Victor Burgin, James Donald and Cora Kaplan. London : Methuen, 1986. 5-34.
Lévi-Strauss, Claude. *Structural Anthropology*. Trans. Claire Jacobson and Brooke Grundfest Schoepf. New York : Basic, 1963.
Lynn, Kenneth S. *Hemingway*. Cambridge : Harvard UP, 1987.
Martin, Robert K. "The 'High Felicity' of Comradeship : A New Reading of Roderick Hudson." *American Literary Realism 1870-1910* 11. 1(1978) : 100-108.
McDowell, Edwin. "New Hemingway Novel to Be Published in May." *New York Times* 17 December 1985, late city ed. : C21.
McMahan, Elizabeth. "Sexual Desire and Illusion in *The Bostonians*." *Modern Fiction Studies* 25. 2(1979) : 241-51.
Moddelmog, Debra A. *Reading Desire : In Pursuit of Ernest Hemingway*. Ithaca : Cornell UP, 1999.（デブラ・モデルモグ『欲望を読む——作者性，セクシュアリ

ティ，そしてヘミングウェイ』 島村法夫・小笠原亜衣訳，松柏社，二〇〇三年）
Nagel, James. "The Hunting Story in *The Garden of Eden*." Beegel, *Hemingway's* 329-38.

O'Brien, Sharon. " 'The Thing Not Named' : Willa Cather as a Lesbian Writer." *Signs* 9. 4(1984) : 576-99.

———. *Willa Cather : The Emerging Voice*. New York : Fawcett Columbine, 1987.

Page, Philip. "The Curious Narration of *The Bostonians*." *American Literature* 46. 3 (1974) : 374-83.

Perloff, Marjorie. " 'Ninety Percent Rotarian' : Gertrude Stein's Hemingway." *American Literature* 62. 4 (1990) : 668-83.

Person, Leland S. Jr. "James's Homo-Aesthetics : Deploying Desire in the Tales of Writers and Artists." *The Henry James Review* 14. 2 (1993) : 188-203.

Reynolds, Guy, ed. *Willa Cather : Critical Assessments*. Vol. III. Mountfield : Helm Information, 2003.

Reynolds, Michael. *Hemingway : The Paris Years*. Oxford : Blackwell, 1989.

Roof, Judith. *Come As You Are : Sexuality and Narrative*. New York : Columbia UP, 1996.

Rose, Jacqueline. Introduction II. *Feminine Sexuality*. By Jacques Lacan. Eds. Juliet Mitchell and Jacqueline Rose. New York : Norton, 1982. 27-57.

Rosowski, Susan J. *The Voyage Perilous : Willa Cather's Romanticism*. Lincoln : U of Nebraska P, 1986.

Scholes, Robert. "Interpretation and Criticism in the Classroom." *Critical Theory and the Teaching of Literature. Proceedings of the Northeastern University Center for Literary Studies*. Vol. 3. Ed. Stuart Peterfreund. Boston : Northeastern UP, 1985. 35-57.

Sedgwick, Eve Kosofsky. *Between Men : English Literature and Male Homosocial Desire*. New York : Columbia UP, 1985.（イヴ・K・セジウィック『男同士の絆――イギリス文学とホモソーシャルな欲望』上原早苗・亀澤美由紀訳，名古屋大学出版会，二〇〇一年）

———. *Epistemology of the Closet*. Berkeley : U of California P, 1990.（イヴ・コゾフスキー・セジウィック『クローゼットの認識論――セクシュアリティの20世紀』外岡尚美訳，青土社，一九九九年）

———. *Tendencies*. Durham : Duke UP, 1993.

Shepherd, Allen. "Taking Apart 'Mr. and Mrs. Elliot,' " *The Markham Review* 2. 1 (1969) : 15-16.

Showalter, Elaine. "Introduction : The Rise of Gender." *Speaking of Gender*. Ed. Elaine Showalter. New York : Routledge, 1989. 1-13.

Silverman, Kaja. *Male Subjectivity at the Margins.* New York : Routledge, 1992.
Skaggs, Merrill Maguire. *After the World Broke in Two : The Later Novels of Willa Cather.* Charlottesville : UP of Virginia, 1990.
Smith, Paul. "From the Waste Land to the Garden with the Elliots." Beegel, *Hemingway's* 123-29.
Smith-Rosenberg, Carroll. *Disorderly Conduct : Visions of Gender in Victorian America.* New York : Oxford UP, 1985.
Spilka, Mark. *Hemingway's Quarrel with Androgyny.* Lincoln : U of Nebraska P, 1990.
Stevens, Hugh. *Henry James and Sexuality.* Cambridge : Cambridge UP, 1998.
Summers, Claude J. "A Losing Game in the End : Aestheticism and Homosexuality in Cather's 'Paul's Case.'" G. Reynolds 77-92.
Urgo, Joseph R. *Willa Cather and the Myth of American Migration.* Urbana : U of Illinois P, 1995.
Warner, Michael, ed. *Fear of a Queer Planet : Queer Politics and Social Theory.* Minneapolis : U of Minnesota P, 1993.
Wasserman, Loretta. "Is Cather's Paul a Case ?" G. Reynolds 93-101.
Willingham, Kathy. "Hemingway's *The Garden of Eden* : Writing with the Body." *The Hemingway Review* 12. 2 (1993) : 46-61.
Yoneyama, Hiroshi, ed. *Proceedings of the Kyoto American Studies Summer Seminar, July 24-July 26, 2003.* Kyoto : Center for American Studies, Ritsumeikan U, 2004.
今村楯夫 『ヘミングウェイ――人と文学』東京女子大学，二〇〇六年
――― 『ヘミングウェイと猫と女たち』新潮選書，一九九二年
竹村和子 『愛について――アイデンティティと欲望の政治学』岩波書店，二〇〇二年
――― 「忘却／取り込みの戦略――バイセクシュアリティ序説」藤森かよこ編『クィア批評』世織書房，二〇〇四年，七一ー八八頁
村山敏勝 『（見えない）欲望へ向けて――クィア批評との対話』人文書院，二〇〇五年

著者略歴

松下千雅子（まつした・ちかこ）

1965年大阪生まれ。1990年同志社大学大学院文学研究科博士前期課程修了。1992年ミシガン州立大学大学院英文学専攻修士課程修了。現在，名古屋大学大学院国際言語文化研究科准教授。専門はアメリカ文学，ジェンダー批評，批評理論。

主要業績：共著に『アーネスト・ヘミングウェイの文学』（今村楯夫編，ミネルヴァ書房，2006年），『クィア批評』（藤森かよこ編，世織書房，2004年），『ジェンダーを科学する――男女共同参画社会を実現するために』（松本伊瑳子・金井篤子編，ナカニシヤ出版，2004年），『ヘミングウェイを横断する――テクストの変貌』（日本ヘミングウェイ協会編，本の友社，1999年），『フィクションの諸相――松山信直先生古希記念論文集』（南井正廣編，英宝社，1999年）がある。

クィア物語論　近代アメリカ小説のクローゼット分析

2009年10月10日　初版第1刷印刷
2009年10月20日　初版第1刷発行

著　者　松下千雅子

発行者　渡辺博史

発行所　人文書院
〒612-8447　京都市伏見区竹田西内畑町9
電話 075-603-1344　　振替 01000-8-1103

印刷所　㈱冨山房インターナショナル
製本所　坂井製本所

落丁・乱丁本は小社送料負担にてお取り替えいたします

ISBN 978-4-409-14063-5 C3098